Elbflorenz! Diese Stadt hat wahrlich einiges zu bieten: die Frauenkirche, die Semperoper, den Zwinger mit seiner bedeutenden Kunstsammlung, die Elbauen. Nicht zu vergessen: der sächsische Dialekt und die Dresdner Eierschecke. Ob Literatur, bildende Kunst, Musik, Theater oder Tanz – in Dresden wird seit jeher sinniert und experimentiert. Doch auch Kämpfe und Zerstörung prägten immer wieder das Leben. Tagebuchaufzeichnungen, Briefe und Erzählungen von Johann Wolfgang von Goethe, E. T. A. Hoffmann, Otto Dix, Victor Klemperer, Volker Braun und vielen anderen beleuchten die Szenerien der Stadt.

Diese Reihe nimmt deutsche Städte, Flüsse und Regionen in den Blick: Auszüge aus literarischen Klassikern, Gedichte, Sagen, Märchen und Briefe über die verschiedenen Landstriche versammeln Historisches und Mythisches, Kurioses und Aufschlussreiches.

Es erschienen außerdem: Berlin, Frankfurt, Harz, Rhein, Schwaben

Unsere Adresse im Internet: www.fischerverlage.de

Dresden

Eine Lese-Verführung

Herausgegeben von
Jens Reichel und Juliane Beckmann

Fischer Taschenbuch Verlag

Originalausgabe
Veröffentlicht im Fischer Taschenbuch Verlag,
einem Unternehmen der S. Fischer Verlag GmbH
Frankfurt am Main, Oktober 2009

Gesamtherstellung: CPI – Clausen & Bosse, Leck
Printed in Germany
ISBN 978-3-596-65004-0

Inhalt

»lebendiges, merkwürdiges Gewimmel«
Betrachtungen und Beschreibungen der Stadt

»das Athen für Künstler«

Kunst und Kultur in Dresden

»lebendiges, merkwürdiges Gewimmel«

Betrachtungen und Beschreibungen der Stadt

Johann Georg Theodor Grässe

Der Sagenschatz des Königreichs Sachsen

Name und Ursprung der Stadt Dresden

Dresden soll von einer römischen Colonie herrühren, die Drusus Germanicus auf dem Taschenberg, damals einem durch Kunst gemachten Hügel, von dem noch jetzt das von der Schloßgasse nach dem Zwinger führende Gäßchen den Namen hat, angelegt habe. Sein Name soll entweder aus den Worten *Tropaea Drusi* (die Siegeszeichen des Drusus) oder den drei Seen, welche früher hier waren, nämlich dem Jüdenteich, der Entenpfütze und dem eigentlich so genannten, später völlig ausgeschütteten See, der sich in einen Ober- und Untersee theilte und von dem noch die Seegasse, die große und kleine Oberseergasse und die sogenannte Gasse am See ihren Namen haben, benannt worden sein.

Die Entstehung der Kreuzcapelle zu Dresden

Im Jahre 1236, als Markgraf Heinrich von Meißen die Herzogin Constanze von Oesterreich heirathete, brachte diese ein Stück des heiligen Kreuzes mit gen Dresden, wodurch Dresdens Volksmenge bedeutend wuchs und dasselbe, da auch bei der Marienkirche ein wächsernes wunderthätiges Marienbild viel Zulauf verursachte, ganz in den Geruch der Heiligkeit kam.

Endlich ist 1299 ein hölzernes Kreuz auf der Elbe geschwommen gekommen und, als es hier gelandet, in jubelreicher Prozession in die Kreuzkirche getragen worden. Später hat die Jungfrau Maria hier unzählige Wunder gethan und deshalb ist derselben vom Papst Bonifacius IX. ein 100tägiger Ablaß (1400) gewährt worden.

Vom Brückenmännchen zu Dresden

Der Baumeister der steinernen Elbbrücke zu Dresden, Matteo Foccio (um 1265) ein Italiener, vom Dresdner Volke Matz Votze genannt, hatte sich am fünften Pfeiler der Elbbrücke linker Hand in kauernder Stellung mit untergestemmten Armen und tief in die Augen gezogenem Mützchen abbilden lassen. Dies war das sogenannte Brückenmännchen, ein Wahrzeichen von Dresden. Es flog bei der Sprengung der Dresdner Brücke durch Davoust (19. März 1813) mit in die Luft, fand sich aber, nachdem man nach einer Zeichnung ein neues hatte machen und an die Stelle des alten setzen lassen, unter dem Schutte wieder, und man stellte es dann linker Hand in der Quermauer, da wo die Kaitzbach in die Elbe fällt, wieder auf.

Woher die Martersäulen auf der Dresdner Brücke gekommen, und von andern ähnlichen Kreuzen in der Stadt

Früher standen auf der rechten Seite der großen Dresdner Brücke zwei steinerne Säulen, auf denen das Leiden Christi in Stein gehauen war. Von diesen war die eine, so 1515 gesetzt wurde, zum Andenken an einen dort umgekommenen Menschen aufgerichtet, die andere ältere (von 1499) zum Andenken an eine große Wasserfluth, bei der eine Karausche oder Barbe aus dem Wasser bis auf die Brücke gesprungen war. Selbige war auch auf der Säule auf einem Wappenschilde ausgehauen, wenn dieses nicht vielleicht das Wappen der Karrasse ist, das jenen Fisch führt.

Dergleichen Martersäulen gab es aber früher noch mehrere in Dresden, so eine bei der Frauenkirche, eine andere, wo später das schwarze Thor war, und drei auf dem sogenannten Sande an der Stolpner Straße, auf denen Christus und die zwei Schächer abgebildet waren und zu welchen von der Kreuzkirche aus gerechnet es genau dieselbe Entfernung des Weges sein sollte, welchen unser Heiland von dem Richthause des Pilatus bis nach Golgatha zu gehen gehabt.

Der Queckbrunnen zu Dresden

Zwischen der Gerbergasse und dem Eingang zur Grünen Gasse vor dem jetzigen katholischen Waisenhause befindet sich noch heute ein Brunnenhäuschen, dessen Spitze ein Klapperstorch ziert, und welches der Queckborn heißt, und von dem ein Sprichwort sagt, daß der Storch aus ihm die Kinder hole. Nach diesem ist schon um 1514 häufig gewallfahret worden, weil die Sage ging, daß, so eine unfruchtbare Frau von seinem Wasser tränke, diese durch die Gnade der h. Jungfrau mit Kindern gesegnet würde. Darum hat der Bischoff Johann von Meißen im J. 1512 die Erlaubniß zum Bau einer Wallfahrtscapelle zu Unserer lieben Frauen Queckborn ertheilt, welche jedoch später wieder einging, insofern der Zudrang der Gläubigen dahin so stark war, daß die übrigen Kirchen, besonders die Kreuzkirche, weil ihre Einkünfte dadurch geschmälert wurden, zu Rom um Aufhebung derselben einkommen mußten. Der Name Queckborn bedeutet übrigens soviel, als Lebensborn (von Queck = lebendig), nicht aber Viehborn, wie man ihn der Nähe der frühern Viehweide (jetzt Schützenplatz genannt) wegen hat deuten wollen. Der Brunnen selbst ist übrigens jetzt noch gangbar.

Der Dresdner Mönch

Wie die weiße Frau im Schlosse zu Berlin stets durch ihr Erscheinen den Tod eines Fürsten aus dem Hause Hohenzollern verkünden soll, so sollen sich nach der Volkssage auch ähnliche Vorbedeutungen bei einem dem sächsischen Fürstenhause drohenden Todesfalle zeigen. In Weimar erblicke man z. B., so berichten viele Schriftsteller, so oft jemand der durchlauchtigsten Fürsten aus dieser Linie das Zeitliche segnen wolle, ein Licht. In Dresden soll früher, so oft ein grauer Barfüßer-Mönch sein abgehauenes Haupt unter den Arm und eine brennende Laterne in der Hand tragend auf dem Walle der Dresdner Bastei und an derjenigen nach der Elbe gelegenen Stelle der frühern Festungswerke, welche die Jungfer oder das grüne Haus genannt ward, sich sehen ließ, dies den Tod eines Gliedes der churfürstlich sächsischen Linie angezeigt haben. Dieser Mönch war angeblich früher zweimal an dem obersten Simms des Hauptthurms der alten Kreuzkirche an den zwei Ecken der nach dem Walle zugehenden Seite in Stein gehauen; weil aber auf der nach der Seite der Stadt zugewendeten Ecke das Bildniß Christi angebracht war, so dachte man sich unter diesen beiden Mönchsgestalten auch den Teufel und seine Großmutter. Gewöhnlich kam er aus dem sogenannten Mönchsbrunnen auf dem Wilsdruffer Walle heraus, der bis 1726 gestanden hat. Den 22. April 1694 hat er sich auch im königlichen Schlosse als Anzeichen eines hohen Todesfalls sehen lassen (Johann Georg's IV.); aber auch am 3. October 1698 hat er die Wachen an den Thoren von Altdresden geplagt und erschreckt, so daß sie sich von allen

Posten einander zu Hilfe riefen und ein Soldat sich nur dadurch mit Mühe von dem Herabgeworfenwerden in den Graben schützen konnte, daß er sich am Schilderhause festhielt. Den Lieutenant, der die Runde gethan, hat er ebenfalls attakirt, dieser hat aber die Pike gefällt, worauf das Gespenst unsichtbar ward. Hierauf ist ein solcher Lärm entstanden, daß man die Trommel rühren und Niemand mehr die Wache verrichten wollte, wie aus den im Regimentshause an diesem Tage gethanenen Aussagen hervorgeht. Das Volk erzählte sich damals, jener Mönch habe einst die beiden Brüder Churfürst Moritz und August an der Stelle, wo jetzt das Moritzmonument steht, und die davon früher die Horche hieß, behorcht und sei zur Strafe dafür geköpft worden; erscheine aber seitdem als ein der churfürstlichen Familie Unglück verkündender Spukgeist. Ja man dachte sich sogar unter dem Bilde des Gott Vater unter dem Architrav dieses 1553 von Churfürst August auf dem sogenannten Hasenberge errichteten allegorischen Monumentes jenen spukhaften Mönch. Nach einer andern Sage wäre aber dieser (graue oder braune) Mönch, der klein von Gestalt und sehr friedsam gewesen, übrigens nur die, so ihn geneckt, bestraft hätte, auch zu andern Gelegenheiten häufig im königlichen Schloß sichtbar gewesen. So habe einst ein Churfürst einen Diener in ein bestimmtes Zimmer geschickt, um etwas zu holen, da habe dieser den grauen Mönch an einem Tische sitzen und schreiben sehen, erschrocken sei er zurückgeeilt und habe seinem Herrn, was er gesehen, gemeldet, der Churfürst sei schnell ohne Begleitung an denselben Ort gegangen, habe auch den Mönch noch schreibend gefunden und ihn gefragt: »was machst Du hier?« Der aber erwiderte: »ich schreibe Deine Sünden auf.« Da versetzte der wackere Fürst: »hat Dir Gott die Macht dazu gegeben, so thue es immerhin«, und begab sich, ohne andere Fragen zu thun, aus dem Zimmer. Mit diesem Gespenste darf jedoch das sogenannte weiße Gespenst nicht verwechselt werden. Dies war eine lange Frau in weißen Gewändern, welche nach der Volkssage sich früher ebenfalls sehen ließ, wenn ein Todesfall in der churfürstlichen Familie in der Nähe war: es zeigte sich besonders auf der Treppe der ersten zur zweiten Etage des ersten Thurmes rechts im großen Schloßhofe, da wo früher ein geheimes Cabinet und die churfürstliche Handbibliothek war, und so soll dasselbe z. B. den Tod der Gemahlin des Churfürsten Johann Georg's II. Magdalene Sybilla im Jahre 1687 angezeigt haben, wie Maurer erzählt. Endlich soll es sonst auch noch auf dem vom Schlosse aus in die frühere, jetzt weggerissene, am Bärengarten befindliche Hofapotheke führenden Gange umgegangen sein, doch hat man eigentlich nie wirklich etwas gesehen, sondern furchtsame Personen erzählten nur, daß, wenn sie Abends diesen Gang betreten, es gerade so sei, als wenn ein großer weißer Ballen hinter ihnen her gewälzt werde. Ueber das im Winter 1865–66 in den Zimmern über dem Gr. Gewölbe gehörte Geräusch und Poltern ist keine Aufklärung erlangt worden.

Das garstige Ding zu Dresden

Eins der Wahrzeichen (es waren deren fünf, das Brückenmännchen, das schöne Thor in Altdresden, das Weiberregiment, der Dresdnische Mönch und das garstige Ding) von Dresden, welches die Handwerksburschen zu nennen hatten, wenn sie beweisen sollten, daß sie wirklich in dieser Stadt gewesen, war auch das sogenannte garstige Ding. So nannte man die an dem mit vielerlei Bildhauerarbeit gezierten Chore der alten Kreuzkirche eingehauene Statue eines Frauenzimmers, vor der ein Hund stand. Man erzählte nämlich, daß einst eine wohlhabende Frauensperson nur dadurch der Bestrafung für ein schmähliches Vergehen habe entgehen können, daß sie auf ihre

Kosten diesen Chor herstellte und sich darauf zum Andenken habe müssen abbilden lassen. Später ward diese Statüe aus der Kreuzkirche herausgenommen und in die Mauer, welche früher die tiefliegende Bürgerwiese am Dohnaischen Schlage umgab, eingemauert (ziemlich dem Eingange der Langegasse schrägüber), jedoch so, daß nur die obere Hälfte derselben zu sehen war, der untere Theil aber in der Erde stand. Als die Bürgerwiese vor einigen 20 Jahren planirt und die Mauer niedergerissen wurde, ist auch jenes Monument, welches Hasche übrigens von dem obigen für verschieden hält, angeblich von den Arbeitsleuten unversehens zerstört worden.

Die Sagen vom goldnen Reiter zu Dresden

Auf dem Marktplatze zu Neustadt-Dresden steht auf einem steinernen unvollendet gebliebenen Fußgestell die kolossale Reiterstatüe August's des Starken aus getriebener Kupferarbeit und reich vergoldet. Deshalb nennt man sie den goldenen Reiter. Sie ward in den Jahren 1733–1735 von einem Kupferschmied aus Schwaben, Namens Ludwig Wiedemann, gefertigt. Derselbe soll sich jedoch dabei der Hilfe des Teufels bedient haben, der ihn indeß zuletzt im Stiche ließ, sodaß er vergaß, dem Pferde eine Zunge in das Maul zu geben. Später auf seinen Irrthum aufmerksam gemacht, war er vor Schreck gestorben.

Im siebenjährigen Kriege soll ein preußischer Soldat, der sich einbildete, die Statüe sei wirklich aus purem Golde, des Nachts dieselbe erklettert und die Hufeisen an den erhobenen Vorderfüßen habe abschlagen wollen, ist aber damit nicht zu Stande gekommen und der gemachte Versuch heute noch an jenem Theile des Pferdes zu erkennen.

Die Sage von der Mordgrundbrücke

Auf der königl. Bibliothek zu Dresden befindet sich eine Handschrift aus dem ersten Viertel dieses Jahrhunderts, welche über die Entstehung und Benennung des sogenannten Mordgrundes zwischen Dresden und dem Dorfe Loschwitz aus einem alten bei einem Winzer der Loschwitzer Gegend vorgefundenen, fast unleserlichen Geschichtsbuche Folgendes berichtet.*

Gegen Ende des 13. Jahrhunderts, als Markgraf Friedrich der Kleine die Stadt Dresden noch sein nannte, blüheten in dieser Gegend die Geschlechter von Clohmen und von Birken; sie besaßen nicht blos Ritterburgen in den nahe gelegenen gebirgigen Gegenden (z. B. die Clohmen, das von ihnen benannte Lohmen), sondern auch Häuser in der Stadt und Besitzungen auf den Bergen in der vorgenannten Flur zwischen Loschwitz und Dresden. Beide Geschlechter waren sowohl mit ihren übrigen Gütern in der Gebirgsgegend als in der Loschwitzer Flur Grenznachbarn, und nur der dortige tiefe Grund trennte sie von einander, indem die von Clohmen die nach ihrem Besitzer sogenannten früher Seebe'schen jetzt Souchay'schen, und die von Birken die dermalen zu dem Baron Müller'schen Grundstück gehörigen Fluren besaßen. Der alte reiche Hans von Clohmen war Wittwer und besaß nur ein einziges 19jähriges Töchterlein von wunderbarer Schönheit, Elsbeth geheißen. Sein Nachbar Benno von Birken, ein schöner Mann, war eben erst aus fernen Landen zurückgekehrt, wo er sich durch seine Tapferkeit den Namen des Kühnen erworben hatte. Kaum hatte er seine schöne Nachbarin gesehen, so liebte er sie auch und hielt bei

* Aus diesem Manuscripte scheint die Sage von Ad. v. Schaden, Katersprung von Berlin über Leipzig nach Dresden. Dessau 1821, ausgezogen worden zu sein. Mir scheint das Ganze moderne Fiction irgend eines Romanschreibers *à la* Spieß.

ihrem Vater um ihre Hand an, die ihm auch ohne Weiteres mit der Bedingung gewährt ward, daß sich das Fräulein vorerst ein Jahr am Hofe Friedrichs aufhalten und dort ausbilden solle. Natürlich folgte ihr ihr Bräutigam, und da derselbe an dem prunkliebenden Hofe des Fürsten fast täglich Gelegenheit fand, mit ihr zusammen zu kommen, so lernte sich das junge Paar bald so lieben, daß ihnen das Jahr zu einem Jahrzehend ward. Indeß hatte im Jahre 1289 Friedrich der Kleine Dresden und die umliegenden Gegenden an den böhmischen König Wenzel, später sogar an Friedrich Tutta verkauft, von dem er zwar dasselbe zurückerbte (1291), sich aber doch wieder von Wenzel (1294) mit diesen Ländern belehnen ließ. Da jedoch die Herzen der Dresdner immer noch an ihrem rechtmäßigen Landesherrn hingen, so konnte Wenzel selbst noch 1299, wo es zum Kriege kam, nie recht zum wirklichen Besitz des verkauften Landes gelangen, er dachte also auf Mittel, sich die Gemüther der Mächtigen und Reichen zu gewinnen, und sendete einen gewissen Grafen Lodomar Kinsky nach Dresden, der durch Verheißung von Gütern und Ehrenstellen den Adel auf seine Seite bringen sollte. Gelang diesem dies unter andern auch bei Hans von Clohmen, so blieb der von Birken dafür mit desto größerer Treue seinem alten Herrn zugethan. Da nun aber der böhmische Graf, der noch unbeweibt war, die Hoffnung hegte, daß er als Schwiegersohn eines der mächtigsten Ritter im Sachsenland desto besser für König Wenzel wirken könne, so bat er um die Hand der schönen Elsbeth von Clohmen und erhielt sie auch sofort zugesagt, und als ihr Bräutigam ihren Vater an sein gegebenes Wort mahnte, so erklärte dieser, er halte sich desselben für entbunden, weil nur ein Freund König Wenzels seine Tochter zum Altare führen solle. Indeß fanden die Liebenden noch einmal Gelegenheit, sich zu sehen und sich ewige Treue zu schwören. Der Ritter von Birken hatte unterdeß seine Besitzung an der Elbe bezogen und schickte täglich seinen alten Diener auf Kundschaft aus, um zu erspähen, was bei seinem Nachbar vorgehe, konnte aber fast nichts erfahren. Mitten in einer stürmischen Nacht erstieg er einst von einer unerklärlichen Angst getrieben, die Höhe des Waldes und sah das Schloß seines Feindes hell erleuchtet, hörte auch Trompeten- und Paukenschall in einzelnen Absätzen erklingen. Ohne sich zu besinnen stieg er den tiefen Grund herab und erklimmte die steile Anhöhe jenseits, sowie die hohe das Clohmensche Schloß umgebende Mauer, nachdem er zuvor mit seinem Schwerte alle Hindernisse des dicken Gestrüppes beseitigt hatte. Siehe, wie er noch sinnend dastand, was er nun weiter beginnen solle, da öffnete sich ein Pförtchen und seine Elsbeth, weiß gekleidet wie ein Engel, stürzte in seine Arme. Schnell entschlossen, nahm er die holde Bürde auf seine Arme, stieg mit ihr über die Mauer und den Berg hinab, mußte aber im Grunde vor Anstrengung ermattet eine kurze Zeit rasten. Während dem erzählte ihm seine Elsbeth, wie sie ans Altar geschleppt und mit dem ungeliebten Böhmen trotz ihres laut ausgesprochenen Nein vermählt worden sey, und darauf sogleich den Entschluß gefaßt habe, bei der ersten günstigen Gelegenheit zu entfliehen. Wild tobte der Sturm, sie hatten den Weg verfehlt und Fackelschein verkündete die sie Suchenden von allen Seiten, da gaben sich beide das Versprechen, daß nur der Tod sie trennen, und Elsbeth, ehe sie sich zu dem ihr aufgedrungenen Gemahle zurückschleppen ließe, sich mit dem Dolche, den sie bei sich trug, selbst den Tod geben wolle. Da stand plötzlich Graf Lodomar vor ihnen und sprach: »wer wagt es, sich an meinem Eigenthum zu vergreifen?« Benno aber erwiderte hohnlachend: »so wenig dieses Land je das Eigenthum Deines Königs werden wird, ebensowenig wirst Du diese Jungfrau je Dein nennen!« Mit diesen Worten drang er wüthend auf den Böhmen ein, der nothgedrungen sein Schwert zog, aber nach kurzer Vertheidigung tödtlich verwundet zu Boden sank. Da rief die Jungfrau: »Heil Dir, Du hast keinen Mord begangen, sondern nur Dein Vaterland von einem fremden Wütherich befreit, laß uns aber jetzt eilen, die Reise in ein Land anzutreten, wo uns keine Verfolgung mehr drohen kann, von Deiner Hand, mein Benno, will ich sterben.« Mit diesen Worten reichte Elsbeth dem Ritter den scharfen Dolch, er setzte die Spitze desselben auf die Brust des geliebten Mädchens; doch seine Hand zitterte, da erfaßte die schöne Schwärmerin mit beiden Händen krampfhaft Benno's Hand und stieß sich den Dolch tief in ihre reine Brust. Sie schwankte, doch hatte sie noch soviel Kraft, den Stahl aus der blutenden Wunde zu ziehen, und matt lächelnd reichte sie denselben ihrem Benno mit den Worten: »es hat nicht geschmerzt, hier, mein Geliebter, nimm ihn und folge mir.« Ungestüm durchbohrte sich nun auch Benno und sank sterbend auf sie hin, und so hauchten sie Arm in Arm ihr Leben aus. Auf dieser Stelle nun, wo sie geendet hatten, wurden sie auf Befehl Clohmens, der jetzt seine Härte tief bereuete, beerdigt, der Leichnam Lodomars auf seine Güter nach Böhmen geführt, und von dieser Stunde an die Felsenschlucht, wo sich diese traurige Begebenheit ereignet hatte, der Mordgrund genannt. In jener alten Schrift war die Stelle, wo der Mord geschehen war, so genau angegeben, daß derjenige, welcher diese Sage abgeschrieben hatte, dieselbe leicht wiederfand, und für die Nachwelt sie durch folgende in einen Baum, der freilich jetzt wohl schwerlich aufzufinden seyn dürfte, eingeschnittene Worte, wie er sagt, bezeichnete:

Vereint laßt uns sterben, es schließt ein Grab uns ein,
Wir werden noch verbunden in bessern Welten sein.

Jakob Wassermann

Moritz von Sachsen

Kurfürst Moritz war der Sohn Herzog Heinrichs des Frommen und am 21. März 1521 geboren. Er war ein kräftiger Mann, geschmeidigen Körperbaus; sein braunes Gesicht verkündete den Helden. Seine Augen waren so glänzend, daß sie funkelten und wie von Flammen sprühten; schaute er unversehens jemand an, so mußte dieser den Blick niederschlagen. Seltsam waren in seiner Erziehung die Elemente gemischt. Sein Vater, den die Untertanen wegen seiner Gutmütigkeit liebten, war bei aller Frömmigkeit ein Mann ganz eigenen Schlages. Er hatte einen sonderbaren Geschmack am Bunten und eine sonderbare Vorliebe für Kanonen. Er ließ anstößige Bilder auf die Kanonen malen, und Lukas Cranach mußte ihm dazu die Zeichnungen machen. Er kaufte alle schönen Gemälde für seine Kanonen, die er nur auftreiben konnte, und obgleich er das Geschütz nie brauchte, konnte man ihm doch keine größere Freude bereiten, als wenn man ihm sagte, Kaiser Karl habe von seinen Kanonen gesprochen.

Vom Hof seines Vaters kam Moritz an den des Kurfürsten von Mainz und sah hier das üppig schwelgerische Treiben eines katholischen Kirchenfürsten. Und dann weilte er bei seinem Vetter Johann Friedrich von Sachsen, wo er die traurige Einförmigkeit eines protestantischen Hofes der damaligen Zeit kennen lernte. Johann Friedrich hatte große Schwächen, der kluge Moritz durchschaute sie, er faßte einen Widerwillen gegen den

Vetter, er konnte ihn nicht leiden, den dicken Hoffart, wie er ihn zu nennen pflegte.

Noch ehe er zwanzig Jahre alt war, vermählte er sich mit Agnes, der Tochter Friedrichs des Großmütigen von Hessen. Sein Vater war über die verfrühte Ehe so unglücklich, daß der Kummer sein Leben verkürzte; er starb wenige Monate nach der Hochzeit, und Moritz folgte ihm in der Regierung. Trotz seiner Heiratsungeduld mußte aber seine Frau später über ihn klagen, daß er die Wildschweinsjagd ihrer Gesellschaft vorziehe.

Moritz bekannte sich zur evangelischen Lehre wie sein Vater, aber er trat nicht in den schmalkaldischen Bund, so oft ihn auch sein Vetter, der Kurfürst, und sein Schwiegervater, der Landgraf, darum mahnten. Er vermochte in der neuen Lehre nicht die Summe alles Heils zu sehen. Er weigerte sich, eine Verbindung gegen den Kaiser abzuschließen, im Gegenteil, er näherte sich dem Kaiser, je mehr sich die Bundesgenossen von ihm entfernten. Er wollte nicht der Trabant dieser Bundesgenossen sein, er fand seinen nächsten und unmittelbaren Vorteil beim Kaiser. Deshalb ließ er durch seinen Vertrauten Christoph Carlowitz mit Granvella unterhandeln und kam dann im Mai 1546 persönlich zum Kaiser nach Regensburg; hier trat er in den Dienst des Kaisers ein. Karl ernannte ihn nicht nur zum Exekutor, Konservator und Schirmer von Magdeburg und Halberstadt, nach deren Besitz Moritz schon lange getrachtet hatte, sondern er versprach ihm auch die Kur Sachsen. Der Tag von Mühlberg verschaffte ihm den Kurhut wirklich, und es schien ihn nicht zu beirren, daß durch diese Schlacht sein Vetter in das bitterste Unglück geriet. Luther hatte wohl recht gehabt, als er einmal bei der Tafel den Kurfürsten davor gewarnt hatte, in Moritz einen jungen Löwen aufzuziehen. [...]

Als er aus dem Türkenkrieg zurückgekehrt war, hielt er zur Fastnacht in Dresden großes Rennen und Stechen, und dann mußte er in den Krieg gegen seinen ehemaligen Freund und

Bundesgenossen, den wilden Markgrafen Albrecht. Dieser hatte die Friedenspakte nicht geachtet; es gefiel ihm, das alte Faustrecht noch ferner in Deutschland zu üben, und er war ein gefürchteter Mann, der seinen eigenen Weg ging. Er behauptete, der Passauer Vertrag tauge nichts, die Pfaffen müßten gedemütigt werden. [...]

Bei Sievershausen in der Lüneburgerheide traf Moritz seine plündernden Scharen. Es gab ein kurzes Gefecht; hoch zu Roß, die rote Feldbinde mit dem weißen Streifen um die Brust, kämpfte Moritz ritterlich. Eine silberne Kugel traf ihn von hinten, zerriß seinen Panzer und drang durch seinen ganzen Körper. Wilhelm von Grumbach, der fränkische Ritter, soll sein Mörder gewesen sein. In einem Zelte, das man neben einem Zaun aufgeschlagen hatte, empfing er die erbeuteten Fahnen und die Papiere des Markgrafen, die er eifrig durchspähte. Er diktierte sein Testament, und nach zwei Tagen starb er, zweiunddreißig Jahre alt. Sein letztes Wort war: »Gott wird kommen«, das übrige verstand man nicht. Kaiser Karl V. liebte Moritz so sehr, daß er, als man ihm zu Brüssel die Todesnachricht mitteilte, in die Worte ausbrach: »O, Absalom, mein Sohn, mein Sohn!«

Der wilde Markgraf wurde in die Acht getan, scheinbar gegen den Willen des Kaisers. »Es ist alles dahin gerichtet, Deutschland eine Kappe zu schneiden«, schrieb der Herzog von Braunschweig, der bei Sievershausen seine zwei ältesten Söhne verloren hatte, an Philipp von Hessen, »der Kaiser will die Fürsten nur gegeneinander hetzen. Er hat zwar Albrecht als seiner Hetzhunde einen gebraucht, würde es aber gern sehen, wenn ihm ein Rad übers Bein ginge.«

Albrecht flüchtete nach Frankreich, kehrte später nach Deutschland zurück und starb elend in Pforzheim, erst fünfunddreißig Jahre alt. So endete die Reformation, die als eine Angelegenheit des Volkes begonnen hatte, als ein Zusammenbruch der Fürsten.

Sabine Weigand

Die Königsdame

Die Osmanin am Hof von August dem Starken

Dresden, Mai 1700

Dresden, die Hauptstadt des Fürstentums Sachsen, war zwar nicht der Nabel der Welt, aber doch eine Fürstenresidenz von europäischem Rang. Die Stadt bildete das pulsierende Herzstück des wohl reichsten deutschen Staates, in ihren Mauern vereinten sich Geld und Kultur, Kunst und Bildung, Bürgerfleiß und Adelsstolz. Hier im Elbtal lebten beiderseits des träge dahinfließenden Flusses wohl an die zwanzigtausend Menschen, teils dicht gedrängt in winkligen, noch mittelalterlich anmutenden Gassen, aber auch in der weitläufigen, luftigen Neustadt am rechten Elbufer, die Kurfürst August seit dem großen Brand von 1685 nach modernsten Gesichtspunkten Stück für Stück wieder aufbauen ließ. Durch Handel und Gewerbe waren die Dresdner wohlhabend geworden, vor allem aber durch die Tatsache, dass die Stadt seit Jahrhunderten Sitz der sächsischen Herzogs- und Kurfürstenfamilie der Wettiner war und die gesamte Landesverwaltung in ihren Mauern barg.

Dominiert wurde die Stadt seit jeher von den Gebäuden der kirchlichen und weltlichen Herrschaft: der Kreuzkirche und dem Schloss. Erstere, berühmt wegen ihres außergewöhnlichen Turmes, der in seiner Breite fast die ganze Frontfassade einnahm, lag am Altmarkt. Es war ein protestantisches Gotteshaus – Sachsen als Stammland Luthers war dem Katholizismus spinnefeind und seine Bewohner wohl das am stärksten protestantisch geprägte Volk Deutschlands.

Das Schloss selber beherrschte trutzig und imposant das linke Elbufer. Es war ein kolossaler, vielflügeliger Bau. Durch die dunkle Farbe des Elbsandsteins, aus dem es erbaut war, wirkte es von außen beinahe ein wenig düster, trotz der unzähligen reich verzierten Giebel, der vielen kleinen Türmchen und der blitzenden Fensterfronten. Weil die Landesherren ihre Residenz im Lauf der Zeit immer wieder erweitert und umgebaut hatten, war sie zu einem wahren Labyrinth geworden, in dem man sich nur schwer zurechtfand.

Die privaten Gemächer des Kurfürsten August von Sachsen lagen im ersten Stockwerk des Westflügels. Es handelte sich dabei um eine ganze Flucht von luxuriösen Räumen, vom Teesalon bis hin zum Schlafzimmer, die meisten davon mit Zwischentüren verbunden. Herrliche Stuckdecken, Pilaster und Ziersimse schmückten diesen Bereich des Schlosses, alles in Weiß und Gold gehalten. Die Wände waren mit Seidentapeten bespannt, in jedem Zimmer eine andere Farbe. Kostbarste Möbel aus Silber oder exotischen Hölzern bildeten die Einrichtung, dicke Damastvorhänge schluckten Lärm und Sonnenlicht. Auf dem hellen Parkettboden lagen weiche geknüpfte Teppiche aus dem Orient, die Wände zierten Malereien und kostbare Wirkwaren aus den Niederlanden. Selbst das kleinste Zimmer hatte noch einen zierlichen Kachelofen, um im Winter die Kälte abzuhalten.

In einem dieser prunkvollen Räume, dem gelben Empfangssalon, saß der Kurfürst von Sachsen und König von Polen mit heruntergelassenen Hosen auf dem Kackstuhl. An der Wand hinter ihm schwebte eine halb nackte, blumenumkränzte Aurora auf goldenem Prunkwagen der Morgenröte entgegen. Kleine pausbäckige Cupidos umflirrten die Göttin, einer davon zielte mit seinem winzigen Pfeil geradewegs auf den vor ihm hockenden Fürsten.

August trug gemäßigte Staatsgarderobe, waren doch am Vormittag nur die üblichen Empfänge und Besprechungen zu erledigen. Sein pflaumenfarbener Justeaucorps mit den vierundzwanzig Achatknöpfen stand offen und ließ die gleichfarbige, mit Silberstickereien verzierte Weste sehen, an deren Kragen die feine weiße Spitze des Hemds hervorlugte. Die Beine steckten in weißen Strümpfen, die unter dem Kniebund der Hose verschwanden, an den Füßen trug August schwarze Atlasschuhe mit hohen roten Absätzen, die oben am Rist mit einer Silberspange dekoriert waren. Auf Orden und Prunkwaffen hatte der Kurfürst heute verzichtet, nicht aber auf die dunkelbraune Allongeperücke, deren üppige Locken ihm bis auf die Schultern fielen. Das Gesicht des Dreißigjährigen verzog sich wie im Schmerz, als sich sein Darm mit lautem Geräusch entlud.

»O Gott, wie ich diese Purgierkuren hasse! Flemming, mein Riechtier.«

Der Minister griff nach dem kleinen Kristallgefäß in Form eines trompetenden Elefanten, das auf dem Beistelltisch stand, und reichte es dem Kurfürsten. Der sog begierig den Duft des darin enthaltenen rosenölgetränkten Stoffbausches ein. Auch Flemming wünschte sich, er hätte sein Riechfläschchen mitgenommen. Er drückte sein feines weißes Taschentuch an die Nase.

Der Minister war untersetzt und dicklich, hatte runde Maulwurfsäuglein, die ständig blinzelten, einen kleinen Mund und ein Paar Hängebacken, die beim Sprechen leicht zitterten. Man sah es ihm nicht an, aber er war der hellste und wachste Geist bei Hof, ein Politiker von höchsten Fähigkeiten und der bedeutendste Ratgeber des Kurfürsten. Sein wichtigstes Talent lag allerdings darin, stets genau zu wissen, was in seinem Herrn vorging, um ihn auch während seiner schlimmsten Launen lenken zu können.

»Halten Sie durch, Majestät«, sprach er in beruhigendem Tonfall, »nur noch morgen ein letztes Bouillon piquant, dann haben Sie es hinter sich und sind wieder gesund und munter.«

August schnaufte. »Wenn ich nur ein Klistier von weitem sehe, bekomme ich Zustände! Gesund, pah! Ich bin gesund! Diese Ärzte sind allesamt Quacksalber! Dass ich zu dick bin und einen empfindlichen Magen habe, weiß ich selber, aber soll ich deshalb von Wasser und Brot leben? Also, was steht in der nächsten Stunde an?«

Flemming machte einen Bückling. »Draußen warten die Gesandten von Preußen, Frankreich und Russland, Majestät. Sie wissen, die monatliche Vormittagsbesprechung ...«

»Ah, ist es schon wieder so weit?« Wieder verzog der Kurfürst-König das Gesicht, stöhnte leise und griff sich an den aufgeblähten Bauch. Diese Darmkrämpfe waren wirklich unerträglich! Das nächste Mal würde er auf keinen Fall zusätzlich diesen ekelhaften Aufguss aus Koloquinten und Sennesblättern trinken! Er erhob sich mit einem kleinen Ächzen, zog die Hose hoch und schloss die Knöpfe. »Na denn, ich lasse bitten!«

Flemming trat zur Tür und öffnete schwungvoll die geschnitzten Eichenflügel. »Majestät sind jetzt bereit, die Herren zu empfangen!«

Die drei Gesandten traten nacheinander ein und zelebrierten jeder eine höfische Verbeugung mit Kratzfuß. Sie verbeugten sich so tief, dass die herunterbaumelnden Locken ihrer Allongen fast den Boden berührten.

Der Kurfürst-König, der inzwischen auf seinem Audienzstuhl Platz genommen hatte, machte eine leichte, aufwärts gerichtete Handbewegung. »Bonjour, meine Herren, erheben Sie sich, je vous en prie. Wir sind außerordentlich erfreut, Sie zu sehen. Aber ich vermisse den Grafen Stratmann – er wird doch nicht unpässlich sein?«

Flemming neigte sich zu Augusts Ohr und sagte halblaut: »Der kaiserliche Gesandte weilt derzeit bei Hof in Wien, Sire.«

»Ach ja, ach ja, ich vergaß.« August runzelte die dichten dunklen Augenbrauen, die seinem Blick oft etwas Theatralisches verliehen. Dann blickte er die Botschafter reihum an. »Nun, meine Herren, wer von Ihnen möchte den Anfang machen?«

Graf Bulganin, der russische Gesandte, ein dürrer, schmallippiger älterer Herr in goldbesticktem Samtjabot und schwarzen Hosen, trat einen zierlichen Schritt vor.

»Wenn ich um die außerordentliche Gunst bitten darf ...«

August nickte gnädig. Auf einen Wink hin brachte derweil ein Diener für den Preußen und den Franzosen zwei niedrige, quastenbehängte Taburetts, auf denen sich die beiden in größter Zufriedenheit niederließen. Bei der Audienz einen Polsterhocker zu erhalten, um zu Füßen des Königs sitzen zu dürfen, war eine besondere Gunst, die nicht immer gewährt wurde.

»Euer Majestät«, begann der russische Botschafter, »werden sich höchst allergnädigst erinnern, dass Seine Zarische Serenität, Peter Alexejewitsch, in Seiner allerfreundschaftlichsten Korrespondenz mit Euer Hochgeboren geruht hat, ein Präsent zu erwähnen, das auf den Weg nach Dresden gebracht worden ist ...«

August sah fragend zu Flemming hoch, der ihm daraufhin wieder etwas ins Ohr flüsterte. Die Züge des Kurfürsten von Sachsen und Königs von Polen erhellten sich.

»Ja, Wir erinnern uns, Graf Bulganin. Fahren Sie fort.«

»Nun, Sire, die Versendung dieses kleinen Geschenks hat sich wegen des strengen Winters in Russland zu des Zaren allergrößtem Leidwesen und Chagrin verzögert und konnte erst im zeitigen Frühjahr vorgenommen werden. Jetzt erst kann ich das große Vergnügen für mich in Anspruch nehmen, Ihnen diese Bezeugung russischer Freundschaft und Treue präsentieren zu dürfen.«

Bulganin klatschte dreimal laut in die Hände. Die Eichentür

öffnete sich erneut, und herein kamen zwei in russischer Dienertracht gekleidete Männer, die eine kleine goldene, an den Seiten mit Samtstoffen verhängte Sänfte trugen. Die beiden gingen gemessenen Schrittes mit ihrer, wie es aussah, nicht allzu schweren Last bis in die Mitte des Raumes und setzten das Geträge dort vorsichtig ab. Dann entfernten sie sich rückwärts unter wiederholten Bücklingen.

Einen endlosen Moment lang stand die Sänfte einfach nur da, neugierig beäugt von allen Anwesenden. Durch die Fenster fielen schräg die Sonnenstrahlen auf das glänzende Ding, brachen sich in den großen Wandspiegeln am anderen Ende des Raumes und tauchten alles in ein warmes, schimmerndes Licht. Der König, dem nie etwas schnell genug gehen konnte, wurde schon ungeduldig, doch gerade als er den Mund öffnen wollte, um etwas zu sagen, griffen zwei kleine Hände durch die Vorhänge und drückten den bunten Stoff zur Seite. Ein verschleierter Kopf, von dem nur ein Paar violettblauer Augen sichtbar war, erschien. Und schließlich stieg mit anmutigen Bewegungen eine Gestalt aus der Sänfte, die aussah wie den Märchen aus Tausendundeiner Nacht entsprungen.

Der Russe warf einen triumphierenden Seitenblick auf seine beiden Kollegen, die mit offenem Mund dasaßen. »Darf ich meinem Herrn, dem Zaren, Eurer Majestät Wohlwollen berichten?«

August antwortete nicht; er sah nur verblüfft auf diese exotische Erscheinung, die so gar nicht in einen sächsischen Empfangssalon passte. Das Mädchen trug kirschrote, halb transparente Pluderhosen, eine Art kurzärmelige blaue Bluse, die den Bauch freiließ und einen durchsichtigen, fast bodenlangen Schleier, in den glitzernde Spiegelstückchen eingewebt waren. Überall an ihrem Körper klirrten Ketten mit Goldmünzen; an den Handgelenken und den nackten Knöcheln bimmelten Glöckchen. Das rabenschwarze Haar fiel in unzähligen kleinen

Zöpfchen über ihren Rücken. Mit kleinen Schritten ging das feenhafte Wesen auf August in seinem Audienzstuhl zu, ließ sich vor ihm auf die Knie sinken und berührte mit der verschleierten Stirn die Spitze seines linken Schuhs.

Graf Bulganin trat an ihre Seite. »Sie wurde in der Zeltburg des türkischen Oberbefehlshabers vor Asow gefunden, Sire, vor einigen Monaten. Vielleicht eine seiner Sklavinnen. Jetzt«, der Russe breitete lächelnd die Arme aus, »ist sie die Ihre.«

Der Kurfürst-König sah lange auf die kniende Gestalt herunter, die, das Gesicht immer noch am Boden, sich inzwischen ein Stück von ihm zurückgezogen hatte. Dann hob er den Kopf. »Graf Bulganin, richten Sie Ihrer Zarischen Majestät aus, dass Wir besonders erfreut sind und hoffen, Uns dereinst revanchieren zu können.«

Mit einem zufriedenen Lächeln auf den Lippen stand der König auf und zog seine silberbestickte Weste glatt. »Graf, würden Sie die Freundlichkeit haben, die Schüssel hinauszutragen?« Er deutete auf den Leibstuhl hinter sich.

Bulganin platzte fast ob dieser unerhörten Ehre, nahm den Behälter mit den Exkrementen des Königs und trug ihn feierlich durch die Tür hinaus, als sei es der heilige Gral selbst.

August winkte lässig mit der weißgepuderten Hand. »Nun lasst Uns bitte alle allein«, versetzte er in Richtung der anderen beiden Gesandten auf ihren Taburetts.

Flemming sah aus, als wolle er protestieren, hielt sich aber zurück. Der Preuße und der Franzose machten mit verkniffenen Gesichtern ihre Abschiedsreverenz und zogen sich zurück. Für diesmal hatte ihnen Bulganin die Schau gestohlen.

»Das war nicht sehr diplomatisch, was, Flemming?«

Der Minister schüttelte mit schiefem Lächeln den Kopf. »Nein, Sire.«

»Macht nichts.« August umrundete derweil mit vorsichtigen

Schritten das kniende Mädchen. Er hatte sich inzwischen daran erinnert, was der Zar ihm über das »Geschenk« geschrieben hatte. Ein kleiner Bettwärmer für kalte Nächte, so ähnlich hatte es doch geheißen …

»Jetzt will ich erst einmal mein Geschenk näher besehen. Mohren und Zwerge hab ich ja schon, aber eine kleine Muselmanin …« August bückte sich, nahm das Mädchen bei der Hand und zog es mit einer graziösen Bewegung hoch. Groß ist sie ja nicht, dachte er, als sie so vor ihm stand. Dann nahm er den Schleier und hob ihn über ihren Kopf. Ein ernstes Gesicht blickte ihn an, dunkle geschwungene Brauen, leicht schräg stehende Mandelaugen, hohe Backenknochen, ein regelmäßig geschnittener Mund. Es war schön – doch es war nicht das Gesicht einer Frau.

Mit einem Blick erfasste August den schmalen, noch kindlichen Körper, die eckigen Schultern, den noch nicht vorhandenen Busen.

»Das ist ja noch ein Kind«, entfuhr es ihm. Empört wandte er sich an Flemming, seine fleischigen Lippen bebten. »Dieser russische Barbar glaubt wohl, ich vergreife mich an Kindern! Der König von Polen, ein Päderast! Gott im Himmel, wie dégoutant! Kammerdiener!« Die Tür öffnete sich, und ein Lakai trat ein. »Bring Er dieses … dieses Mädchen weg!« August wies mit einer fahrigen Geste auf die immer noch reglos dastehende Gestalt. »Am besten zu Madame Hoym, ja genau. Sie soll sich um das arme Ding kümmern. Vite, vite.«

Nachdem der Diener die Kleine hinausgeführt hatte, sah August seinem Minister mit trübseligem Blick in die Augen. »Da können Sie mal sehen, Flemming. Diese Moskowiter sind doch eine Schande für die gesamte moderne Zivilisation. So was müssen wir nun Bundesgenossen nennen! Und ich lasse diesen Bulganin auch noch die königliche Schüssel tragen, mein Gott, ich könnt mich in den Hintern beißen!«

Albert Emil Brachvogel

Friedemann Bach

Das Jahr 1732 war herangebrochen, und die Zeit, die seit dem denkwürdigen Wettstreit an allen seinen Teilnehmern vorübergegangen war, hatte nicht nur sie, sondern auch die ganze sie umgebende Welt, ja ganz Europa verändert. In Sachsen allerdings regierte immer noch August der Starke, wechselte nach wie vor seine Gunst und Neigung und richtete feindselig seine Blicke nach Frankreich, dessen Herrscher, Ludwig XV., nicht übel Lust zeigte, seinem unglückseligen Schwiegervater, Stanislaus Leszczynski, noch einmal die wenig beneidenswerte Krone Polens aufs Haupt zu setzen. Fast alles sonst aber war in den vergangenen fünfzehn Jahren von seiner Stelle gerückt, und manche Lücke klaffte.

Der Kurprinz August hatte sich 1719 mit Prinzessin Marie Josephine von Österreich vermählt, und die arme Königin Eberhardine (die »Betsäule von Sachsen«, wie das Volk sie nannte) hatte sich mit ihrem Unglück und ihren Tränen 1727 in die Erde geflüchtet. Vor ihr schon war ihre alte, würdige Oberhofmeisterin gestorben und an deren Stelle ihre schöne Tochter, die junge Antonie von Kollowrat, zur Favoritin der Königin geworden; und so sehr wußte sich diese bei Marie Josephine in Gunst zu setzen, daß sie auch die Vertraute der Kurprinzessin wurde.

Hoymb war seines Amtes verlustig gegangen und saß auf dem Königstein, wo auch der Goldmacher Klettenberg sein Leben verloren hatte. Aurora von Königsmarck, der Fürst von Fürstenberg, Fleming waren gestorben, Vitzthum im Duell erschossen worden; die Kessel, die Denhof, die Dieskau, selbst die schöne Osterau, die letzte Liebe Augusts, waren in ihr ursprüngliches Nichts zurückgesunken. Auch der alte, gute Volumier war nicht mehr und an seine Stelle Hasse mit seiner berühmten Nachtigall, der großen Faustina, getreten.

Dem braven Sebastian Bach, dessen Familie sich seither vielfach, wie sein Ruhm, vermehrt, und der in Köthen, wohin er seinen Wohnsitz verlegt hatte, sein liebes, treues Weib durch den Tod verloren, war die Welt daselbst zu eng geworden. Er war daher nach Leipzig gezogen und hatte, nachdem er Anna Magdalena, die jüngste Tochter des Weißenfelsischen Hofmusikers Wülkens, geheiratet, das lohnende Kantorat an der Thomasschule angenommen. Ein- oder zweimal jährlich besuchte er Dresden, wo er die Königin und alle Welt mit seiner Kunst entzückte und Hasses Freundschaft erwarb; seitdem aber die Königin gestorben war, kam er nicht mehr an den Hof.

Brühl, der inzwischen Kammerherr und Direktor des Departements der inneren Angelegenheiten im geheimen Kabinett des Königs geworden war, unterließ nie, sich möglichst liebenswürdig gegen Sebastian zu erweisen. Aus Friedemann war unterdessen ein erwachsener Mensch, ein bedeutender Musiker geworden. Sebastian, der voraussah, daß er seinen zahlreichen Kindern keine Berge Goldes hinterlassen könne, wollte daher in diesem seinem Erstgeborenen, seinem Lieblinge, alles Treffliche vereinen, ihm eine Weltbildung und, für den Notfall, einen anderweitigen Rückhalt geben. Er hatte ihn auf die Hochschule nach Merseburg geschickt, wo Friedemann ein eifriger Schüler Christian Wolffs, des nicht nur von der Universität Halle, sondern auch aus ganz Preußen bei Strafe des Stranges verbannten Philosophen der Aufklärung, und, namentlich im Violinspiel, des vortrefflichen Graun geworden war. Schon die Lehrer an der Thomasschule hatten von diesem geistreichen Knaben das Höchste gehofft. So war er endlich 1730 ins Vaterhaus zurückgekehrt, um seine letzten Orgelstudien zu vollenden und die Rechtswissenschaft, sowie die Mathematik und Philosophie, die er in Merseburg begonnen, fortzusetzen. Beiden Disziplinen ist er neben der Musik späteren Verhältnissen unwandelbar treu geblieben.

Zwischen dem Vater und Friedemann, der nun in den meisten Dingen auf seinen eigenen Füßen stand, hatte sich längst ein mehr freundschaftliches, gleichberechtigtes Verhältnis herausgebildet, das aber trotzdem den letzten Schimmer der alten Jugendzärtlichkeit in sich trug. In ihrem Kunststreben glichen sie zwei Konkurrenten, von denen der ältere nur eine Strecke voraus hat.

So betrachtete es wenigstens Sebastian, und da er die Genialität seines Friedemann als Musiker ebenso wie seine Reife in wissenschaftlichen Dingen bald erkannte, so hatte er ihm frühzeitig Rechte eingeräumt, die man sonst nur dem Freunde, der einem an Jahren nähersteht, zu bewilligen pflegt. Aber so sehr Sebastian Bach auch Friedemann immer mehr zu sich heranzog und zum Vertrauten machte, so war doch der ganze Charakter, das künstlerische und menschliche Sein Friedemanns so eigentümlicher Art, daß dem Sohn, trotz abweichender Ansicht, trotz väterlicher Vertraulichkeit, die Repulsivkraft stets bewahrt blieb, die ihn immer in der alten Kindlichkeit zum Vater hielt. Sebastian Bach war streng religiös; seine Kunst selbst war auf den Glauben gepflanzt und nur durch diesen werktätig. Er war ein Mann ohne dialektische Spitzfindigkeit und Grübelei, ohne philosophischen Sinn, und wenn seine künstlerischen Gedanken so innig und tief, so erhaben und kraftvoll sind, so sind sie es nur, weil sie dem Glauben in seiner schlichtesten Einfachheit entsprießen, jenem unergründlichen Bronnen des Schönsten und Besten, jenem großen, nie gemessenen Ozean, in den sich alle Sehnsüchte und Hoffnungen, so entgegengesetzt sie äußerlich zu sein scheinen, endlich doch ergießen. Friedemann hingegen hatte in Merseburg analysieren, logisch schließen und denken gelernt. Durch Wolffs Mund waren ihm die Philosophie Leibniz', die Hypothesen Newtons und der junge Geist der französischen Skepsis zugekommen, und hier war der Punkt, wo zwischen Vater und Sohn ein scharfes Auseinandergehen nahe genug lag. Daß aber Friedemann nach wie vor den Vater mit jenen anbetenden Kinderaugen betrachtete und in ihm die Krone alles Guten und Schönen fand, lag daran, daß die wissenschaftlichen Eindrücke Merseburgs noch nicht tief in ihm gewurzelt hatten, und alle jene gewaltigen Fragen, die sie etwa in ihm wachgerufen haben mochten, gewissermaßen beiseite gelegt worden waren durch den ersten aller seiner Gedanken: »Du bist ja Musiker, Friedemann!«

Der andere Grund lag darin, daß die von ihm gesammelten Erkenntnisse sich vom Gottesbewußtsein nicht losgelöst hatten; man kam immer auf Gott als Urgrund zurück. Zudem lag in Leibniz' Monadologie so viel Naturdeismus, daß Friedemann doch stets wieder in der Hauptanschauung mit dem Vater zusammentraf, und dieses Zusammentreffen wurde durch Jakob Böhmes Schriften, die beide gleich hoch verehrten, sogar erleichtert, weil in dieser mystisch-schwärmerischen Anschauung sich dem Vater und dem Sohne eine endlose Welt der kühnsten Imaginationen eröffnete, in der die Meinungen beider Raum genug hatten, ohne sich aneinander zu stoßen. Das Letzte, Größte aber, das Vater und Sohn zusammenhielt, war die Musik selbst und die Überzeugung Friedemanns, daß sein Vater unerreichbar hoch in seinem Wirken stehe. Oft kam es vor, daß da, wo der spitzfindige Verstand des Sohnes vor einer Frage ratlos stillstand, ein paar Worte des Vaters, das Beispiel einer einzigen Tonfigur auf dem Instrument genügten, um beide zu vereinigen.

Wenn Vater Bach auch nicht viel auf Brühl, überhaupt auf die

Hilfe anderer gab und mit seinem Lose in Leipzig ganz zufrieden war, so hatte doch Friedemann die Abschiedsworte des Pagen bei jenem Wettstreit nicht vergessen; voll edlen Ehrgeizes wünschte er wohl, den Vater, der ihm alles galt, in einer möglichst beneideten Stellung bei Hofe zu wissen.

Brühl war nun dreiunddreißig Jahre alt und, da er sich Vitzthums kluge Zurückhaltung zur Regel machte, noch immer der Günstling Augusts des Starken, ohne daß man ihn sonderlich beneidet hätte. Er war ein Günstling ohne Einfluß. In dieser Beziehung war ihm, besonders bei dem Kurprinzen, sein ehemaliger Genosse, der junge Sulkowsky, zuvorgekommen, der auf kluge Weise sich öfter in die galanten Angelegenheiten des Königs zu mischen gewußt hatte. Das hätte August den Starken aber noch keineswegs bewogen, ihn an Hoymbs Stelle zu setzen, wenn nicht die Nationalitätenfrage hierbei eine große Rolle gespielt hätte. Dem König war alles daran gelegen, nicht nur den fast verlorenen Einfluß, sondern die absolute Gewalt über Polen zu erlangen – und da Sulkowsky Pole und mit dem gewichtigsten Teil des Reichsadels verschwägert oder alliiert war, so machte August ihn zu seinem Minister, um an ihm eine Brücke für seine Pläne zu haben. Sulkowsky wußte das alles sehr wohl, und weil der König durch diese Kombination in eine eigene Lage zu ihm gekommen war und manches übersehen mußte, was er sonst nicht geduldet hätte, unterließ jener nicht, die Zeit zu nützen und sich von der Gewalt soviel als möglich anzueignen. August aber hatte die Sulkowskys und die polnische Adelskoterie höchst nötig; denn schon munkelte man in Polen wiederum von Stanislaus Leszczynski, der in Ludwig XV. einen mächtigen Schwiegersohn besaß, auf dessen Hilfe er wohl bauen mochte. Die Feinde Augusts in Polen steckten bereits die Köpfe zusammen, und Sulkowsky säumte nicht, die Gefahr für August um so dringender darzustellen, als er sich ihm dadurch um so unentbehrlicher machte. [...]

So war das Jahr 1732 zu Ende gegangen und hatte zu seinem Schluß die Befürchtungen über Leszczynskis Usurpation, wie man's in Dresden nannte, vermehrt; August entschloß sich daher, trotz des Winters und obwohl eine alte Wunde an seinem Fuß wieder aufgebrochen war, nochmals in Person nach Warschau zu gehen, um die Keime einer etwaigen Insurrektion zu ersticken, die Schwankenden zu befestigen und die Gefährlichen zu neutralisieren. Die Reise war also eine beschlossene Sache; es handelte sich nur darum, wer den König begleiten und wer zurückbleiben sollte, ein Moment wichtiger Entscheidung für Brühl wie für Sulkowsky. Der Kurprinz hatte sich nur wenig blicken lassen; er kam mit seiner jungen Gemahlin sehr selten von seinem Jagdschlosse Hubertusburg herein, weil die Mißstimmung zwischen Vater und Sohn noch fortdauerte: genährt bei dem einen durch die Erinnerungen an das Mätressentum und an das tränenvolle Ende Eberhardines, erzeugt bei dem andern durch den überspitzten Katholizismus Josephas. – Wem also wird der König die Gewalt interimistisch anvertrauen? Wen wird er als Unterhändler und Vertrauten mit sich nehmen? Das war die Tagesfrage, nach deren heutiger Lösung in einer Woche zur Reise geschritten werden sollte.

Der Hof war bei der Gräfin Morsinska, Augusts Tochter von der Cosel, die er namentlich in den letzten Jahren gern um sich sah, versammelt.

Neben der strahlenden Gräfin saß auf einer Ottomane, den Teetisch vor sich, das Juwel des Hofes, die schöne Kollowrat. Sulkowsky stand vor ihnen; er hatte die Hand auf den ledernen Sessel des Königs gelegt und unterhielt die versammelten Damen, um seine innere Unruhe zu verbergen. [...] – Der König trat ein, gefolgt von Brühl. Alles erhob sich. August trat grüßend an den Tisch und nahm neben der Gräfin Morsinska Platz.

Sulkowsky begab sich an den Spieltisch der Generalin Klenzel und sah der Schachpartie zu, die sich ihrem Ende näherte. Brühl zog sich hinter Spiegel zurück, seine Aufmerksamkeit dem armen Ehegatten widmend, der beträchtlich verlor. Man spielte überhaupt höchst achtlos, und die Unterhaltung war lau, denn alles war gespannt auf das, was kommen werde. Man hatte unter wechselnden Gesprächen von Oper, neuen Toiletten, jüngsten Nachrichten aus Paris, Balletts, neuen Bauprojekten die träge Zeit zu beschleunigen gesucht, als das Rollen einer Equipage, der Trommelwirbel der salutierenden Hofwachen den Kurprinzen meldeten, der bald darauf eintrat. Sulkowsky, der etwas die Farbe wechselte, und Brühl sahen sich fragend an. Das Erstaunen der Anwesenden wuchs aber um so mehr, als der König aufstand, dem Kurprinzen entgegenging, ihm herzlich die Hand drückte und ihn neben sich auf den Sessel zog, indem er sagte: »Das ist mir lieb, daß du so bald kommst!« Ein Zug nachdenklicher Rührung überflog das sonst so strenge Gesicht Augusts. So hatte er sich noch nie gegen den Sohn benommen. – »Ich eilte um so sehnlicher her, Majestät, weil ich die Spanne Zeit noch ausnutzen wollte, die es mir erlaubt, meinen gnädigen Vater zu sehen.«

»Das sollst du auch, und da ich in der nächsten Woche reise, sollst du bei mir bleiben. Wer weiß, ob's nicht lange dauert, bis wir uns wiedersehen! Damit aber daheim alles in Ordnung bleibe, mein Sohn, wirst du die Reichsgeschäfte inzwischen versehen. Sulkowsky, Sie werden die bevollmächtigende Order ausfertigen. Seine Hoheit der Kurprinz regiert mit meiner ganzen Gewalt, solange ich fort bin!«

Brühl konnte ein leises Lächeln kaum zurückhalten; die schöne Kollowrat aber richtete einen erstaunten Blick auf Sulkowsky, der sich, seinen Schreck verbergend, tief vor dem König verbeugte.

»Euer Majestät fühlen sich aber nicht wohl genug zur Reise!« sagte schüchtern die Gräfin Morsinska. – »Wohl wahr, meine Liebe, aber die Geschäfte sind zu dringend. Wenn ich auch in Warschau nicht selbst alles besorgen kann, so überwache ich doch alles. Freilich muß ich mich auf die Zuverlässigkeit meiner Begleiter verlassen, und ich denke, ich kann das. – Lieber Brühl,« und er reichte dem Kammerherrn die Hand, die dieser küßte, »Sie haben mir so lange anhängliche Treue bewiesen, Sie reisen mit mir! Die Grafen Sulkowsky und Lubomirsky sollen auch mit, und ich will wüschen, daß sie in Warschau recht ersprießliche Dienste leisten können. Sulkowsky, stellen Sie sogleich die Kabinettsorder für seine Hoheit aus! Lieber Sohn, es wird demnächst nötig werden, die Kurprinzessin Hoheit nach Dresden zu bitten, damit du die Deinen um dich hast. Du wirst den linken Flügel des Schlosses einnehmen.«

Alles war erstaunt. Sulkowsky, starr und keines Wortes fähig, schwankte hinaus. Brühl, dessen Gesicht rot vor innerer Bewegung war, richtete einen langen Blick auf die Gräfin Kollowrat, die sich auf die Lippen biß und ihre Augen vor ihm niederschlug. Das Rätsel war gelöst: nicht Sulkowsky, sondern der Erbprinz selbst führte das Interimsregiment. Brühl begleitete speziell des Königs Person, und das war ihm in einer Form gesagt worden, aus der hervorging, daß er keinen bloßen Kammerherrndienst zu versehen habe. Auch Sulkowsky sollte mit; aber die Art des Befehls und die Tatsache, daß neben ihm Lubomirsky mit einer Art Gleichberechtigung genannt wurde, schienen höchst auffallend.

Der Tee war inzwischen eingenommen worden. Auf einen Wink des Königs erschien Hasse mit seiner Gattin, der Sängerin Faustina, und wenig später hatte sich die ganze Gesellschaft in italienische Opern vertieft.

Viola Roggenkamp

Die Frau im Turm

Sommer 1727

Die Cosel erwacht. Die Cosel erwachte. Die Cosel erwacht. Die Cosel erwachte. Die Cosel erwacht. Die Cosel erwachte. Steht am Fenster. Stand am Fenster. Tag um Tag um Tag um Tag. Festung Stolpen, früher Morgen, kalt.

Die Sonne geht auf. Vögel singen. Die Fenster stehen offen. Fliegen summen durchs Zimmer. Aus dem Hof unten kommen Stimmen herein. Gelächter. Das sind Männer. Schnauben und Wiehern. Das sind Pferde. Die Cosel rührt sich nicht. Im Raum ist eine aufdringliche Lebendigkeit. Solange sie atmet und ißt und trinkt und schwitzt und friert und stinkt und verdaut, so lange lebt sie. Madame la Comtesse ist zu gut erzogen, um einfach für den Rest ihrer Tage liegenzubleiben, zu gut erzogen, um einfach unter sich zu lassen, was der Körper von sich gibt. Sie sagt nichts mehr. Schon lange denkt sie, ohne zu sprechen. Allein Lenchen bekommt noch Anweisungen von ihr. Bring das weg. Nimm das mit. Sie möchte fragen. Woher kommst du? Sie möchte fragen. Fortgehen? Wie ist das? Mit wem kann sie reden? Sie ist von Kreaturen umgeben, die das Kleinod der Freiheit nicht kennen, deren einziger Sinn Stumpfsinn ist. Ihr Koch ist ein Trottel, das bißchen Hirn reicht nicht einmal zum Saufen und Spielen, ihr Stubenheizer ist ein hundsföttischer Eunuch, wenigstens vermehrt sich so was nicht. Lenchen hat ihr erzählt, in der Burgkirche beim Gottesdienst müssen der Koch und der Stubenheizer und Lenchen getrennt sitzen von allen anderen.

Niemand aus Stolpen darf mit ihnen sprechen. Wettel wacht darüber und auch der Amtmann von Stolpen. Niemand mehr grüßt das Lenchen. Die Leute sehen weg, als hätte sie die Pest. Nur der Jud, der Moische, der sei freundlich.

Was ist mit diesem Juden, was ist mit diesem Moische Schieber? Mit wem steckt der unter einer Decke? Wettel läßt ihn ein zu ihr. Bei ihr ist nichts mehr zu holen. Sie ist eine alte Frau in ihrem 46sten Lebensjahr. Ihr Haar ist weiß geworden, die Kräfte haben sie verlassen. Sie liegt viel, und auf ihr liegt Augustus Rex wie eine Grabplatte. Er läßt sich die jungen Weiber in sein Bett tragen. Ein Mann kann alt und fett sein oder alt und ausgezehrt, er mag impotent sein oder boshaft oder beides, ist er nur mächtig genug, schon eilen die Väter herbei, dem mächtigen Mann submissest ihre blutjungen Töchter unterzuschieben, und die Mütter stehen daneben und kriechen noch darunter, kriechen unters Bett und träumen sich an den Platz der Tochter und machen die Beine breit. Der junge Jude, wenn er kommt, stürzt sich auf ihre Bücher. Sie beobachtet ihn in seinem Glück. Er studiert sich durch ihre Bibliothek, er sitzt neben dem Feuer und liest mit halb geöffnetem Mund, die Augen auf das Buch gesenkt, versunken, ohne Bewußtsein für die Gegenwart.

Ihre Füße gehen zum Stuhl, ihre Hände heben das lange Hemd, ihre Knie knicken ein, ihr Oberkörper beugt sich nach vorn, ihre Arme stützen sich auf die Stuhllehnen, ihr Unterleib läßt sich nieder und entleert sich, ihre Augen starren gegen die Wand.

Wieso läßt Wettel den zu ihr ein? Soll der kleine Jude sie bespitzeln? Sie hat das Papier nicht, und wenn sie es hätte, würde sie sich mit des Königs Copulationsurkunde den Hintern abwischen. Als er noch liebenswürdig zu ihr war, so liebenswürdig, obwohl sie ihn, zugegeben, sie hat ihn bedrängt, sie wollte, daß er sein Eheversprechen öffentlich macht, und das hat er abgelehnt. Und als er in Polen war und sie in Dresden zurückblieb, vorher hatte er rasch noch und ohne ihr Wissen in ihrem neuen Palais die Hauskapelle weihen lassen. Katholisch und geweiht der Heiligen Constantia. Über den Witz hatte sie nicht lachen können, und danach, er war schon in Polen, hat sie in ihrem neuen Palais am Taschenberg Hof gehalten. Er war ja nicht da. Er mußte ja fort. Das war schließlich ihre Aufgabe als seine Maîtresse en titre, und, zugegeben, sie hat von allen verlangt, mit Königliche Majestät angeredet zu werden. Wer es nicht getan hat, den hat sie rausschmeißen lassen. Da hatte er sich schon abgewandt von ihr, nicht erst danach, schon davor hatte er ihr eine seiner Grabkammern zugewiesen. Sie hatte es nicht wahrhaben wollen, er war auch so liebenswürdig und zugewandt gewesen, liebevollste Liebesbriefe kamen aus Polen. Der Stein hatte sich bereits über ihr geschlossen. Sie glaubte sich noch im Zentrum und gehörte nicht mehr zu denen, die von ihr schon abgerückt waren.

Augusts Liebe gehe stark zurück und werde will's Gott bald alle sein. So etwas verbreiteten die. Gerede. Über wen bei Hofe nicht mehr geredet wird, der ist so gut wie gestorben. Auf der Leipziger Messe habe sie ein Päckchen Juwelen vom Juden bei sich gehabt und habe es wieder zurückgeben müssen. August habe es nicht bezahlt, worüber sie fast rasend geworden sei. Fast? Flemmings Spione. Schlecht informiert. Sie war rasend geworden. Flemming. Alles Flemming. Immer Flemming.

Achtet doch, geliebter Sire, auf Euren Flemming. Ihm mißfällt unsere Liebe. Ist's Sorge um Euch, um Eure königliche Kraft? Ist's Eifersucht? Mir scheint manchmal, Euer Flemming will mich verderben. Sei's auch um Euretwillen, was er unternimmt, so ist es doch nach seinem Willen und nicht gemacht für meinen König. Daß am Ende gar der König sich von seinem Flemming wird regiert sehen müssen. Sie hatte sich vor August niedergekniet. Sie wollte mit so ernstem Rat nicht zu groß vor ihm erscheinen. Und als sie aufsah, sah sie auf seine geblähten Backen. Mein Flemming? Das ist ein Mann von allerhöchster Redlichkeit!

Sie legt den Zeigefinger an ihre Wange. Sie fühlt sich. Im Finger oder an der Wange? Sie wiederholt die Bewegung in umgekehrter Abfolge. Wange gegen Zeigefingerspitze. Fühlt der Finger die Wange? Oder fühlt die Wange den Finger? So fernab vom Leben hat sie sich ihr Leben nie gedacht. Niemand sieht sie in ihrem Elend. Als würde sie nicht sein. Niemand wacht mit ihr, niemand schläft mit ihr. Und er ist überall willkommen. Die Cosel? Ach, die lebt noch? Sie zieht langsam den Finger über ihre Wange und sieht die Gitterstäbe vorm Fenster verzittern. Draußen Sonne. Wind geht in der Stille. Die Wand atmet Steineskälte.

Um Flemming die Stirn zu bieten, darum hatte sie in Dresden die Königin gemacht. Flemming war nicht erschienen. Am Hof in Warschau sprach man zur selben Zeit offen über ihren Sturz. Der König wolle keinen Umgang mehr mit ihr. Mit der Frau Gräfin von Cosel scheine es wohl aus zu sein. Und er ließ das zu. Warum sah er nicht dadurch auch seine Würde verletzt? Sah er nicht.

Sie ist von Büchern umstellt, und sie kann nicht mehr lesen. So wie der da, mit solchem Heißhunger.

Vielleicht, daß meine Königin eine Brille braucht, sagt Moische Schieber.

Sie schlägt ein Buch auf, sieht die Buchstaben, wie sie sich zu Wörtern zusammenscharen und wie sich die Wörter zu Sätzen versammeln. Den Sinn kann sie nicht erfassen. Passen die Wörter nicht auf ihn und sie, muß sie sich davon zurückziehen. Sie kann nur an ihn denken.

Im Talmud steht geschrieben, sagt Moische Schieber, alles ist in Gottes Hand, außer der Furcht vor Gott.

Was interessiert sie das?

Und, sagt Moische Schieber, wenn alles in Gottes Hand ist außer der Furcht vor ihm, dann ist die einzige Freiheit des Menschen, Furcht vor Gott zu haben oder keine Furcht vor Gott zu haben. Fürchtet sich der Mensch vor Gott, was fürchtet er, wenn nicht seine eigenen Taten?

Der König fürchtet keinen Gott. Wäre August tot, wäre es für sie leichter, dann könnte sie ihren Schmerz mit ihm begraben. Wäre aber sie tot, hätte er seine Ruhe. Und Flemming auch. Allen würde ihr Tod Ruhe geben. Das hält sie am Leben.

Hermann Hennig

Fürst Putjatin

Ein Sonderling und Menschenfreund

Fährt man mit dem Dampfschiff von Dresden stromaufwärts, so gelangt man in etwa anderthalb Stunden nach dem Dorfe Kleinzschachwitz. Dieser Ort, der in den letzten Jahren infolge Erbauung zahlreicher Villen ein sehr freundliches Aussehen bekommen hat und wegen seiner guten Luft und herrlichen Lage als Sommerfrische viel benutzt wird, besitzt ein eigentümliches, »altes« Schulhaus. Das hohe, spitzzulaufende Dach senkt sich fast bis auf den Erdboden herab und läßt das Gebäude wie ein aus zwei Blättern zusammengefügtes Kartenhaus erscheinen. Hoch oben in der Spitze dieses sonderbaren Bauwerkes erblickt man ein Kreuz und darunter, bildlich dargestellt, das Auge Gottes. Am Fuße des Gebäudes ist eine sehr charakteristische Inschrift angebracht, die folgendermaßen lautet: *Mit Gott, in Gott, durch Gott ist diese Kinderschule gedacht, gefunden, angegeben und auf eigene Kosten zum heiligsten!!! zum theuersten!!! zum ewigen Andenken!!! an Tochter!!! Gattin!!! Freundin!!! erbauet 1822.* F. N. P.

Die drei letzten Buchstaben sind der abgekürzte Name des Erbauers dieses merkwürdigen Hauses und bedeuten: *Fürst Nikolaus Putjatin.* Er war, wie Rudolf von Kyaw schreibt, eine ganz eigenartige Persönlichkeit, die an Originalität weithin ihresgleichen suchte. Alle Welt kannte den kleinen Mann, der sich oft in den Straßen zeigte, die blonde, wohlfrisierte Lockenperücke mit einer großschirmigen Mütze bedeckt, deren langer

Sack auf die Seite oder in den Nacken herniederhing. Eine breite und hohe Krawatte, große, die mächtige Nase bedrohende Vatermörder, ein langer Rock mit hohem Kragen, bei Kälte ein außergewöhnlich großer Pelz mit Pelzmütze, unter den Stiefeln Blechschienen zum Schutze gegen den Biß toller Hunde – dieses waren etwa die Hauptbestandteile der eigentümlichen Tracht. Ein ungeheuerer, lichtgrüner Regenschirm, der ringsum mit kleinen, runden Fenstern versehen war, hing an der rechten Schulter, während an der linken eine zierliche Hundepeitsche und ein silbernes Pfeifchen befestigt waren. Wenn bei gar zu stürmischem Regenwetter ein Schirm nicht ausreichenden Schutz zu gewähren schien, zeigte sich Fürst Putjatin in einer schwarzen, mit Glasfenstern versehenen Taffethülle, die seine ganze Gestalt bis zum Knöchel bedeckte und ihm das Aussehen eines wandernden Schilderhauses verlieh. Bei gewöhnlichen Witterungsverhältnissen gehörte eine Art Maske mit Augengläsern, im Sommer aus gelbem Buchsbaumholz, im Winter aus schwarzem Sammet, zu des Fürsten vollständiger Ausrüstung. Auch durften zwei Uhrketten nicht fehlen, an der einen hing die Uhr, an der anderen eine silberne Bonbonnière als Portemonnaie. Nicht minder eigenartig wie des Fürsten äußere Erscheinung war seine Equipage. Es war ein langer, blau oder wohl auch gelb angestrichener Kasten, der nicht auf gewöhnlichen Wagenfedern ruhte, sondern auf einer rotledernen, blasebalgähnlichen Vorrichtung schwebte. Diese hatte den Zweck, den Insassen frische Luft zuzuführen, was sie oft in einer gar zu stürmischen Weise besorgte. Wie uns ein Zeitgenosse berichtet, machte dieses Fuhrwerk im Jahre 1829 bei der großartigen Bestattung des russischen Gesandten von Chanikoff in Dresden unter den hochfeinen Equipagen des Leichenzuges einen fast lächerlichen Eindruck. Bei Schneebahn zeigte sich der Fürst in einem vierspännigen, hoch auf den Kufen stehenden, mit Glaswänden versehenen Schlitten.

Durch seine Eigenheiten wurde Fürst Putjatin eine vollkommen ausgeprägte Straßenfigur und als solche allgemein bekannt. Wunderbar will uns es fast dünken, daß er trotzdem nicht das Schicksal der übrigen Straßenfiguren teilte, daß keine übermütige Straßenjugend, kein höhnender Witz ihn verfolgte, daß vielmehr alle dem kleinen sonderbaren Manne mit der größten Achtung und allen Zeichen der Ehrerbietung begegneten. Die alleinige Ursache lag darin, daß es allbekannt war, wie Fürst Putjatin durch seine sonstigen vortrefflichen persönlichen Eigenschaften die allgemeine Achtung im vollsten Maße verdiente.

Fürst Nikolas Abramowitsch Putjatin wurde am 16. Mai 1749 in Kiew geboren. Sein Geschlecht läßt sich bis ins 14. Jahrhundert zurück verfolgen und ist von alters her in Kleinrußland heimisch. Ein im Gouvernement von Rjäsan gelegenes Gut Putjatin gehört noch heute einem Fürsten Putjatin. Unser Fürst trat frühzeitig in die russische Armee. Doch bald genug widerte den jungen, fein organisierten Mann das barbarische Prügelsystem an, das damals in noch höherem Grade wie jetzt in der russischen Armee heimisch war. Nach einer furchtbaren Knutenexekution, die er als kommandierender Offizier hatte ausführen lassen müssen, steckte er seinen Degen mit der bestimmten Erklärung ein, ihn nie wieder bei einer ähnlichen Veranlassung ziehen zu wollen. Daher schied er aus der Armee. Der junge, strebsame Mann sollte jedoch nicht lange rasten.

Seine hervorragende technische Begabung fand bald solche Beachtung, daß er zum kaiserlichen Oberbauintendanten ernannt wurde. Auch wurde ihm die Kammerherrnwürde, sowie später der Geheimratstitel verliehen. So ward denn Putjatin ein Glied des glänzenden Petersburger Hofes, dem zu jener Zeit Graf Karl von Sievers als Oberhofmarschall vorstand. Mit einer Tochter dieses Marschalls, mit der geschiedenen Gräfin von Sievers, hat sich Fürst Putjatin 1789 vermählt. Kurz nach seiner Vermählung verließ er Petersburg und brachte mehrere Jahre mit seiner Gemahlin und deren Tochter auf Reisen in Deutschland, Frankreich, England und Italien zu. Überall legte er ein hohes Interesse und viel Verständnis für Wissenschaft und Kunst an den Tag. Im Jahre 1793 nahmen die Reisenden einen längeren Aufenthalt in Dresden, um sich später dauernd in Sachsen niederzulassen. Der leidende Zustand seiner Stieftochter veranlaßte ihn, die Stille eines ländlichen Aufenthaltes zu suchen. Diese Stieftochter unseres Fürsten, die kurze Zeit mit dem kursächsischen Geheimrat und Kammerherrn Wilhelm Albrecht Heinrich Grafen von Schönburg-Wechselburg unglücklich vermählt war, litt in hohem Grade an Asthma, und ihr Zustand war besorgniserregend. Das Dorf Kleinzschachwitz bei Dresden schien sich zum Aufenthalte für die Kranke besonders zu eignen. Die große Kiefernwaldung, die damals den Ort umgab, versprach eine ozonreiche, genesungbringende Atmosphäre. So kaufte denn die Fürstin, da ihr Gatte nach der damaligen Landesverfassung nicht angesessen sein durfte, am 21. Dezember 1797 das auf Kleinzschachwitzer Flur gelegene Petzoldsche Bauerngut; später erwarb er noch einige angrenzende Felder und Buschteile hinzu.

Fürst Putjatin ging sofort an den Bau eines Landhauses. Das war ein ganz eigentümliches Gebäude. Nicht weniger als sechzehn Balkone umgaben das Haus. Auf dem Dache befand sich eine große Plattform, zur Seite des Gebäudes ein schlanker Turm. Das Ganze machte einen phantastischen Eindruck. Betrat man das Haus, so erblickte man zur rechten Hand einen schönen, runden Speisesaal und in diesem einen eisernen Ofen in Gestalt einer mächtigen Palme, deren Zweige von der heißen Luft bewegt wurden und leise erzitterten. Zur Linken des Hausflurs befand sich ein größerer Gesellschaftssalon, an den sich ein kleinerer in Halbkreisform anschloß. An den großen stieß, von einer Glaswand umgeben, ein Orangeriegarten, in dessen Mitte ein Springbrunnen sprudelte. Zur Rechten schlossen sich an den Salon andere Zimmer an. Das eine derselben grenzte an einen Kuhstall. Die bauliche Einrichtung verstattete den friedlichen Vierfüßlern, ganz gemütlich in das von der Gräfin Schönburg bewohnte Zimmer hineinzuschauen. An der rechten Vorderseite der Villa lud ein kasemattenartiger, mit Rasen umkleideter Gang zu einer kühlen Promenade ein. Vor seinem Eingange befand sich eine größere Blumenanlage, der sogenannte Blumenkorb. Der Gang, den hier und da angebrachte Seitenfenster mit dem nötigen Lichte versahen, führte in dem Garten umher. Alle Anlagen des weitläufigen, mit prachtvollen Bäumen bepflanzten Gartens und Parkes waren geschmackvoll geordnet und wohl erhalten. Ein vielfach überbrückter Bach, aus dem ein großes, fortwährend in Bewegung befindliches Schöpfrad das nötige Wasser spendete, durchzog in zahlreichen Windungen eine weite Wiesenfläche, auf der verschiedene Baumgruppen und Ruheplätze verteilt waren. Zur Unterhaltung der Gartenbesucher diente eine eigentümliche, mächtige Schaukel, auf der dreißig Personen zu gleicher Zeit den vom Fürsten sehr geliebten Schaukelgenuß haben konnten. Auch im Gewächshaus fehlte eine kleine Schaukel nicht. Künstliche Ruinen, kleine Tempel u. dergl., nach dem Geschmacke jener Zeit hergestellt, brachten Abwechselung in die landschaftlichen Anlagen. Der Gesamteindruck, den die Villa auf den Beschauer machte, war ganz außerordentlich. Das Fremdenbuch, in das die zahlreich herbeiströmenden Besucher ihren Namen einschrieben, wimmelte von überschwenglichen Ausdrücken, wie »Arkadien«, »irdisches Paradies«, »Elysiums Gefilde«, »*palais de délices*« u. dergl.

Bilder und Kupferstiche, Erinnerungen an des Fürsten vielfache Reisen, bedeckten allenthalben die Wände. Alles war wohnlich und bequem. Eine sogenannte Flugmaschine sorgte für das Privatvergnügen des Fürsten, der luftige Promenaden ungemein liebte. Von einem Seitenfenster des Obergeschosses der Villa führten straffgespannte Seile bis zu dem Fuße eines Baumes hinab. Diese bildeten eine Art Gleis, auf dem mittels einer eigentümlichen Vorrichtung der in einem kleinen mit Marly umspannten Wagen sitzende Fürst in raschem Fluge hinabrollte. Fürst Putjatin liebte überhaupt seltsame Promenaden. So bediente er sich bei den Besuchen, die er dem ihm sehr befreundeten Dr. Pienitz, dem Direktor einer Heilanstalt Sonnenstein abstattete, eigenartig eingerichteter Beinkleider, um eine dortige Anhöhe schnell rutschend hinabgelangen zu können. Ähnliches geschah beim Besuch des Schlosses Borthen bei Lockwitz. Er pflegte einen Sack mitzubringen, in dem er sich von einem Berge in der Nähe des Schlosses herabrollen ließ. Putjatin liebte aber nicht bloß dergleichen luftige, an die Rutschberge seiner Heimat erinnernden Luftreisen, sondern auch Luftbäder im vollsten Sinne des Wortes. Er war der Ansicht, daß der Grund vieler Übel darin zu suchen sei, daß man die Haut unausgesetzt den Einwirkungen der äußeren Luft entzöge.

Der weit verbreitete, fast europäische Ruf des fürstlichen Besitztums führte, wie bereits erwähnt, zahlreiche Beschauer aus aller Herren Länder herbei. Einigemal beehrten auch königliche Herrschaften die Villa und unseren Fürsten mit ihrem Besuch. Bei einem solchen Ereignis ward aufs schleunigste der Lehrer des Ortes herbeigerufen, der dann fortwährend die Melodie: »Den König segne Gott« spielen mußte. Als am 7. Juni 1815 König Friedrich August der Gerechte nach langer Abwesenheit in sein Land zurückkehrte, berührte der königliche Zug auch Zschachwitz. Singende Kinder hielten den Wagen des Königs unmittelbar unter einer Ehrenpforte auf, in deren Wölbung eine unförmliche Blumenkrone schwebte. In dieser wiegte sich wie in einer Schaukel Fürst Putjatin und begrüßte von oben herab den heimkehrenden Monarchen mit einer französischen Anrede, ihn zu gleicher Zeit reichlich mit Rosen bestreuend. Der Blumenhagel war aber so stark, daß der ehrenvoll Begrüßte gar nicht aufgeblickt und nichts erwidert haben soll. Erst beim Weiterfahren äußerte Seine Majestät gegen den neben ihm sitzenden Kavalier, der Fürst Putjatin scheine ihm etwas »mentekapt« zu sein.

Im allgemeinen führte Putjatin in Zschachwitz ein ruhiges Leben. Dieses erfuhr jedoch eine unliebsame Störung, sobald gerüchteweise etwas von einem irgendwo herumlaufenden tollen Hunde verlautete. Dann dünkte dem Fürsten der alleinige Schutz der blechernen Beinschienen nicht mehr genügend. Er beorderte sofort zwei Diener zu seiner persönlichen Bewachung. Der eine hatte den Auftrag, den Schritten des Fürsten allenthalben zu folgen, während der andere vor ihm herging. Jeder führte eine lange, rot angestrichene Gabel bei sich, um mit ihr einen etwaigen Hundeanfall erfolgreich abwehren zu können. Abgesehen von dieser großen Furcht, liebte Fürst Putjatin die Hunde im allgemeinen zärtlichst. Seine teuren Möpse mußten stets um ihn sein. Ein oft von ihm wiederholtes Wort war: »Hunde sind gute Menschen und Menschen vielfach schlechte Hunde.«

Nichtsdestoweniger trug Fürst Putjatin ein so menschenfreundliches Herz wie nur wenige in seiner Brust. Wo er helfen konnte, da war er stracks mit Rat und That zur Hand. Sein Grundsatz war: »Das Gute soll gethan und nicht bloß besprochen und zersprochen werden.« Besonders hatte sich die Jugend der regsten Fürsorge des Fürsten zu erfreuen. Gern und oft besuchte er die Zschachwitzer Schule und erfreute sich an den Fortschritten der Kinder. Dabei erhielt jedes von ihnen eine Zuckerspende aus einem Papiersack, den ein Diener ihm nachtrug. Im Jahre 1825 schenkte er den Gemeinden Groß- und Kleinzschachwitz, Sporbitz, Meußlitz und Zschieren ein neuerbautes Schulhaus und sorgte auch dafür, daß den Schulkindern bei einem am 10. September jedes Jahres abzuhaltenden Schulfeste eine Ergötzlichkeit bereitet werden könne. Noch heute gestaltet sich der 10. September alljährlich in Zschachwitz zu einem wahren Kinderfeste und zu einer schönen Feier der Erinnerung an den edlen Stifter. Gegenwärtig begeht nur noch die Kleinzschachwitzer Gemeinde diesen Tag, da im Laufe der Jahre die anderen früher zum Schulbezirke Kleinzschachwitz gehörigen Orte selbständige Schulbezirke geworden sind.

Am 13. Januar 1830 hörte das gute Herz Putjatins für immer auf zu schlagen. Nicht in Kleinzschachwitz, sondern in seiner Dresdner Wohnung (Ecke der Moritzstraße und des Neumarktes, jetzigem Hotel Stadt Rom) starb Fürst Putjatin. Seine Leiche überführte man in einem sehr großen Schlitten nach Dessau. Dort fand sie auf dem neuen Friedhofe in einem »dem teuren Kinde« errichteten Mausoleum neben seinen daselbst ruhenden Lieben, seiner Gemahlin und seiner Tochter, ihre letzte Stätte. Es ist ein tempelartiger, von einer Kuppel überwölbter Bau aus Crottendorfer Marmor. Die Außenseite zeigt außer Inschriften einen antiken, flammenden Opferaltar. Im Innern erblickt man die nebeneinander gestellten Särge der »drei vormals im Leben und nunmehr auch im Tode Vereinten« – wie die vom Fürsten gewählte Inschrift besagt:

»Trois dans la vie,
Trois dans la mort!«

Johann Kaspar Riesbeck

Dresden

Ich bin auf einmal in einer ganz neuen Welt, Bruder! Sowie man über der böhmischen Grenze ist, erblickt man ein ganz andres Erdreich, einen andern Anbau, andre Leute und hört eine ganz andre Sprache. Zum erstenmal hörte ich nun das gemeine Volk verständig deutsch sprechen; denn durch ganz Schwaben, Bayern und Österreich spricht man ein Jargon, das einer, der das Deutsche von einem Sprachmeister gelernt hat, ohne besondre Übung unmöglich verstehen kann. Nun bin ich erst in dem eigentlichen Deutschland. Nur ein kleiner Strich von dem Teil des deutschen Reiches, den ich bisher gesehn, nämlich der nördliche zwischen der Donau und dem Rhein in Schwaben, gehört zu dem alten Germanien, dessen Bewohner den Römern so fürchterlich waren. Das übrige war alles nur erobertes Land und hieß Vindelizien, Rätien und Pannonien. Um die Zeiten Pippins und Karls des Großen waren aber auch hier die Grenzen Deutschlands beschränkt. Die Slawen hatten zuvor die Burgunder, Schwaben und andre deutsche Völker über die Elbe getrieben und sich ihrer Wohnsitze bemächtigt, so wie diese dann den Teil der alten Germanier, die an den Ufern des Mains und Rheins wohnten, nach Gallien trieben. Es war, als wenn damals die Völker eine Reihe Kugeln gewesen wären, die von Osten her einen Stoß bekamen und wo immer eine die andre in gerader Linie forttrieb. – In der neuern Geschichte, nämlich seit Luthers Zeiten, war Sachsen immer in jedem Betracht eine der vornehmsten Provinzen Deutschlands. In Rücksicht auf Literatur waren die Sachsen für die übrigen Deutschen das, was vor einigen Jahrhunderten die Florentiner für die andern Völkerschaften Italiens waren. Doch ich bin zu voreilig. Alles das sollst du zu seiner Zeit umständlicher erfahren. Ich muß dir erst sagen, wie ich hieher gekommen bin und wie das Land aussah, durch welches ich kam.

Der Teil von Böhmen, durch welchen unser Weg hieher ging, sieht ungleich schöner und reicher aus als der zwischen Prag und Österreich. Der Anbau ist, so wie das Land selbst, mannigfaltiger, die Menschen wohnen näher beisammen und scheinen geselliger zu sein. Hügel, Berge, Ebenen und Täler wechseln auf eine reizende Art miteinander ab, und der Weinstock, der jenseits Prag gar nicht zu sehen ist, bedeckt hier häufig die Abhänge der Berge.

Wir sahen die waldichten Gipfel des sogenannten Erzgebirges, dessen höchster Rücken die Grenze zwischen Sachsen und Böhmen ist. Diese Berge sind auch nur von mittlerer Höhe und machen durch ihre Größe bloß deswegen einiges Aufsehen, weil von hier bis an die Mündung der Elbe und der Ostsee hin kein erhebliches Gebirge ist. Die Leute, welche aus diesem niedrigen und ebenen Lande heraufkommen und hier zum erstenmal ein Gebirge erblicken, welches dieses Namens würdig ist, erheben ein großes Geschrei und glauben die Grundsäulen des Himmels gesehen zu haben, so wie das Riesengebirge auch seinen Ruhm bloß dem kleinen Maßstab zu verdanken hat, den die Leute, welche es in Ruf gebracht, von Gebirgen überhaupt hatten. In alten Zeiten machte man es mit dem Atlas, Olymp, Athos, Parnaß und andern Bergen ebenso. [...]

Dresden hat eine stolze Lage und beherrscht auf allen Seiten eine vortreffliche Aussicht. Sie ist ohne Vergleich die schönste Stadt, die ich noch in Deutschland gesehen. Die Bauart der Häuser hat viel mehr Geschmack als die von Wien. Auf der langen und prächtigen Elbbrücke ist die Aussicht bezaubernd. Der Fluß, welcher bis auf einige Entfernung von der Stadt sehr eingeschränkt war, fängt an, sich merklich auszubreiten, und ist hier schon ein mächtiger Strom, welcher der Pracht der Stadt und Landschaft entspricht. Das Gebirge gegen die Lausitz zu bietet einen majestätischen Anblick dar, und die teils wilden, teils mit Weinreben bepflanzten Berge längst dem Fluß hinab bilden ein ungemein schönes Perspektiv.

Die Sitten und die Art der hiesigen Leute sticht mit den Deutschen, die ich bisher gesehen, noch stärker ab als die Schönheit der hiesigen Straßen und der Geschmack der Gebäude mit den Städten in Schwaben, Bayern, Österreich und Böhmen. Ein ungemein schöner Wuchs, sprechendere Gesichtszüge, eine gewisse Rundung und Leichtigkeit der Bewegungen, eine zuvorkommende Höflichkeit, eine durchaus bis auf die untersten Volksklassen herrschende Reinlichkeit und ein gewisses gesprächiges, zudringliches und einnehmendes Wesen muß jedem, der auf meinem Weg hieher kommt, an den hiesigen Einwohnern stark auffallen.

Es war ein unglücklicher Einfall, diese schöne Stadt zu befestigen, und unbegreiflich ist es, daß man, anstatt die Festungswerke sobald als möglich zu schleifen, sie noch verbessern will. So ausgesetzt, wie das Land ist, und in seinen jetzigen Umständen, wo es sich in keine Fassung setzen kann, um in einer Fehde zwischen Österreich und Preußen die Neutralität zu behaupten, ist diese Stadt mehr als irgendeine in Gefahr, verwüstet zu werden. Das Andenken der Verwüstungen von 1758 und 1760 im Siebenjährigen Krieg ist noch frisch genug, um der Regierung zur Warnung zu dienen.

Die Stadt scheint nach der Größe ihres Umfanges nicht sehr bevölkert zu sein. Man schätzt die Anzahl der Einwohner auf 50000. So viel ist gewiß, daß sie seit dem Ausbruch des letzten Schlesischen Kriegs und dem Tod Augusts des Dritten fast einen

Dritteil ihrer Einwohner verloren hat. Die Fremden und Einheimischen, welche die Stadt vor dieser Epoche kannten, wissen von der Abnahme derselben nicht genug zu erzählen. Die Kriegsverheerungen haben zu dieser Veränderung lang nicht soviel beigetragen als die Sparsamkeit des Hofes, welche auf eine große Verschwendung desselben erfolgte. Unter dem letztern Kurfürsten war der hiesige Hof vielleicht der glänzendste in Europa. Man rechnet, daß bloß die Hofmusik, die Oper und das Ballett den Kurfürsten jährlich ungefähr im Durchschnitt gegen 300 000 Gulden sächsisch oder über 780 000 Livres gekostet haben. Seine Tafeln, Jagden, Ställe usw. entsprachen vollkommen diesem Aufwand. Aus allen Ländern strömten Fremde hieher, um all die Herrlichkeit mit zu genießen. Dresden war im Norden der Mittelpunkt des Geschmacks und der feinen Lebensart. Das zahlreiche Gefolge des Hofes und der vielen Fremden machten den Umlauf des Geldes, die Künste und alles Gewerbe lebhaft. Unterdessen häuften sich die Schulden, wodurch sich aber der Kurfürst so wenig irremachen ließ, daß, als er in einer gewissen Oper das schöne Opferfeuer vermißt, welches sonst in einem Tempel zu brennen pflegte und mehrere hundert Taler kostete, und ihm der Intendant sagte, die heidnische Gottheit müßte sich für diesmal mit einem Feuer für zwanzig bis dreißig Gulden begnügen, weil kein Geld mehr in der Kasse sei, er doch den strengsten Befehl gab, daß bei der nächsten Aufführung dieser Oper wieder, wie zuvor, die vielen hundert Taler verbrennt werden sollten.

Ein Hof, der auf diesen Ton gestimmt ist, hat selten gute Staats- und Verwaltungsgrundsätze. Die Minister werden, wie der Fürst selbst, von eitelm Glanz geblendet, wollen sich in der Welt eine bedeutende Miene geben, lassen sich in Unternehmungen ein, denen die durch die Verschwendung geschwächten Kräfte des Landes nicht gewachsen sind. Sie sind in einem gewissen Schwindel, worin sie weder ihre eigne Lage noch jene der andern Mächte, mit welchen sie in Kollision kommen, genau ins Auge fassen können. Durch die allgemeine Verschwendung werden Untreue, Bestechung, Verrat und alle Laster begünstigt. Die wichtigsten Stellen werden erkauft, erschmeichelt, erhurt. Dieser wird Geheimer Staatsrat, weil er schön tanzt, und jener General, weil er die Flöte gut blaset. Das Verdienst wird unter dem Unterrock abgemessen, und die ganze Politik eines solchen Hofes ist gemeiniglich in der Sphäre eingeschlossen, welche die schöne Göttin zu Florenz die Venus von Medici mit der einen Hand bedeckt. [...]

Eine von den Merkwürdigkeiten, wovon man hier am meisten Lärmen macht, ist das sogenannte Grüne Gewölbe im kurfürstlichen Schloß oder die eigentliche Schatzkammer. Einige wollten wissen, man habe Bedenklichkeiten, sie den Fremden zu zeigen, weil einige von den vielen Stücken, die im letzten Schlesischen Krieg in Holland versetzt worden, noch nicht eingelöset wären; allein man machte uns (ich war in Gesellschaft zweier russischer Edelleute) nicht die geringste Schwierigkeit, und der Mann, welcher sie uns zeigte, versicherte, daß alles wieder eingelöset sei. Die Sammlung ist immer sehr merkwürdig; ich glaube aber, die Schätze an den Höfen zu Wien und München geben ihr wenig nach, und ich müßte mich sehr betrügen, wenn nicht die Schätze einiger Domkirchen, die ich gesehen, ihr die Waage halten sollten. – Die Gemäldegalerie, die Sammlungen von Antiken, Kupferstichen und Naturalien sind in meinen Augen ungleich merkwürdiger als das berüchtigte Grüne Gewölbe, wie dann die Gemäldegalerie unter die allerersten in Europa gehört. Sie zählt ohne die Pastellmalereien beinahe 1200 Stücke. In derselben ist die Geburt des Heilandes von Correggio, welche man schlechthin »Die Nacht« nennt und für die beste Arbeit dieses Meisters hält, das merkwürdigste Stück. Es soll über eine halbe Million Livres gekostet haben. Einige ziehen ihm den »Heiligen Georg«, auch von Correggio, noch vor.

Dieses Stück sollte eigentlich »Maria« heißen, denn die Heilige Jungfrau ist die Hauptfigur, und der heilige Georg steht, nebst andern Heiligen, neben ihr. – Von Carracci Corregio, Carracci – ital. Maler des 16. Jahrhunderts hat die Galerie kostbare Werke und sein bestes Stück. Es ist ein heiliger Rochus, der Almosen gibt. In Italien ist dies Stück unter dem Namen »Opera dell'Elemosina« bekannt.

Je länger ich hier bin, Bruder! desto mehr glaube ich in meinem Vaterlande zu sein. Die Sitten der hiesigen Einwohner, ihre Lebensart, ihre Gebärden, Vergnügungen, der Ton ihrer Gesellschaften, kurz, alles versetzt mich nach Haus. Ich wünsche nur, daß unsre Damen, Fräulein und Mädchen auch so schön und frisch wären als die hiesigen. [...]

Mit dem Essen und Trinken sieht es hier nicht so gut aus als in Süddeutschland. In diesem Punkt ist der Kontrast zwischen den Sachsen und den übrigen Deutschen, die ich bisher gesehen, so groß, daß man zu den Antipoden der letztern gekommen zu sein glaubt. Die Brühen sind hier so dünne, man hat so oft kalte und immer so schmale Küche, daß ich glaube, ein Wiener könne es hier in einem mittelmäßigen Haus nicht vier Wochen aushalten. Ich hatte schon mehr als eine Gelegenheit, zu bemerken, daß auch in den vornehmen Häusern eine Kärglichkeit in Rücksicht auf Küche und Keller herrscht, die man in Österreich und Bayern für eine Entehrung halten würde. Diese strenge Ökonomie erstreckt sich über alles, was zum innern Hauswesen gehört, und ich habe noch keine andre Art von großem Luxus bemerken können als die Kleidungen, worin der Aufwand im ganzen noch größer sein mag als in Süddeutschland. Alle vom Mittelstand, Frauen und Männer, sind hier nach der Mode gekleidet, und sie herrscht auch unter einem ansehnlichen Teil der untern Klasse, da hingegen zu Wien, München und andern Orten sich bis tief in den Mittelstand hinauf noch eine gewisse Nationaltracht erhält. – Ich wohne bei einem Uhrmacher, dessen zwei Töchter ihre vollständige Toilette haben und täglich koëffiert werden; dagegen nehmen sie öfters abends mit einer Butterschnitte und allenfalls einem dünnen Schnittchen Schinken dazu vorlieb, welches Essen zusammen mir anfangs sehr auffiel. [...]

Es sind auch der reichen Häuser hier sehr wenige. Kaum einer vom inländischen Adel hat über 30000 Gulden Einkünfte, und die meisten der vornehmsten Häuser stehen zwischen 10- und 15000 Gulden. Die Bürgerlichen klagen durchaus über Mangel an Geld, Teurung und geringen Verdienst. In Rücksicht auf den Zustand der Stadt, wie er unter dem letztern Kurfürsten war, mögen sie wohl Ursache zu klagen haben; allein ich habe noch keine Stadt in Deutschland gesehen, wo durchaus soviel Wohlstand herrschte wie hier. Man sieht ebensowenig Armut als übermäßigen Reichtum. Das Geld, welches im Umlauf ist, wird größtenteils durch bürgerliche Industrie in Bewegung gesetzt, und in diesem Betracht sticht Dresden mit München und andern Städten Deutschlands, die bloß vom Hof und der Schwelgerei des Adels ihre Nahrung ziehen, stärker ab als in irgendeiner andern Rücksicht. In dieser einzigen Stadt sind ungleich mehr Fabrikanten und nützliche Künstler als in ganz Bayern. [...] Eben deswegen, weil das Geld meistenteils durch Arbeit gewonnen wird, geht man sparsam damit um. [...]

Es ist auch sichtbar genug, daß der gute Humor und die Munterkeit, welche die Natur diesem Volk gegeben hat, öfters von einem gewissen Trübsinn umwölkt wird, der meistens durch die angewöhnte Sparsamkeit und den angestrengten Gewerbgeist verursacht wird. Ohne Zweifel hat man es dieser Bedächtlichkeit zu verdanken, daß man hier mehr *wahres* Vergnügen genießt als in irgendeiner andern Stadt Deutschlands, die ich gesehen. Der große Haufen zu Wien, München usw. kennt keine andere Wollust, als sich den Bauch zu füllen, sich von dem Unsinn eines Harlekins kitzeln zu lassen und zu kegeln. Alle öffentlichen Gärten in den Wirtshäusern zu Wien sind zu Kegelbahnen angelegt, und ich erinnere mich, in einem einzigen Garten dieser Art gegen dreißig Bahnen gezählt zu haben. Hier weiß man aber das Vergnügen des Umgangs, der Freundschaft und Liebe zu schmecken. Man macht, wie bei uns, kleine Partien auf das Land und hat Gefühl für die mannigfaltigen Schönheiten der Natur. Auch unter dem Mittelstand herrscht Geschmack an Kunstsachen, und die Lektüre ist fast allgemein. Diese ist nicht, wie in Süddeutschland, bloß auf Komödien und fade Romane eingeschränkt, sondern erstreckt sich auch über gute moralische, historische und andre Bücher vom höhern Wert. Der Adel hält sich hier sogar für seine Gesellschaften einen eignen Leser. [...]

Hier gibt es wahre Ideale von Schönheiten. Schlank von Wuchs, frisch von Fleisch und Farbe, rund von Knochen und lebhaft in Gebärden hüpfen dir die Mädchen daher, wie die jungen Rehen, um mit Salomon zu sprechen, an den ich dich überhaupt verwiesen haben will, um dir von den übrigen Reizen dieser Mädchen und dem Eindruck, den sie machen müssen, durch Gleichnisse eine Vorstellung machen zu können; denn ich bin wirklich nicht dazu aufgelegt, dir ein dichterisches Gemälde davon zu geben, ob ich schon noch kein Frauenzimmer gesehen habe, das mich so leicht zu einem Hohenlied entzücken könnte als das hiesige. – Es scheint aber geschwinde zu verblühen, denn ich sah wenig Weiber von dreißig Jahren, an denen nicht die Spuren des Verwelkens sichtbar waren. Das heftige Temperament mag viel dazu beitragen, vielleicht aber noch mehr die schlechten Nahrungsmittel, verbunden mit der Sorge für das Hauswesen. – Die Bayerinnen mögen die Sächsinnen vielleicht in Qualität des Fleisches übertreffen, allein diese sind ungleich schöner von Bau, und ihre Gesichtszüge sind interessanter. [...]

Einer der schönsten und stärksten Züge, wodurch sich die Sachsen von den Süddeutschen auszeichnen, ist ihre Vaterlandsliebe und ihre warme Teilnehmung an allem, was den Staat interessiert. Bis tief in den Mittelstand hinab ist hier jedermann über den Zustand des Landes und Hofes aufgeklärt. Hier hörte ich zum erstenmal das Wort *Vaterland* mit Nachdruck und einem vernünftigen und edeln Stolz aussprechen. Das hiesige Frauenzimmer braucht, wie das unsrige, die Galanterie zu einem Sporn für die Männer. Es nimmt teil an den Gesprächen von Kriegen, Friedensschlüssen, Unterhandlungen und allem, was sich auf den Staat bezieht. Es lobt seine Offiziers und Truppen und spricht mit großem Vergnügen von den Vorfällen, wo sie sich brav hielten. Die jungen Offiziers empfehlen sich bei ihm, wenn sie sich eine eisenfresserische Miene geben, welches in meinen Augen eben nicht so unbedeutend ist. Mit Verachtung und Abscheu spricht es von den Ministern, die Verräter am Vaterlande waren. – Der König von Preußen ist schlecht bei ihm empfohlen, doch spricht es mit Bewunderung von seinen Taten und stimmt den Männern bei, daß man von jeher würde besser getan haben, wenn man sich zu ihm gehalten und nie die Partei von Österreich genommen hätte, gegen welches man hier, ungeachtet der Bedrängnisse, welche der König von Preußen das Land fühlen ließ, noch einen stärkern und allgemeinen Groll hegt als gegen diesen, die Person des jetzigen Kaisers ausgenommen. Kurz, lieber Bruder! es ist mir, als wäre ich mitten unter meinen Landsleuten, wo die Teilnehmung am Zustand des Vaterlandes, an den öffentlichen Angelegenheiten und Vorfällen alle Gesellschaften beseelt und man sich fühlt.

Die sächsischen Truppen sehen ungemein gut aus. Sie sind nicht so gut diszipliniert als die Österreicher und Preußen, aber auch nicht so steif. Sie gleichen den Engländern, die nur beim Angriff selbst Soldaten sind und sich außer dem Schlachtfeld nicht gerne ermüden lassen. Brav sind sie, was man brav heißen kann; allein heutzutage ist nicht viel mit der Bravour auszurichten. Man erzählt einen Zug von ihnen, der in den Augen eines kaiserlichen oder preußischen Kommandanten vielleicht lächerlich, aber in den Augen eines Menschenfreundes und Weltbürgers gewiß sehr liebenswürdig ist. [...]

Franz Grillparzer

Tagebuch auf der Reise nach Deutschland

1826

26. [Aug.]

Gut geschlafen. Früh morgens fort. [...] Mittags in *Gießhübel*. Da hörte ich zuerst dieses Volk seine blökende E-Sprache ausbreiten. Ein ältlicher Mann vom Stande quäkte und näselte so, daß mir bald wirklich schlimm geworden wäre. Endlich aufgebrochen und fort durch das schöne, ich möchte sagen gebildete Land. Der Abstich zwischen Böhmen und Sachsen ist wirklich ungeheuer.

Angehalten. In der Wirtsstube ein Mädchen, das mich durch die Unverschämtheit, mit der sie sich alles bieten ließ, wirklich empörte, und dazu die reine, gebildete Sprache. Ein sonderbarer Eindruck.

27.

Drääsden. Gestern abend hier angekommen. Die Nacht hier geschlafen. Nichts kann mit dem unangenehmen Gefühle verglichen werden, mit dem ich mich hier empfinde. Diese quäkenden Frösche mit ihrer äußern Höflichkeit und innern Grobheit, mit ihrer Bereitwilligkeit und Thatlosigkeit, ihrer schwächlichen Großthuerei, all das ekelt mich an. Wir mußten erst vor zwei Gasthöfen anfahren, bis ich hier, im Engel, endlich Platz fand. Mein Hut war aus Versehen im Gasthause zur Stadt Wien zurückgeblieben. Ich gab gestern zweien von den Hausburschen den Auftrag, ihn zu holen; jeder von beiden war so bereitwillig, daß ich fast fürchtete, die Leute könnten sich durch zu große Eile Schaden thun, aber am Ende war keiner gegangen. Zu Abend bei Tische waren mehrere junge Offiziere, die von nichts anderem sprachen, als wieviel Flaschen Champagner sie nun getrunken hätten, dabei sprachen sie einige: Gott verdamm mich und andere derlei Phrasen, und am Ende hatten sie zu vieren drei Flaschen getrunken.

Die Sprache dieser Leute beleidigt mein Ohr. Ein Oestreicher kann mit seinem Jargon einem Fremden bäurisch vorkommen, die Sprache dieser Leute aber ist unleidlich. Sie ist unmännlich, geckenhaft, wie von und für Kopflose. Alle scharf denkenden und lebhaft fühlenden Nationen sprechen nicht sowohl schnell (das thun die Sachsen im Uebermaß) als abbreviert. Sie ziehen zusammen, verschlucken einen Teil der Buchstaben, z. B. Franzosen, Engländer; aber die Leute dahier dehnen jede Silbe, verlängern jedes Wort, hängen überall ein Lieblings-E an, so daß ihre Sprache endlich ein förmliches Mäh, Mäh von Schafen wird.

Indem ich schreibe, werde ich ruhiger. Ich hatte gestern abends mich geärgert, die Nacht schlecht geschlafen und mich mit den unleidlichsten Gedanken im Bette herumgewälzt. Mir war, als müsse ich auf der Stelle wieder umkehren und wieder nach Hause reisen. Was will ich denn eigentlich hier? Was will ich im übrigen Deutschland? – Mich zerstreuen? Ich bin zerstreut genug. Wissenschaftliche und Kunstanstalten kennen lernen? – Dazu wird mein Aufenthalt an jedem Orte zu kurz sein. Die Gelehrten, die Künstler kennen lernen? – Gehöre ich denn noch unter sie? Hier ist die Quelle meiner Marter, der Mittelpunkt meines Lebensüberdrusses: daß ich nicht fähig bin zu schaffen und ein dunkles Gefühl mir die Fratze vorhält, ich werde es nie mehr werden, das jagt mich wie ein gehetztes Wild. Mit welcher Empfindung werde ich den hiesigen Litteratoren entgegentreten? Nicht als ob ich sie scheute, dazu achte ich sie zu wenig, und erst bei Goethe wird mir Bangigkeit ankommen, aber am Ende sind sie doch thätig, sind doch was sie sein können, was sie immer waren; und wenn ich mich trotz allem für besser halte, als sie sind, was nützt mir das? Selbstschätzung war mir immer fremd, und ich kann nicht begreifen, wie einer dadurch besser sein kann, weil ein anderer schlechter ist, *aut Caesar aut nihil.* Deutschland ist von meiner Seite sicher vor den welken Früchten eines erkaltenden Talents.

Tieck besucht. Voll Geist ist der Mann und gut spricht er, aber es gibt einen διχαιοσ und einen αδιχοσ λογοσ. Bald unterbrach uns der Buchhändler Schlesinger aus Berlin und schmusete bis ich fortging. Manchen Leuten bleibt es unbegreiflich, daß sie ennuyieren könnten. Als an einem Sonntage die katholische Kirche besucht, Instrumentalmusik und Chöre sehr gut, erstere doch einigemal gefehlt, Flöten verstimmt. Ein trefflicher Bassist. Zwei Kastraten, der Altsänger sehr gut, der Sopran schneidend, in der Höhe falsch, ohne Verbindung der Fistel- und Mitteltöne, wenig Gesangbildung. Der König und das ganze königliche Haus in großer Andacht zugegen. In den Gängen der Kirche zwei gallonierte Thürsteher des Königs, die, indem sie jede Störung hindern wollten, selbst die größte Störung verursachten. Nachmittags im Linkeschen Bade. Hübscher Ort. Großes Konzert gegen einen Groschen Einlage. Uebrigens weniger schlecht, als der Preis vermuten ließ. Die Weiber alle mit der Strickerei in der Hand. Diese Leute sehen sehr gutmütig, aber langweilig aus. Noch kein schönes, kaum ein paar hübsche Mädchen gesehen. Ich glaube, die Dresdenerinnen kommen mit 30 Jahren zur Welt, bis jetzt sah ich beinahe noch keine junge. Verhältnismäßig viel Mißgestaltete und Zwerge.

Abends bei Tieck. Er las den Kaufmann von Venedig vortrefflich. Sein Vorlesen bringt die Wirkung der besten Darstellung auf der Bühne hervor. Da er aber während der Akte nicht absetzte und die Aufmerksamkeit immer gespannt blieb, so ward bei der großen Hitze das Ganze zuletzt in hohem Grade ermüdend, und ich hatte Mühe, die Augen offen zu behalten.

28.

Konnte nachts nicht schlafen. Der kleine Kerl mit seiner Vorlesung hatte mich ganz wirblicht gemacht. (Es regnet.)

Die Galerie besehen, Himmel, welcher Reichtum! Ich dachte immer, die Gemäldesammlung in Wien wäre bedeutend, aber was ist das gegen diese. Ich habe in vier Stunden 413 Nummern besehen und mich absichtlich genau nach der Ordnung der Gemälde gehalten, obschon es mich drängte, einen Blick auf den Raphael zu anticipieren. In die äußere Galerie sind die Holländer, Deutschen und Franzosen verwiesen, das innere Heiligtum haben die Italiener. Mit Recht, deucht mir, wenn man schon nach Schulen und Nationen sondert, was gleichfalls recht ist, wie ich glaube.

An Niederländern nun hat diese Galerie den unglaublichsten Reichtum. Historien und Stillleben, Schlacht-, Blumen-, Fruchtstücke, Landschaften in höchster Vollendung, alles ist da aufgehäuft, obwohl meistens mehr dem Bezeichnenden huldigend als dem Schönen.

Alles überragend, was ich heute gesehen, steht die Verstoßung der Hagar von Adrian van der Werff, ein Bild, das nach meinem Gefühle dem Herrlichsten an die Seite gestellt werden kann, was die Kunst je hervorgebracht.

29.

Ich wollte über diese Hagar noch größere Lobeserhebungen niederschreiben; nun trifft sich's aber, daß von allen, mit denen ich über dies Bild gesprochen, niemand in meine Meinung einstimmen will. Das ist schlimm, bei mir wenigstens immer von großem Gewicht, vornehmlich in Dingen, von denen ich mir keine vollständige Kenntnis zuschreiben kann. […]

30. 31.

[...] Durch besondere Güte Raphaels Madonna di S. Sisto gesehen, die eben unter den Händen des Restaurateurs sich befindet.

Was ist da viel zu sagen! Die übrigen Bilder und Maler sind unter sich der Stufe nach verschieden, Raphael der Gattung nach. Dieser Bube, mehr ein Erschaffer als Erlöser. Die Augen brennen ihm im Kopfe, dagegen die Jungfrau, die menschliche Mutter des jungen Gottes. Auf allen Kupferstichen und Kopien hat die heilige Katharina etwas widerlich Kokettes, auf dem Bilde selbst, wie so anders, wie verschämt zierlich. Der heilige Papst zeigt offenbar mit dem Finger der rechten Hand aus dem Bilde heraus, das Kind schaut bestimmt, die Mutter etwas obenhin in der Richtung des zeigenden Fingers; Katharinas gesenkte Augen blicken beinahe verstohlen ungefähr nach derselben Gegend. Zeigt nicht der Papst den beiden Himmlischen die Kirche, die er gestiftet, und ist nicht etwa diese Kirche es oder etwa nur ein Altar darin, der heiligen Katharina gewidmet, die beschämt und still erfreut über so viel Ehre verstohlen danach hinblickt? Ich wäre begierig, das Eigentliche der Sache zu wissen.

Die Antiken besehen mit schmerzlichen Empfindungen. Es brachte mir die Tage in Rom ins Gedächtnis, die damalige Lage, die damaligen Entwürfe. Was stand alles zu hoffen, wie wenig hat sich erfüllt! [...]

Ich bin krank. Das Herumjagen in den Galerien, der ungewohnte Wein und vielleicht ein Abendessen, das Advokat Kuhn gab, haben übel auf mich gewirkt.

2. Sept.

Mißmutig beschloß ich um elf Uhr nach Tharandt zu fahren, um doch etwas von der gerühmten schönen Natur um Dresden zu genießen. Einige Götterstunden verlebt! Die Gegend ist paradiesisch, die Aussicht von den Ruinen über allen Begriff. Ich weiß nicht, war es die Gewohnheit der letzten Tage, in Galerien heimisch zu sein, oder liegt es im Eigentümlichen der hiesigen Natur, daß jede einzelne Aussicht sich mir so sehr als ein Gemälde darstellte. Ich habe das wohl nie in so hohem Grade erfahren.

Johann Wolfgang von Goethe

Aus meinem Leben. Dichtung und Wahrheit.

Wie sich aber Begriff und Anschauung wechselsweise fordern, so konnte ich diese neuen Gedanken nicht lange verarbeiten, ohne daß ein unendliches Verlangen bei mir entstanden wäre, doch einmal bedeutende Kunstwerke in größerer Masse zu erblicken. Ich entschied mich daher, Dresden ohne Aufenthalt zu besuchen. An der nötigen Barschaft fehlte es mir nicht; aber es waren andere Schwierigkeiten zu überwinden, die ich durch mein grillenhaftes Wesen noch ohne Not vermehrte: denn ich hielt meinen Vorsatz vor jedermann geheim, weil ich die dortigen Kunstschätze ganz nach eigner Art zu betrachten wünschte und, wie ich meinte, mich von niemand wollte irre machen lassen. Außer diesem ward durch noch eine andre Wunderlichkeit eine so einfache Sache verwickelter.

Wir haben angeborne und anerzogene Schwächen, und es möchte noch die Frage sein, welche von beiden uns am meisten zu schaffen geben. So gern ich mich mit jeder Art von Zuständen bekannt machte und dazu manchen Anlaß gehabt hatte, war mir doch von meinem Vater eine äußerste Abneigung gegen alle Gasthöfe eingeflößt worden. [...] Er pries die Hospitalität alter Zeiten, und so ungern er sonst auch etwas Ungewohntes im Hause duldete, so übte er doch Gastfreundschaft, besonders an Künstlern und Virtuosen; wie denn Gevatter Seekatz immer sein Quartier bei uns behielt, und Abel, der letzte Musiker, welcher die Gambe mit Glück und Beifall behandelte, wohl aufgenommen und bewirtet wurde. Wie hätte ich mich nun mit solchen Jugend-Eindrücken, die bisher durch nichts ausgelöscht worden, entschließen können, in einer fremden Stadt einen Gasthof zu betreten? Nichts wäre leichter gewesen, als bei guten Freunden ein Quartier zu finden; Hofrat Krebel, Assessor Hermann und andere hatten mir schon oft davon gesprochen: allein auch diesen sollte meine Reise ein Geheimniß bleiben, und ich gerieth auf den wunderlichsten Einfall. Mein Stubennachbar, der fleißige Theolog, dem seine Augen leider immer mehr ablegten, hatte einen Verwandten in Dresden, einen Schuster, mit dem er von Zeit zu Zeit Briefe wechselte. Dieser Mann war mir wegen seiner Äußerungen schon längst höchst merkwürdig geworden, und die Ankunft eines seiner Briefe ward von uns immer festlich gefeiert. Die Art, womit er die Klagen seines die Blindheit befürchtenden Vetters erwiderte, war ganz eigen: denn er bemühte sich nicht um Trostgründe, welche immer schwer zu finden sind; aber die heitere Art, womit er sein eignes enges, armes, mühseliges Leben betrachtete, der Scherz, den er selbst den Übeln und Unbequemlichkeiten abgewann, die unverwüstliche Überzeugung, daß das Leben an und für sich ein Gut sei, teilte sich demjenigen mit, der den Brief las, und versetzte ihn, wenigstens für Augenblicke, in eine gleiche Stimmung. Enthusiastisch wie ich war, hatte ich diesen Mann öfters verbindlich grüßen lassen, seine glückliche Naturgabe gerühmt und den Wunsch, ihn kennen zu lernen, geäußert. Dieses alles vorausgesetzt, schien mir nichts natürlicher, als ihn aufzusuchen, mich mit ihm zu unterhalten, ja bei ihm zu wohnen und ihn recht genau kennen zu lernen. Mein guter Kandidat gab mir, nach einigem Widerstreben, einen mühsam geschriebenen Brief mit, und ich fuhr, meine Matrikel in der Tasche, mit der gelben Kutsche sehnsuchtsvoll nach Dresden.

Ich suchte nach meinem Schuster und fand ihn bald in der Vorstadt. Auf seinem Schemel sitzend empfing er mich freundlich und sagte lächelnd, nachdem er den Brief gelesen: »Ich sehe hieraus, junger Herr, daß Ihr ein wunderlicher Christ seid.« »Wie das, Meister?« versetzte ich. »Wunderlich ist nicht übel gemeint«, fuhr er fort, »man nennt jemand so, der sich nicht gleich ist, und ich nenne Sie einen wunderlichen Christen, weil Sie sich in einem Stück als den Nachfolger des Herrn bekennen, in dem anderen aber nicht.« Auf meine Bitte, mich aufzuklären sagte er weiter: »Es scheint, daß Ihre Absicht ist, eine fröhliche Botschaft den Armen und Niedrigen zu verkündigen; das ist schön, und diese Nachahmung des Herrn ist löblich; Sie sollten aber dabei bedenken, daß er lieber bei wohlhabenden und reichen Leuten zu Tische saß, wo es gut herging, und daß er selbst den Wohlgeruch des Balsams nicht verschmähte, wovon Sie wohl bei mir das Gegenteil finden könnten.«

Dieser lustige Anfang setzte mich gleich in guten Humor, und wir neckten einander eine ziemliche Weile herum. Die Frau stand bedenklich, wie sie einen solchen Gast unterbringen und bewirten solle? Auch hierüber hatte er sehr artige Einfälle, die sich nicht allein auf die Bibel, sondern auch auf Gottfrieds »Chronik« bezogen, und als wir einig waren, daß ich bleiben solle, so gab ich meinen Beutel, wie er war, der Wirtin zum Aufheben und ersuchte sie, wenn etwas nötig sei, sich daraus zu versehen. Da er es ablehnen wollte und mit einiger Schalkheit zu verstehen gab, daß er nicht so abgebrannt sei, als es aussehen möchte, so entwaffnete ich ihn dadurch, daß ich sagte: und wenn es auch nur wäre, um das Wasser in Wein zu verwandeln, so würde wohl, da heutzutage keine Wunder mehr geschehen, ein solches probates Hausmittel nicht am unrechten Orte sein. Die Wirtin schien mein Reden und Handeln immer weniger seltsam zu finden, wir hatten uns bald in einander geschickt und brachten einen sehr heiteren Abend zu. Er blieb sich immer gleich, weil alles aus einer Quelle floß. Sein Eigentum war ein tüchtiger Menschenverstand, der auf einem heiteren Gemüt ruhte und sich in der gleichmäßigen hergebrachten Tätigkeit gefiel. Daß er unablässig arbeitete, war sein Erstes und Notwendigstes, daß er alles übrige als zufällig ansah, dies bewahrte sein Behagen; und ich mußte ihn vor vielen andern in die Klasse derjenigen rechnen, welche praktische Philosophen, bewußtlose Weltweisen genannt wurden.

Die Stunde, wo die Galerie eröffnet werden sollte, mit Ungeduld erwartet, erschien. Ich trat in dieses Heiligthum, und meine Verwunderung überstieg jeden Begriff, den ich mir gemacht hatte. Dieser in sich selbst wiederkehrende Saal, in welchem Pracht und Reinlichkeit bei der größten Stille herrschten, die blendenden Rahmen, alle der Zeit noch näher, in der sie verguldet wurden, der gebohnte Fußboden, die mehr von Schauenden betretenen als von Arbeitenden benutzten Räume gaben ein Gefühl von Feierlichkeit, einzig in seiner Art, das um so mehr der Empfindung ähnelte, womit man ein Gotteshaus betritt, als der Schmuck so manches Tempels, der Gegenstand so mancher Anbetung hier abermals, nur zu heiligen Kunstzwecken aufgestellt erschien. Ich ließ mir die cursorische Demonstration meines Führers gar wohl gefallen, nur erbat ich mir, in der äußeren Galerie bleiben zu dürfen. Hier fand ich mich, zu meinem Behagen, wirklich zu Hause. Schon hatte ich Werke mehrerer Künstler gesehn, andere kannte ich durch Kupferstiche, andere dem Namen nach; ich verhehlte es nicht und flößte meinem Führer dadurch einiges Vertrauen ein, ja ihn ergötzte das Entzücken, das ich bei Stücken äußerte, wo der Pinsel über die Natur den Sieg davontrug: denn solche Dinge waren es vorzüglich, die mich an sich zogen, wo die Vergleichung mit der bekannten Natur den Wert der Kunst nothwendig erhöhen mußte.

Als ich bei meinem Schuster wieder eintrat, um das Mittagsmahl zu genießen, trauete ich meinen Augen kaum: denn ich glaubte ein Bild von Ostade vor mir zu sehen, so vollkommen, daß man es nur auf die Galerie hätte hängen dürfen. Stellung der Gegenstände, Licht, Schatten, bräunlicher Teint des Ganzen, magische Haltung, alles, was man in jenen Bildern bewundert, sah ich hier in der Wirklichkeit. Es war das erstemal, daß ich auf einen so hohen Grad die Gabe gewahr wurde, die ich nachher mit mehrerem Bewußtsein übte, die Natur nämlich mit den Augen dieses oder jenes Künstlers zu sehen, dessen Werken ich soeben eine besondere Aufmerksamkeit gewidmet hatte. Diese Fähigkeit hat mir viel Genuß gewährt, aber auch die Begierde vermehrt, der Ausübung eines Talents, das mir die Natur versagt zu haben schien, von Zeit zu Zeit eifrig nachzuhängen.

Ich besuchte die Galerie zu allen vergönnten Stunden, und fuhr fort, mein Entzücken über manche köstliche Werke vorlaut auszusprechen. Ich vereitelte dadurch meinen löblichen Vorsatz, unbekannt und unbemerkt zu bleiben; und da sich bisher nur ein Unteraufseher mit mir abgegeben hatte, nahm nun auch der Galerie-Inspektor, Rath Riedel, von mir Notiz und machte mich auf gar manches aufmerksam, welches vorzüglich in meiner Sphäre zu liegen schien. Ich fand diesen trefflichen Mann damals ebenso thätig und gefällig, als ich ihn nachher mehrere Jahre hindurch gesehen und wie er sich noch heute erweist. Sein Bild hat sich mir mit jenen Kunstschätzen so in Eins verwoben, daß ich beide niemals gesondert erblicke, ja sein Andenken hat mich nach Italien begleitet, wo mir seine Gegenwart in manchen großen und reichen Sammlungen sehr wünschenswerth gewesen wäre. [...]

Die wenigen Tage meines Aufenthalts in Dresden waren allein der Gemähldegalerie gewidmet. Die Antiken standen noch in den Pavillons des Großen Gartens, ich lehnte ab sie zu sehen, sowie alles Übrige, was Dresden Köstliches enthielt; nur zu voll von der Überzeugung, daß in und an der Gemähldesammlung selbst mir noch vieles verborgen bleiben müsse. So nahm ich den Werth der italienischen Meister mehr auf Treu' und Glauben an, als daß ich mir eine Einsicht in denselben hätte anmaßen können. Was ich nicht als Natur ansehen, an die Stelle der Natur setzen, mit einem bekannten Gegenstand vergleichen konnte, war auf mich nicht wirksam. Der materielle Eindruck ist es, der den Anfang selbst zu jeder höheren Liebhaberei macht.

Mit meinem Schuster vertrug ich mich ganz gut. Er war geistreich und mannigfaltig genug, und wir überboten uns manchmal an neckischen Einfällen; jedoch ein Mensch, der sich glücklich preist und von andern verlangt, daß sie das Gleiche thun sollen, versetzt uns in ein Mißbehagen, ja die Wiederholung solcher Gesinnungen macht uns Langeweile. Ich fand mich wohl beschäftigt, unterhalten, aufgeregt, aber keineswegs glücklich, und die Schuhe nach seinem Leisten wollten mir nicht passen. Wir schieden jedoch als die besten Freunde, und auch meine Wirtin war beim Abschiede nicht unzufrieden mit mir.

Johann Gottfried Seume

Mein Sommer

Der Weg nach Dresden ging wie gewöhnlich; und ich bedauerte nur in Meißen, daß man nicht mehr Ästhetik für unsere Porzellanfabrik studiert. Form und Malerei bleibt in dem Grade zurück, als der innere Wert Vorzug hat. Ich erinnere mich, daß ich für eine Tasse, auf welcher nichts als Friedrichs des Zweiten Bildnis stand, für einen reichen Russen in Berlin sechzig Taler bezahlt habe. Etwas ähnliches dürfte in Meißen wohl kaum eintreten.

Hat sich Dresden gebessert oder ich mich? Beides wäre gut, und vielleicht ist beides. Mich deucht, daß der Charakter der Leute daselbst um die Nasenläppchen und Mundwinkel sich merklich zum Vorteil geändert hat; und ich sehe jetzt nicht mehr so viele dumm despotische, vornehme Gesichter als ehemals. Die vornehmen Gesichter mit ihren korrespondierenden Nasen findet man glücklicherweise jetzt meistens nur unter den niedern Halbgebildeten, aber eine komplette, völlig konstituierte, ganz ausgearbeitete vornehme Nase in der höheren Sphäre ist auch das Impertinenteste, was einem ehrlichen, schlichten Manne in der Natur erscheinen kann.

Diesmal besuchte ich die Gallerie und habe sie, ein halbes Dutzend der ersten klassischen Stücke abgerechnet, in den bessern italienischen Schulen bei weitem nicht so reich gefunden, als ich geglaubt hatte: desto reicher an Zahl und Gehalt ist sie aber an Niederländern. Die Pariser Sammlung ausgenommen, ist in Dresden nun doch wohl die erste in Europa. Ich weiß wenigstens in Italien keine, die ihr den Rang streitig machen könnte. Verhältnismäßig noch größer ist der Schatz der Antiken; und hier gilt wieder das obige, zumal nachdem die Mediceerin und die Familie der Niobe nun auch in Paris sind. Der junge Faun, der Torso, die Venus, die Ariadne, die Matrone und einige andere Stücke gehören unstreitig zu dem Kostbarsten, was der Geist der Kunst erschaffen hat. Es ist mir ziemlich wahrscheinlich, daß Canova die schöne Stellung seiner Hebe von dem jungen Faun zu Dresden genommen hat. Sie ist fast ganz dieselbe; und was meine Vermutung bestärkt, er selbst hat vorher die Statue in Dresden wiederholt lange mit stillem Enthusiasmus beschaut. Die Mumien hat man anderwärts besser. Eine antike Büste, die Caligula vorstellen soll, war mir noch besonders merkwürdig, da ich schon vorher im Abguß eine große Ähnlichkeit mit einem großen Manne unserer Zeit zu finden geglaubt hatte, und dieser Glaube gewann mehr, als er verlor durch die Beschauung der Antike selbst. Becker, dessen Verdienste und Urteile in der Kunstgeschichte ich so sehr schätze, als irgend jemand nur kann, sagt: »Wenn man in der alten Kunst nur neun klassische Stücke annimmt, so liefert Dresden davon fünfe.« Das heißt doch wohl die Vorliebe für seine Inspektion etwas weit treiben; und er dürfte zufrieden sein, wenn man ihm den vierten Teil des Ganzen zugestände.

Im grünen Gewölbe sah ich, daß der Kurfürst ein steinreicher Mann ist.

E. T. A. Hoffmann

Drei verhängnisvolle Monate

(Auszug aus meinem Tagebuch für die Freunde)

Dresden, den 15. August 1813

Schon seit der Feier des Napoleons-Festes am 10, waren täglich Truppen und Geschütz herausgegangen. Heute verließ der Kaiser mit den Garden die Stadt und zog fort auf der Straße nach Schlesien, man spricht von einer nahen, entscheidenden Schlacht.

16., 17., 18., 19.

Gänzliche Totenstille. – man spricht ganz heimlich, daß Oesterreich den Verbündeten beigetreten.

20.

Es sollen sich Preußen und Russen der Stadt nähern.

21.

Augenscheinliche Retirade der Franzosen von der schlesischen Seite her; eine zahllose Menge Verwundeter auf Wagen – Cavalleristen zu Pferde – Infanterist[en] ohne Gewehr ppp

22.

Früh Morgens ein ungewöhnliches Hin und Hertreiben in der Stadt – das Militair ist in voller Bewegung – nur mit Mühe gelang es, die schwierige Hauptprobe der »Iphigenia in Tauris«, die den Abend gegeben werden sollte, zu beendigen, denn während derselben kam die Nachricht, daß Tore und Schläge gesperrt sind, weil die Russen und Preußen ganz in der Nähe stehen. Polnische Offiziere, die des Morgens in einem Kaffeehause dicht vor dem Freiberger Schlag Billiard spielten, wurden von Kosaken überfallen und gefangen abgeführt. Gegen Abend wurde es ruhiger, und »Iphigenia« wurde wirklich gegeben. – Uebrigens zog ich in aller Eil vom »Sande« hinein auf die Moritzstraße.

23.

Größere Unruhe als gestern. Man hört ganz in der Nähe Kanonendonner und vor dem Seethor ganz deutlich das Tirailleurfeuer. Auf den Straßen sieht man Verwundete noch unverbunden blutig zurückkommen. Zum Teil werden sie auf Schubkarren hineingebracht; in dieser Art begegnete ich auf der Seegasse eine[m] Offizier, dem beide Augen ausgeschossen waren.

24.

Die Unruhe steigt; Kanonen, Pulverwagen werden im Galopp zu den Toren hinausgeführt – immerwährendes Schießen; das schwarze Thor war offen, und ich eilte nach dem Linkschen Bade, wo man die franz[ösischen] und feindlichen Batterien von Pirna ganz deutlich arbeiten sehen konnte. – Abends wurde in der Stadt vom Walle bei dem Theater Victoria geschossen des Sieges bei Loewenberg wegen, den auch ein öffentlicher Anschlag verkündete. Es hieß darin: die Cavallerie habe sehr schöne Angriffe gemacht.

25.

V.M. alles ganz still und ruhig. N.M. hörte man sehr nahe tirailieren; ich ging mit dem Schauspieler Keller zum Pirnaer Schlage heraus, der geöffnet war, und so weit, daß die Linie der franz[ösischen] Tirailleurs nur 50 Schritt vor uns stand. 300

Schritt weiter ritten einzelne Kosaken ganz ruhig hin und her und nahmen gar keine Notiz von dem Plänkern der Fr[anzosen]. Ich sah, wie einer abstieg und den Gurt des Pferdes fester schnallte. Plötzlich brachen russische Tiraill[eurs] aus einem Gebüsch hervor, und nun wurde das Plänkern hitziger und hitziger – viele Franz[osen] fielen tot und andere kamen blutig und schreiend zurück. Franz[ösische] Bataillone formirten sich, und es wurde eine Batterie von vier Kanonen aufgestellt; noch ehe diese anfing zu spielen, kamen aber schon feindliche Kugeln von einer Batterie, die ich nicht bemerkt hatte, und nun sah ich auch, wie eine schwarze Linie sich von den Bergen herab bewegte. Da die Kugeln bis dicht vor den Schlag niederfielen, hielten wir es für ratsam, mit vieler Schnelligkeit durch das Wilsdruffer Tor zu Hause zu eilen. – Die Nacht hat dem Gefecht (dem ersten, das ich so in der Nähe gesehen) ein Ende gemacht. Die Franz[osen] meinen: es sei nur ein Streif-Corps, das sich Dresden genähert, das ist aber nicht wahr, denn von dem Boden des hohen Nebenhauses, auf den ich stieg, sieht man rings umher eine unzählige Menge Wachtfeuer, auf jeden Fall ist es also eine starke Armee, die Dresden umschließt.

26.

Früh Morgens 7 Uhr wurde ich durch den Donner der Kanonen geweckt; ich eilte sogleich auf den Boden des Nebenhauses und sah, wie die Fr[anzosen] in geringer Entfernung vor den Schanzen mehrere Batterien aufgestellt hatten, die mit feindlichen Batterien, welche am Fuße der Berge standen, auf das heftigste engagiert waren. Mit Hülfe eines sehr guten Glases konnte ich deutlich bemerken, daß sehr starke russische und oesterreichische Colonnen (an der weißen Uniform sehr kenntlich) sich von den Bergen herab bewegten. Eine Batterie nach der andern rückte näher, die Franzosen retirirten bis in die Schanzen, und nun wurde sogar von den Stadtwällen aus grobem Geschütz gefeuert; der Kanonendonner wurde so heftig, daß die Erde bebte und die Fenster zitterten – Die Russen hatten den Großen Garten erstürmt sowie die Preußen die Schanzen vor der Friedrichstadt – ersteres konnte ich sehen. Die Nachricht kam, daß der Kaiser eintreffen würde, ich eilte daher auf die Terrasse des Brühlschen Gartens an der großen Brücke. Um 11 Uhr kam der Kaiser auf einem kleinen falben Pferde über die Brücke schnell geritten – es war eine dumpfe Stille im Volk – er warf den Kopf heftig hin und her und hatte ein gewisses Wesen, was ich noch nie an ihm bemerkte – er ritt bis vors Schloß, stieg aber nur wenige Sekunden ab und ritt wieder an die Elbbrücke, wo er umgeben von mehreren Marschällen still hielt – Die Adjutanten sprengten ab und zu und holten Ordres, die er allemal in kurzen Worten, aber sehr laut erteilte – er nahm sehr häufig Tabak und schaute noch häufiger durch ein kleines Taschen-Perspektiv die Elbe herab. Die Garden kamen im Doppelschritt über die Brücke und eilten, nachdem sie eine sehr kurze Zeit auf dem Platz vor dem Kaiser gehalten, zu den Toren heraus. Ich mußte fort, weil der Brühlsche Garten besetzt wurde, und ging wieder auf mein Observatorium. Zwischen 4 und 5 Uhr donnerten die Kanonen am heftigsten – Schlag auf Schlag – man konnte die Kugeln sausen hören. Ich bemerkte es zuerst, man wollte mir es aber nicht glauben, gleich darauf stürzte aber in einer Entfernung von höchstens 25 Schritt eine Feuermauer von einer Kugel getroffen ein, und nun war es wohl klar, daß Geschütz auf die Stadt gerichtet worden. – Wir gingen herab, da unser Aufenthalt oben jetzt lebensgefährlich wurde. Eben wollte ich in meine Haustüre treten, als zischend und prasselnd über meine[n] Kopf eine Granate wegfuhr und nur 15 Schritt weiter, vor der Wohnung des Gen[erals] Gouvion St. Cyr, *zwischen vier gefüllten Pulverwagen*, die eben zur Abfahrt bereitstanden, niederfiel und sprang, so daß die Pferde sich bäumend Reißaus nahmen. – Wenigstens dreyßig Personen standen daneben auf der Gasse, und *außer dem, daß die Pulverwagen verschont blieben*, deren Explosion das ganze Stadtviertel vernichtet hätte; wurde *kein Mensch, kein Pferd beschädigt*, es ist unbegreiflich, wo die Stücke der Granate geblieben sind, da in unserm Hause nur ein ganz unbeträchtliches gefunden wurde, welches die Fensterladen des untern Stocks zerschlagen und in ein unbewohntes Zimmer gefallen war. Wenige Minuten darauf kam eine zweite Granate und riß ein Stück vom Dache des gegenüberstehenden Cagiorgischen Hauses weg und drückte drei Fenster der Mezzane zusammen, daß das Holzwerk und die Ziegelsteine prasselnd auf die Gasse stürzten – bald darauf fiel eine dritte in der Nebengasse in ein Haus, und es wurde mir klar, daß eine Batterie gerade auf unser Stadtviertel spielte – Alle Bewohner des Hauses – Frauen – Männer – Kinder – versammelten sich auf der gewölbten, steinernen Treppe des ersten Stocks, die aus der Richtung der Fenster lag! – Da gab es bei jeder Explosion der jetzt häufige[r] doch in größerer Entfernung hineinfallenden Granaten ein Jammern und Wehklagen! – Nicht einmal ein Tropfen Wein oder Rum zur Herzstärkung – ein verdammter, ängstlicher Aufenthalt – ich schlich leise zur Hintertüre heraus und durch Hintergäßchen zum Schauspieler Keller, der auf dem Neumarkt wohnt – wir sahen ganz gemütlich mit einem Glase Wein in der Hand zum Fenster heraus, als eine Granate mitten auf dem Markte niederfiel und platzte – in demselben Augenblick fiel ein westphälischer Soldat, der eben Wasser pumpen wollte, mit zerschmettertem Kopfe tot nieder – und ziemlich weit davon ein anständig gekleideter Bürger – Dieser schien sich aufraffen zu wollen – aber der Leib war ihm aufgerissen, die Gedärme hingen heraus, er fiel tot nieder – (Zu bemerken: fünf Minuten später ritt der Kaiser über den Neumarkt, gerade wo der Bürger getroffen, nach dem Pirnaer Tor) – noch drei Menschen wurden an der Frauen-Kirche von derselben Granate hart verwundet – Der Schauspieler K[eller] ließ sein Glas fallen – ich trank das meinige aus und rief: »Was ist das Leben! nicht das bißchen glühend Eisen ertragen zu können, schwach ist die menschliche Natur!« – Gott erhalte mir die Ruhe und den Mut in Lebens-Gefahr, so übersteht sich alles besser! – Es gelang mir, den Kaufmann Schmidt aus seinem verschlossenen Gemach hervorzutreiben; der belud mich mit Wein und Rum für mich und meine Hausgenossen. Ich trat wieder ein wie eine Erscheinung des Trostes und der Beruhigung – Eine der Frauen (Mad. Stein), die gerade im obersten Stock wohnte, hatte den Mut gehabt, allerlei nützliche Lebensmittel herabzubringen – Das war alles bonum comm[une], und uns Allen, die wir keinen Mittag gegessen, schmeckte es im Bivouaq auf der Treppe herrlich; das Kelch-Glas ging fleißig herum, und unter dem Donner der Kanonen, unter dem Prasseln der Granaten ging uns allen ein fröhlicher guter Humor auf, der immer der Nachklang einer durch Gefahr exaltirten Stimmung ist. Erst als es ganz finster war, ließ das Schießen nach. Die Garden hatten, wie man nun erfuhr, die genommenen Schanzen wieder erstürmt und die verbündete Armee sich auf die Höhen zurückgezogen. – Das Kammermädchen der Gräfin Breza trat vor die Haustüre, vor welcher der Wagen stand, der die Gräfin in Sicherheit in ein anderes Stadtviertel bringen sollte; in ebendemselben Augenblicke wurde sie aber von einer Granate im strengsten Sinn des Wortes *zerrissen*. Einer Hebamme auf der Pirnaer Vorstadt wurde, als sie zum Fenster hinausschaute, der Kopf weggerissen; ebenso verlor ein Handlungs-Commis, der im Comtoir saß, den Arm. Noch mehrere Bürger sind teils verwundet, teils getötet.

27.

Die Nacht verging ruhig. Erst um 8 Uhr Morgens ging eine lebhafte Kanonade an, daß die Fenster bebten – es fiel unaufhörlich Regen, man konnte daher nicht viel bemerken. Nachmittags entfernte sich das Schießen, und man erfuhr, daß die russi[sche] und oesterr[eichische] Armee 5 St[unden] weit zurückgedrängt worden. Abends kamen ungefähr 2 bis 300 russische und pr[eußische] und wohl an 10000 oesterr[eichische] Gefangene wie auch 4 oesterr[eichische] Fahnen und 6 Kanonen.

28.

Die Russen und Oesterr[eicher] stehen auf den Höhen von Kesselsdorff, man hört sehr deutlich Kanonen und Pelotonfeuer. Ueb[er] die Elbbrücke bemerkte ich eine augenscheinliche Retirade der Franzosen, und die Nachricht, daß bei Berlin die Fr[anzosen] geschlagen sind, ist daher wahr. –

29.

Heute ging ich vor den Mosczynskischen Garten und sah zum erstenmal in meinem Leben ein *Schlachtfeld*. Erst heute hatte man angefangen aufzuräumen, und zwar wurden, wie ich bemerkte, zuerst die gebliebenen Franzosen nackt ausgezogen und in große Gruben zu 20, 30 verscharrt – Hier hatten die russischen Jäger unter dem wütenden Feuer der franz[ösischen] Kanonen gestürmt, das Feld war daher überdeckt mit Russen, zum Teil auf die schrecklichste Weise verstümmelt und zerrissen – So z. B. sah ich einen, dem gerade die Hälfte des Kopfes weggerissen – ein scheußlicher Anblick – Pferde – Menschen – daneben Gewehre – Säbel – gesprengte Pulverwagen – Tschakos – Patronentaschen – alles in wilder Unordnung durcheinander geworfen – [...]

Georg Bötticher

De heeflichste Nazjohn

Um Anno Dreizen is es gewäsen:
Da gommt Sie eenes Dags in Dräsen
D'r Gaiser Nabolejohn angeschbrenkt,
Un wie er bein Marcht um de Ecke lenkt,
Da sausen doch bletzlich aus änn Haus
Zwee Steene uff meinen Nabolejohn raus!
Na, Schangdarmerie is gleich zer Stelle
Un hat ooch im Umsähn zwee Gerle beim Felle.

Nabolejohn glettert Sie gäsebleich
Von Ferde, faßt sich awer gleich
Un backt galt-lächelnd änn Bärgerschmann,
Der grade zer Hand steht, bein Arme an
Un zeigt drbei uff die beeden Gunden,
Die mr derweile mit Stricken gebunden:
»Die warens, nich wahr? Du sahst es ja?«
»Ei freilich, die beeden! Die zweee da!«
Die Gerle wem je nu fortgefiert
Un uff der Wache scharf inqueriert,
Doch schon nach Verlauf von gorzer Zeit
Als vellig harmlos un schuldlos befreit.
Dr Gaiser läßt sich den Bärger gomm
Un hatn vertraulich beiseite genomm.
»Du hattst es doch aber gesähen, sprich?«

»Ja sähnse, gessähn haw ichs nämlich nich.«
»Wie, nich gesähn?« ruft Nabolejohn.
»Weshalb dann die dreiste Lüge, Kujohn?«
Da lächelt mei Bärger: »Entscholdgen Sie,
Mir Sachsen mir liegen Sie eegentlich nie.
Wenn Majestät awer uff die Weise fragen,
Da wagt ähm gee Sachse nich, nee ze sagen,
Da gommt ähm de Heeflichgeet mit ins Spiel:
Und da lieg mr Sie ähm – aus Anstandsgefiehl!«

Theodor Fontane

Straßenkampf in Dresden

So der Juni 1848. Ernster, bedeutsamer waren die Mai-Ereignisse des folgenden Jahres, insonderheit

der Straßenkampf in Dresden.

Hier stand man einer wirklichen revolutionären Macht gegenüber. Auf diese Kerntruppe der Revolution paßte nicht mehr das, was ich vorstehend von bloßen Krawallern und Tunichtguten gesagt habe, hier befehdeten sich zwei Prinzipien, von denen jedes seine Truppen ins Feld stellte. Die Ereignisse von damals sind halb vergessen, sie sollten es nicht sein. Sie gaben uns einen Vorgeschmack von dem, was kommen wird.

Am 3. Mai war der Aufstand in Dresden ausgebrochen. An der Spitze standen Tzschirner, Todt, Heubner, Bakunin. Die Barrikaden (so wird erzählt) waren nach Anleitung Sempers errichtet, die revolutionäre Armee selbst aber bestand aus Turner-, Künstler- und Studentenkorps, aus Teilen der Schützengilde, der Bürgerwehr, aus formierten Abteilungen militärisch eingeübter Bergleute und aus Umsturzmännern von Fach, namentlich Polen. Es handelte sich also nicht um »Gesindel«, das bekämpft werden sollte, sondern, wie schon hervorgehoben, um eine Elitetruppe, die nach Intellekt, Wissen und bürgerlicher Stellung erheblich höher stand als die uckermärkischen Füsiliere, die hier unsererseits in den Kampf eintraten. Je bestimmter ich auf seiten dieser letztren stehe, desto freier auch darf ich es aussprechen, daß nichts falscher und ungerechter ist, als auf die Scharen des Maiaufstandes verächtlich herabzublicken. Die Schuld lag bei den Führern. Und auch hier ist noch zu sichten. Neben Ehrgeizigen und Böswilligen standen aufrichtig begeisterte Leute. Eine Republik herstellen wollen ist nicht notwendig eine Dummheit, am wenigsten eine Gemeinheit.

Das sächsische Militär war nicht stark genug, den Aufstand zu unterdrücken. Am 5. oder 6. Mai gingen deshalb von Berlin aus das 1. und das Füsilierbataillon vom Alexanderregiment nach Dresden ab, um die sächsischen Truppen in ihrem Kampfe zu unterstützen. In der Nacht vom 7. zum 8. folgte unser vierundzwanziger Füsilierbataillon. Am 8. früh traf es in Neustadt-Dresden ein und rückte um ein Uhr mittags zur Ablösung der verschiedenen Detachements des Alexanderregiments über die Elbbrücke. Die halbe Altstadt war um diese Zeit bereits zurückerobert, aber in der im Besitz der Insurgenten verbliebenen Hälfte steigerte sich der Widerstand, besonders am Altmarkt und in dem zwischen der Wilsdruffer-, Scheffel- und Schloßgasse gelegenen Häuserkarree.

Unsere Füsiliere begannen den Kampf sofort, aber der Hauptangriff wurde doch bis zum 9. morgens verschoben.

Die 9. Compagnie (rechter Flügel) ging in der Frühe genannten Tages mit allen drei Zügen vor. Hauptmann von Malotki nahm das Postgebäude, Leutnant von Glasenapp das Englische Haus, Leutnant von Horn eine starke Barrikade an der Scheffel- und Wallstraßen-Ecke.

Die 10. Compagnie (linker Flügel) setzte sich vom Neuen Markt her in den Besitz des Café français und avancierte von hier aus gegen die ebenfalls mit Insurgenten besetzte Kreuzkirche.

Die 11. und 12. Compagnie (Zentrum) arbeiteten sich in den Häusern der Sporer- und Schössergasse gegen den Altmarkt vor, während andre Abteilungen, bei denen sich der Bataillonskommandeur Major Schrötter befand, die Hauptstraße hielten und die hier errichteten, mit der roten Fahne geschmückten Barrikaden wegnahmen.

Die Hauptaktion hatte die 9. Kompagnie. Noch geraume Zeit nachher bot das Postgebäude samt den angrenzenden Baulichkeiten ein deutliches Bild des Kampfes, der hier getobt hatte. Die Verluste der Insurgenten waren groß, der ganze Hergang aber, rein auf seinen militärischen Gehalt hin angesehen, hatte deutlich gezeigt, welches Widerstandes eine Stadt fähig ist, wenn sie den guten Willen hat, jeden Fußbreit Erde zu verteidigen.

Heinrich Albert Oppermann

Schreckenstage

Der 1. Mai des Jahres 1849 war so schön ins Land gekommen, wie der unbescheidenste Sachse, wenn es solche überall gibt, es nur wünschen konnte. Die Sonne lachte vom wolkenlosen blauen Himmel, wie über der Arnostadt, rings um Dresden zog sich die Blütenpracht der Kirsch-, Birn- und Apfelbäume herum, die Vögel flöteten und zirpten lustig. In den Zwingeralleen lockten die Nachtigallen mit süßer Klage, am frühen Tage wie am Abend und in der Nacht. [...]

Aber kein Lockmittel half heute, in der Stadt wollten die Menschen von Knospenspringen, Sonnenschein, Blütenpracht, Käsekäulchen, schäumenden Töpfchen, und was es sonst war, nichts wissen, sie saßen in den langen engen Bierstuben der Brüderstraße ohne Licht und Sonnenschein, oder bei Engel, oder im Italienischen Dörfchen und steckten die Köpfe zusammen, politisirten, lasen Zeitungen, disputirten und zankten. Es schwirrten außer den Enten, welche die Zeitungen brachten, noch eine ganze Menge Enten in der Luft: der Communalgardenoffizier hatte aus sicherer Quelle gehört, der König von Würtemberg sei erschossen, weil er die Reichsverfassung nicht habe annehmen wollen – der Advocat wußte, auch der König Ernst August sei bei einem Volksaufstande umgekommen. Daß Berlin in vollem Aufruhr sei, daß die Truppen, mit Ausnahme der Garden, zu dem Volke übergegangen seien, daß sich der König Friedrich Wilhelm bereit erklärt, die Kaiserkrone anzunehmen, das war schon etwas Altes, das wußte seit gestern Abend jedes Kind, obgleich die heutigen Zeitungen noch immer keine nähern Nachrichten brachten, die berliner Blätter sogar schwiegen. Kinder von acht bis zehn Jahren, Knaben und Mädchen, liefen in den Straßen umher und drückten jedem, der die Hand ausstreckte, ein Flugblatt in die Hand. Hellung, welcher sich eiligen Schritts nach dem Rathhause der Altstadt begab, wohin die Stadtverordneten zusammenberufen waren, um wegen einer Adresse zu berathen, warf kaum einen Blick auf das Blatt, welches ein kleines Mädchen ihm in die Hand steckte. Mit großer Schrift stand da: »Feuer! Feuer!« Dann folgte ein Aufruf zur Empörung gegen alle Fürsten, welche dem Volkswillen, der Reichsverfassung sich nicht fügen wollten. [...]

Er, der nach Frankfurt als Republikaner gekommen war und der im Donnersberge den extremsten Meinungen Beifall zugerufen hatte, er war, seitdem er in der Kammer saß, mehr dem Centrum zugewendet. Die socialdemokratische Partei und die äußerste Linke ging ihm zu weit. Vielleicht mochte er nur die Führer nicht, die Wortmacher und sich überall Hervordrängenden. Vielleicht wirkte der hausbackene Verstand seiner Frau, vielleicht seine Pflicht als Mitdirector der Leipzig-Dresdener Bahn, seine Pflicht als Stadtverordneter, die Vaterstadt, das schöne Elbflorenz vor Schaden zu bewahren, ernüchternd.

Aber so gemäßigt er gegen die Vorgeschrittensten war, von dem Glauben an den Beruf und die Macht der Nationalversammlung, die Reichsverfassung einzig und allein, wie sie dieselbe geschaffen, auch ins Leben zu rufen, ließ er sich nicht abbringen. Er glaubte mit vielen Tausenden, daß die Stunde geschlagen habe, wo das Volk durch die That beweisen müsse, daß es ein einiges souveränes Volk sein wolle, und daß es die Pflicht der Hauptstadt sei, auf König Johann einen Druck auszuüben, daß er der Souveränetät des Reiches und deutschen Volkes einen Theil der eigenen opfere. [...]

Aus allen Gegenden Sachsens, aus Städten wie aus Dörfern, kamen stündlich neue sogenannte Landesdeputationen, um dem Könige die Anerkennung der Reichsverfassung anzuempfehlen, mit der Drohung, daß man für die Ruhe der Landestheile, aus denen man entsendet sei, sonst nicht einstehen könne. Das war die Form, die im vorigen Jahre Wunder gethan. Das neue Ministerium – Held war entlassen – Dr. Zschinsky, von Beust und Rabenhorst suchte zwar das Volk und seine Abgesendeten mit der Versicherung zu beruhigen, daß, sobald nur erst die Anerkennung der Reichsverfassung von Preußen selbst erfolgt sei, der König von Sachsen nicht zurückbleiben wolle; allein das beruhigte niemand.

Stadtrath und Stadtverordnete der Residenz stellten dann an die Majestät am 2. Mai den dringenden Antrag: »Anordnungen zu treffen, daß die Deutsche Reichsverfassung unverweilt und ungeändert als Gesetz verkündet werde.« Der König stellte sich der Deputation, welche ihm die Adresse überreichte, gegenüber auf den Standpunkt des Vereinbarungsprincips, das von der Nationalversammlung unbefugt beiseitegeschoben sei. »Die Reichsverfassung, wie sie vorliege, wie sie Oesterreich aus Deutschland verbanne, werde kein großes, mächtiges, sondern ein uneiniges, zerstückeltes Deutschland hervorrufen«, antwortete er.

So kam der 3. Mai; – ganz Dresden wogte wie ein Bienenschwarm, man hatte von seiten der städtischen Behörden einen Sicherheitsausschuß gewählt, denn schon drangen von vielen Orten der Umgegend Schwärme von Communalgarden, Turnern, Vaterlandsvereine, Volksvereine und wie die Vereine sonst sich nannten, in die Stadt. Der Sicherheitsausschuß deputirte Hellung und einige andere Mitglieder der Stadtverordneten und des Stadtraths noch einmal ins Schloß, eine Abordnung aus Leipzig und eine solche der Communalgarde schlossen sich an. Der König wiederholte sein gestriges Wort. Während die Deputationen noch im Schlosse waren, fiel draußen auf dem Schloßplatze ein Schuß – bald darauf stürzte die Volksmasse in den Schloßhof mit einem halbentkleideten Leichnam.

»Sie schießen auf die Bürger«, hieß es, »Waffen! Waffen! Nieder mit den Schwarz-Gelben!«

Als die Deputation nach dem Rathhause zurückeilte, fing man in der Schloß- und Scheffelstraße schon an, das Pflaster aufzureißen und Barrikaden zu bauen. Auf dem Rathhause hatte sich die Scene geändert, eine provisorische Regierung hatte sich eingesetzt oder war eingesetzt, man wußte nicht recht wie [...]

Am Morgen des 4. Mai brachte ein Communalgardist unserer Freundin einen Brief ihres Ehemannes: »Wir«, schrieb er, »die Stadträthe sowol als die Stadtverordneten, sind hier im Nebengebäude des Rathhauses gewissermaßen als Gefangene, die nur bei Dingen, wo die provisorische Regierung die mögliche Verantwortlichkeit von sich abwälzen oder sie auf eine größere Anzahl vertheilen will, gefragt werden. Aber es ist eine so tolle Wirthschaft hier, daß wir es für unsere Pflicht halten, freiwillig auszuharren, um größeres Unheil zu vermeiden. Man fertigt Pechkränze an, man schleppt trotz aller unserer Protestationen das Rathhaus voll Pulver, man spricht davon, das Schloß zu unterminiren und dergleichen.

»Auf Rath eines juristischen Freundes habe ich gestern für dich und Bruder Franz Ibrahim eine Generalvollmacht aufgesetzt, die dich ermächtigt, mein Grundeigenthum in Meißen zu verkaufen. Es ist für Nothfälle; der Stadtrath H. hat sie beglaubigt.

»Als ich gestern von dem Zeughaussturm hörte und die Schüsse von der Frauenkirche herüberschallten, habe ich Todesangst wegen deiner und der Kinder Sicherheit ausgestanden. Es ist unmöglich, daß du dort bleibst. Fliehe, sobald als möglich, nach Neustadt zu der Baronin von F., du bist dort sicherer als bei meinem Bruder, der zu abgelegen wohnt; auch ist die F. wegen ihrer Verbindungen am Hofe weniger den Plackereien der Soldaten ausgesetzt. Meine wenigen Amtspapiere in den Repositorien schaffe in den Keller; Wertpapiere, Gold- und Silbersachen schaffe über die Elbe, sie sind dort sicherer. Grüße die Baronin, küsse die Kinder und vor allem erhalte dich mir, schone dich, rege dich nicht auf, ich bin durch den Wahnsinn um mich herum zur Beruhigung gebracht.«

Minna folgte der Weisung ihres Mannes, aber schon war die Verbindung über die Elbbrücke gesperrt, und nur mit Mühe fand sie hinter der Synagoge eine Gondel, die sie mit Kindern, Wiegen und einigen Koffern mit den Werthsachen hinüber zur Neustadt führte. [...]

Die königliche Familie flüchtete am Morgen desselben Tages, an welchem Minna nach Neustadt übersiedelte, auf einem Dampfschiffe nach Königstein, was in der Stadt den übelsten Eindruck machte. [...]

Wir sind im Besitz verschiedener Brieffragmente an die Schwester Auguste Dummeier in der Wüstenei, welche die Lage der jungen Frau besser zeichnen, als wir es zu thun im Stande sein würden, und aus denen wir mindestens einige Auszüge mittheilen wollen:

Dresden (Neustadt), Freitag, 4. Mai.

Geliebte Schwester!

Wenn dieser Brief überall zu Deinen Händen gelangt, so wirst Du durch die Zeitungen über die Anfänge des hiesigen Aufstandes das Nähere erfahren haben, sodaß ich Dich wie mich mit Politik verschonen kann. Ich will Dir nur das Schreckliche meiner persönlichen Lage schildern, sowie das, was Dich über mich selbst und die lieben Kleinen beruhigen kann. [...]

Denke Dich in meine Lage! Mein Mann war auf dem Rathhause, ich war mit den Kindern und Dienstboten ganz allein in der großen zweiten Etage, die erste Etage steht leer, und nun begann das Geheul der Sturmglocken, das Wirbeln der Trommeln, Hörnersignale, ein unbeschreiblicher Menschenlärm von der vom Gewandhause und dem Altmarkt durch unsere Schießgasse ziehenden Menge. Dazu kam sehr bald das Knattern der Gewehrsalven, das Krachen von Kartätschenschüssen, das Geschrei der Männer, das Gepolter beim Aufrichten von Barrikaden. Bald war in unserer Etage keine Sicherheit mehr, Flintenkugeln schlugen durch die Fenster, zertrümmerten Möbeln, Spiegel, Vasen, Bilder. Durch das Bild des Vaters meines Mannes, das seine beiden zuwanischen Frauen und den kleinen Ibrahim vor einem Springbrunnen darstellt, das Dich so sehr entzückte, hat eine Flintenkugel der Mirza beide Beine weggeschossen. Ich mußte mit den Kindern in die Mansardenzimmer flüchten, nachdem wir die Fenster unserer Wohnung, so gut es gehen wollte, mit Betten, Laken, Matratzen verstopft hatten. Und nun die Kinder! dieses Heulen und Schreien wegen des nicht endigen wollenden Schießens und Sturmläutens!

Als es Nacht wurde und das Feuer ruhte, die Kinder endlich in den sichern Bodenkammern zur Ruhe gebracht waren und schliefen, kam der gute Vetter Moritz; er stand bei der Turnerschar und hatte sich durch den Botanischen Garten in unser Haus eingeschlichen. Er berichtete, daß soeben die tharander Bürgerwehr eingezogen, ebenso zahlreiche Bewaffnete von Wilsdruff, aus dem Plauenschen Grunde und von Loschwitz angekommen seien, und half dann die Papiere meines Mannes ordnen und in den Keller schaffen, unsere Werthsachen und Werthpapiere in Koffer packen, die Fenster noch vorsichtiger gegen Kugeln verwahren.

Heute morgen erhielt ich ein Billet meines Mannes, der mir rieth, sobald wie möglich zu Frau von F. überzusiedeln, die in einem reizenden Versteck hinter dem Lincke'schen Bade und der Prießnitz östlich der Antonstadt wohnt. [...]

Hier ist es so ruhig wie in einem Kloster, wenn aus Altstadt nicht Gewehr- oder Kartätschenfeuer herüberschallt; die Kinder spielen in den gelben Sandwegen, das jüngste, der Revolutionär, ist auf den Armen seiner Amme in der Fliederlaube eingeschlafen.

Ich sitze im Gartenpavillon [...]

Die gute Baronin ist heute, trotzdem daß seit Morgen das Schießen drüben nicht aufhört, zum zweiten mal nach meiner Wohnung gefahren, um für mich und die Kinder das Nöthigste an Kleidungsstücken und Wäsche, die wir bei der Eile vergessen, zu holen. Sie [...] brachte eine Proclamation der neuen Regierung mit herüber; es heißt darin: »Sachsen! steht auf wie Ein Mann! das Volk, das ganze Volk ist Eins. Es gilt nur, dem äußern Feinde gegenüberzutreten. An euch ist es, Deutschland einig und frei zu machen. Das Vaterland, die provisorische Regierung rechnen auf euch!«

Das ist ganz gut gesagt, wie sollen die guten Sachsen es aber anfangen, Deutschland einig und frei zu machen, wenn Oesterreich und Preußen nicht einig und frei sein wollen? [...]

Sonnabend, 5. Mai abends

Ach, liebe Schwester, welch ein gräßlicher Tag! wie glücklich seid Ihr in Euerer von der Welt abgelegenen Wüstenei! Welche Seelenangst habe ich von früh an ausgestanden! Gestern Abend spät bekamen wir noch Einquartierung, das Füsilierbataillon des preußischen Garderegiments Alexander war eingetroffen und wurde in die Straßen diesseit des Neustädter Kirchhofs bis hinauf in das Waldschlößchen einquartiert.

Die Baronin erhielt einen Lieutenant und sechs Mann, anständige Menschen, aber ich hörte eine halbe Compagnie in die Radeberger Gasse hineinziehen, welche sangen: »Gegen Demokraten helfen nur Soldaten!« und sehr betrunken zu sein schienen. Morgen sollen noch viel mehr Preußen kommen. Ach, mein Gott, welches Blut wird da fließen, wie viel unschuldiges! Könnte der König die Reichsverfassung nicht lieber annehmen? [...]

Sonntag, 6. Mai morgens sechs Uhr.

Seit morgens vier Uhr heulen die Sturmglocken, donnern die Kanonen. O es ist furchtbar! Es war nicht möglich, im Bett zu bleiben. Unsere Einquartierung sind wir los, aber die Communication mit der Altstadt hat gänzlich aufgehört. [...]

Frankreich soll Preußen den Krieg erklärt haben; eine Reichsarmee sei auf dem Marsche nach Dresden, dreitausend Hanauer seien schon in Tharand, unser alter König in Hannover sei erhängt, das Schloß sei durch Bergleute unterminirt und solle noch heute, spätestens in der Nacht, in die Luft gesprengt werden! [...]

Montag, 7. Mai abends.

Das Schießen dauert fort, Tag und Nacht. Von Theodor noch immer keine Nachricht. Die Baronin hat sich vergeblich bemüht, im Blockhause Erkundigungen einzuziehen, die Minister wissen selbst nicht, wie es in den Stadttheilen jenseit der Brüderstraße aussieht. Das Opernhaus, das alte, ist abgebrannt, ein Pavillonzwinger brennt noch.

Dienstag, 8. Mai.

Der gräßlichste Tag heute! Meine Köchin, die aus Altstadt gebürtig und deren Vater unter der Communalgarde ist, während der Bruder unter dem Turnercorps steht, hatte sich heute Morgen bis zum Japanischen Palais hinabgewagt, um dort vielleicht etwas aus der Stadt zu vernehmen. Sie kam laut heulend zurück, die Dienstboten steckten die Köpfe zusammen, man flüsterte leise. Die Baronin, die noch keinen Augenblick die Ruhe verloren, kam mir ganz verändert vor, ich merkte, man suche mir etwas zu verheimlichen. War meinem Manne ein Unglück widerfahren?

Ich drang darauf, daß mir die Wahrheit mitgetheilt, daß mir das Schrecklichste nicht verhehlt werde. Die Baronin kam denn auch endlich damit heraus, daß die Köchin erzählt habe, von einer Bekannten, die es aus dem Garten des Brauhauses in der Neustadt selbst gesehen haben wollte, wie unser guter Herr, mein Theodor nämlich, auf dem neuerbauten Elbbrückenpfeiler von einem preußischen Soldaten mit dem Bajonnet erstochen und in die Elbe geschleudert sei.

Ich wußte, daß das nicht wahr sei; in der unendlichen Anspannung, in der sich alle meine Nerven befinden, hätte eine Ahnung mir gesagt, wenn Theodor ein Unglück begegnet wäre. [...]

Mittwoch, 9. Mai mittags.

Gottlob, der Kampf ist vorbei! Von zwei Uhr nachts begann das Schießen. Die Preußen haben die große Barrikade vor der Wilsdruffer Gasse und den Eingang zum Wilsdruffer Platze erobert, die Barrikadenkämpfer, Bergleute, Turner, die aus andern Orten Zugezogenen, haben sich durch den Freiberger Schlag und auf der Straße nach Chemnitz zurückgezogen. Es sollen unerhörte Grausamkeiten vorgekommen sein, namentlich in Stadt Rom und Hôtel-de-Saxe am Neumarkte. Eine Proclamation des neuen Ministers von Friesen, die soeben vertheilt wird, sagt: »Die ganze Altstadt ist in der Gewalt der Truppen, die Rebellen fliehen nach allen Seiten.«

Die Baronin will den Versuch wagen, nachmittags in die Altstadt zu dringen, um sich nach Theodor's Schicksal zu erkundigen.

Donnerstag, 10. Mai.

Mein Mann lebt, aber als Gefangener. Wessen man ihn beschuldigt, weiß man wol selbst noch nicht. [...] Ibrahim brachte noch gestern Abend die Nachricht. Er hat den Bruder selbst gesprochen und dieser hat ihm gesagt: »Hätte ich ein böses Gewissen, wäre ich mir einer Schuld bewußt, so hätte ich auf demselben Wege wie die Mitglieder der provisorischen Regierung und andere fliehen können.« Ich bin beruhigt. Gute Nacht! [...]

Sonnabend, 12. Mai.

Gestern war ich in Altstadt. Welche Verwüstungen! Das alte Opernhaus, zwei Zwingerpavillons, drei Häuser der Zwingerstraße sind gänzlich niedergebrannt. Leerstehende Fensterlöcher, Mauern von Hunderten von Flintenkugeln und Kartätschenkugeln durchlöchert, herausgeschossene Quadern, zerschossene Fenstersäulen, zerschossene Dächer, die Straßen voll Dachziegel, zersplitterte Läden und Magazine, aufgerissenes Pflaster, gefällte Bäume, Reste von Barrikaden, das sind Anblicke, die sich überall darbieten, wo der Kampf wüthete. Auch unsere Wohnung ist stark beschossen und beinahe kein Fenster heil geblieben. Bisher ist es Ibrahim noch nicht möglich gewesen, einen Glaser und andere Arbeiter zur Herstellung aufzutreiben. Sobald reparirt ist, ziehe ich in meine Wohnung zurück, um meinem Manne näher zu sein.

Die Juristen miströsten mich, wenn ich mir Hoffnung mache auf Freilassung nach einigen Tagen, – er ist wegen Hochverraths in Untersuchung, und da alles festzustellen, dazu gehörten Wochen und Monate, sagen sie. Morgen soll die Bahn nach Leipzig wieder ihre täglichen Dienste thun, da will ich diesen Brief abschicken, den Du der Mutter mit herzlichen Grüßen nach Eckernhausen überbringen willst. Grüße Deinen braven Hans vielmals und küsse die Kinder in meinem Namen.

Deine Dich liebende Schwester

Minna Hellung.

Theodor Mundt

Madonna

Unterhaltung mit einer Heiligen

Bekenntnisse einer weltlichen Seele

So wenig hat wohl nie ein Kind von sich selbst gewußt, als ich bis in mein neuntes Jahr. Frühere Erinnerungen sind mir fast gar nicht übrig geblieben, und nur eines einzigen bestimmten Gefühls erinnere ich mich sehr deutlich. Dies war, daß mich Vater und Mutter gar nicht liebten, und mir nie ein Vergnügen machten. [...] So stand ich auch einstmals am Fenster, als ich plötzlich hinter mir die Worte hörte, daß ich nach Dresden solle. Ich sah mich erschrocken um, und die Thränen stürzten mir vor Ueberraschung aus den Augen. Der Vater hatte einen Brief in der Hand, und die Mutter sah ihm, mit lang vorgestrecktem Hals, lesend über die Schulter. Endlich erfuhr ich, daß eine reiche Tante in Dresden mich als ihr Kind anzunehmen wünsche, und daß sich nichts Vortheilhafteres für mein Glück finden lassen könne. Ich hörte zum ersten Mal etwas von Dresden, und fragte, indem alle Sehnsucht in mir losbrach, ob es hinter dem Milleschauer liege, wo auch das Leben sei? Dann wolle ich mit Freuden hingehn. Ich wurde über meinen Vorwitz ausgescholten, und nur die Mutter, die etwas milder war, lächelte, und nahm mich auf den Schooß, und machte mir die Zöpfchen zurecht, damit ich hübsch aussähe, wann ich nach Dresden käme. Der Vater ging aus dem Zimmer, um seine Schulstunden abzuhalten, und sagte kein Wort. Ich ließ mir doch im Stillen die

Hoffnung nicht nehmen, daß ich in Dresden das Leben finden würde.

In dieser Hoffnung sah ich vergnügt zu, wie meine wenigen Sachen eingepackt wurden. Nur der Abschied von meinem Rothkehlchen, das ich nicht mitnehmen durfte, war mir schwer, und ich weinte bittere Thränen. Es betrug sich aber so unempfindlich bei unserer Trennung, daß ich es endlich laufen ließ, und noch in der Thür zu ihm sagte: fange Du nur Deine Fliegen; ich will von jetzt an keine Sorgen mehr fangen, denn ich gehe nach Dresden ins Leben! Dann kam der Vater mit seinem langen Rohrstock aus der Schule, und ich mußte zu ihm Adieu sagen. Er hob mich mit beiden Armen, ohne sich zu bükken, in einer steifen Stellung zu sich empor, betrachtete mich mit hintenübergebeugtem Kopf eine Zeitlang ernsthaft, küßte mich einmal auf die Stirn und stellte mich wieder herunter an den Boden. Darauf schenkte er mir ein Amulet, segnete mich, und befahl mir, von dem strengen katholischen Glauben nie einen Finger breit zu weichen. Ich verstand ihn nicht, und versprach, daß ich in Dresden Alles thun wolle. Die Mutter fiel mir um den Hals, und schluchzte, und sagte, daß sie mich noch einmal als große Dame wiedersehen würde. Sie starb einige Jahre darauf.

Indem ich in den Wagen gesetzt wurde, nahm ich mir in meinen geheimen Gedanken vor, den ganzen Schatz meiner Liebe, den ich bisher an das Rothkehlchen verschleudert, nun auf die hellblinkende Zukunft, der ich entgegenging, zu übertragen. Ein rieselnder Schauer durchlief mich, indem ich mich in die unbestimmte Ferne hineinzuträumen suchte, und die Haare sträubten sich mir ordentlich vor geheimnißvoller Erwartung empor. Noch heut ist mir dieses seltsame Gefühl in aller seiner Lebhaftigkeit gegenwärtig. Da fing der Wagen an fortzurollen, ich sah die Eltern noch einmal am Fenster stehen, und jetzt überfiel mich plötzlich eine früher nie gekannte, starke Empfindung für ihre Gestalten. Ich streckte die Hände nach ihnen aus, ich begann zu weinen, ich rief Vater und Mutter, und der liebe Klang dieser Namen fiel zum ersten Mal mit einer süßen Beklemmung auf mein Herz. Aber der Wagen rollte immer weiter, ich war allein in die Welt hinausgeschickt.

Nur eine alte Frau saß neben mir, in einer großen, schwarzen Enveloppe, die von der Tante abgesandt worden war, um mich zu geleiten. Nachdem wir einen halben Tag gefahren waren, wurde es wunderschönes Wetter, und ich wußte mich nun vor Lustigkeit gar nicht zu lassen. Der Sonnenschein lachte mich an, die grünen Thäler breiteten sich meinen Träumen wie ein hoffnungsfarbener Teppich unter, die Häupter der Berge waren plötzlich freundlicher und mannigfaltiger geworden, als in unserm Böhmen, und ein schöner, heller Strom begegnete uns oft, den wir bald durchschneiden, bald zur Seite liegen lassen mußten. Dann ging es eine steile Anhöhe hinauf, die man den Nollendorfer Berg nannte. Hier wurde einen Augenblick Halt gemacht, und ich mußte von hier aus die Augen noch einmal zurückwenden auf Böhmen, das wie ein gesegnetes Wunderland, mit unzähligen in das Himmelblau verfließenden Bergspitzen, vor unsern Blicken ausgebreitet lag. Es verfloß Alles vor meinen Augen, so rührte mich diese Aussicht, die ich mit meiner noch unentwickelten Vorstellungskraft natürlich nur wie ein unklares Mährchen mit Herzensschauern aufnehmen konnte. Endlich schlief ich, von aller der Aufregung ermüdet, ein, und erwachte nicht eher, als bis ich gegen Abend den Wagen über das Straßenpflaster rasseln hörte. Da hieß es, daß wir in Dresden angelangt wären, und ich war Kind genug, mir vor Freuden in die Hände zu klatschen.

Die Tante saß auf dem Sopha, eine kleine, sehr starkbeleibte Frau, mit freundlichen, blitzenden Augen. Sie wußte mich gleich durch ihren überaus zärtlichen Empfang für sich einzunehmen, obwohl ich mir eigentlich gestehen mußte, daß ich mich vor ihren freundlichen Augen fürchtete. Es fiel mir unsere Katze dabei ein, wenn sie mir liebkoste, und ich dann nachher mit einer blutigen Hand fortschlich. Aber ich verfolgte diesen Gedanken nicht weiter. Es wurden mir gleich am andern Morgen schönere Kleider angezogen, als ich bisher weder getragen, noch überhaupt gesehen, und ich schlug die Hände über den Kopf zusammen, als ich ans Fenster trat und auf die Straße hinunterschaute. Wir wohnten in einem schönen großen Hause in der Schloßgasse, und konnten noch den schräg gegenüberliegenden Altmarkt mit seinem bunten, heitern Treiben aus unsern Fenstern übersehen. Diesen ganzen Tag war ich fast gar nicht vom Fenster fortzubringen, und wollte auch nichts essen. Ich sah mir nur immer die hübschen, geputzten Leute an, die stattlichen Herren und die zierlichen Damen, die Equipagen und Reiter, die Soldaten mit schallenden Trommeln und Pfeifen, die Ausrufer, die Karrenschieber, die Käufer und Verkäufer, die da unten alle, wie es schien, bloß zu ihrem Vergnügen vorüberspazierten. Und wir selbst wohnten in herrlichen, mit Tapeten, Seide und Purpurstoffen ausgeschmückten Zimmern. So hatte ich mir auf meinem böhmischen Dorfe das Leben nicht gedacht.

Otto Julius Bierbaum

Stilpe

Ein Roman aus der Froschperspektive

Das Freimaurerinstitut in Dresden-Friedrichstadt verfolgt nicht, wie man aus dem Namen schließen könnte, den Zweck, Freimaurer zu züchten, sondern es erblickt seine Bestimmung darin, aus jungen Knaben, die zu Hause schwer zu glätten sind, wohlpolierte Jünglinge zu machen. Es führt sie aber nicht bis zu jenen Höhen der Bildung, deren Erklimmung die Thore einer Universität öffnet, sondern es begnügt sich mit der bescheideneren, aber zuweilen doch recht mühereichen Aufgabe, seine Pflegebefohlenen nur bis zum Vorhofe des Tempels zu bringen. Dort giebt es ihnen einen leisen Schlag auf die Schulter (so, wie es den jungen Fohlen geschieht, wenn man sie aus dem Stalle läßt) und befiehlt sie der fördernden Gnade dessen, der aus Tertianern nach und nach Primaner und weiterhin im sanften Gleisgange Studenten, Doktoren, Pastoren, Professoren, geheime Räte, wirkliche geheime Räte, kurz allerlei Lichter oder auch wohl blos Leuchter macht.

Mein Freund Stilpe, von dem ich hoffe, daß ich ihn einst unsern Freund werde nennen dürfen (aber man hofft manchmal verwegen), wurde aus zweierlei Gründen in die Obhut dieser wissenschaftlichen und moralischen Brutanstalt gegeben.

Einmal geschah es deshalb, weil der Vater notwendig nach Südamerika reisen mußte, um dort auf irgendwelchen besonders begnadeten Wiesen irgendwelche Schmetterlinge zu fangen, die sich darauf kaprizieren, just und nur dort ihr Dasein hinzubringen, und die deshalb noch immer nicht in die ihnen gebührende Klasse der wissenschaftlichen Schmetterlingsordnung eingetragen waren. Stilpe-Vater hätte aber nicht mit der Seelenruhe, die zu einem solchen Geschäfte nötig ist, in das ferne Land ziehen können, wenn er seinen Sohn nicht in männlicher striegelnden Händen gewußt hätte, als es die der guten Stilpe-Mama waren. Denn es muß gesagt werden, daß Mama Stilpe kein eigentliches Talent für Knabenerziehung besaß. Sie war, eine liebe, nette und hübsche Frau übrigens, zu sanftlebig dazu und hatte das, für andere Kinder vielleicht recht passende, auf Willibald angewandt aber nicht ganz richtige Prinzip, lediglich mit Bonbons zu erziehen.

Sie handelte dabei nicht nach irgend einer pädagogischen Schulmeinung, sondern ganz instinktmäßig. Da sie nämlich selber eine Liebhaberin von Konfitüren aller Art war, so hatte sie die Bemerkung gemacht, daß nichts auf ihre Psyche so beruhigend, begütigend, ja im eigentlichsten Sinne bessernd und, wenn die Bonbons besonders auserlesen waren, erhebend wirkte, als die linde sich lösende Süßigkeit dieser Konditorerzeugnisse, und sie meinte nun, es müsse das bei dem noch naiveren Kontakt zwischen der kindlichen Zunge und Seele im Kindesalter erst recht so sein.

In den einzelnen Fällen hatte es auch immer den Anschein, als ob sie recht hätte. Der kleine Willibald, so hatte man ihn in der Taufe benannt, reagierte wie ein Engel auf Bonbons. Aber von der höheren Betrachtungswarte der väterlichen Kritik aus machte es sich bald bemerkbar, daß das Allgemeinbild der Willibaldschen Entwickelung sich nicht völlig so süß ausnahm wie die einzelnen Reaktionserscheinungen. Kurz gesagt: Willibald war außerhalb der jeweiligen Bonbonwirkungen eine beträchtliche Range.

Der andre Grund zur Überführung des jungen Knaben ins Freimaurerinstitut lag mehr auf wissenschaftlichem Gebiete.

Wenn jemand einen Sohn bekommen hat, so meldet sich, kaum daß die erste Windel trocken geworden ist, die ernste Frage: Was soll der Junge werden? Ist es erstaunlich, daß Stilpe-Vaters Antwort darauf mit der Sicherheit einer Reflexbewegung lautet: ein Lepidopterologe? Diese Antwort ist durchaus begreiflich. Stilpe senior empfand wie jeder Vater seinen Sohn als eine Fortsetzung seiner selbst; was lag da näher, als daß er in ihm auch den zukünftigen Fortsetzer seiner Lebensaufgabe sah? Und nun konnte er sich zwar sagen, daß er selbst schon manchen Schmetterling zur Ehre der Wissenschaft aufgespießt hatte, aber die sattsam bekannte Bescheidenheit unsrer exakten Wissenschaftler erfüllte ihn doch zu sehr, als daß er nicht auch hätte hinzufügen müssen: Es giebt immer noch unaufgespießte Schmetterlinge genug, ja übergenug. Welch ein lieblicher Gedanke aber, daß der Sohn die Schmetterlinge einregistrieren wird, die einzuregistrieren dem Vater von einem neidischen Schicksale versagt gewesen!

Indessen: Stilpe-Vater war ein starker Geist und wußte die Subjektivität des väterlich Angenehmen von der Objektivität der Pflichten zu trennen. Er sagte sich: Man muß alle Thüren offen lassen und bis zu dem Zeitpunkt warten, wo man aus den Schritten des jungen Menschen ungefähr ersehen kann, zu welchen er sich am fügsamsten leiten lassen wird. Nur nicht schieben und stoßen! Er war durch seinen Beruf an zartere Hantierung gewöhnt.

Daher gab er denn seinen Sohn, als der im lateinfähigen Alter war (ach, wie bald ist das ein Deutscher!), nicht mit plumper Hast auf ein Gymnasium, sondern richtete sein Augenmerk auf eine Anstalt, die beide Wege, den in die Humaniora, und den in die Realistika, offen ließ. Eine solche Anstalt war das Freimaurerinstitut. Im Allgemeinen mehr den realistischen Disziplinen des menschlichen Wissens gewidmet, besaß es doch auch eine Selekta für die unter seinen Zöglingen, die es nach den Reizen des klassischen Altertums oder wenigstens nach den Laufbahnen gelüstete, die nur der lateinisch und griechisch geaichte Jüngling betreten darf.

So ward Willibald, als er acht Jahre alt war, in die Zöglingsschaar des Freimaurerinstitutes eingereiht.

Acht Jahre alt! Mit Bonbons erzogen! Sehr eigensinnig! Sehr zart! Sehr blaß! Und nun plötzlich unter dem Glassturz zärtlichster Bemutterung hervorgezogen und einer Knabenstriegelungsanstalt überantwortet, die geradezu spartanischen Erziehungsgrundsätzen huldigte ...!

Oh mein kleiner Willibald, was wirst du erleben müssen! Wehe, die Zeit der Bonbons ist vorüber.

Willibald erhielt die Nummer 171, als er ins Institut eintrat. Man schrieb sie ihm mit Tinte in die Wäsche, nähte sie ihm in die Kleider, klebte sie ihm in Stiefel und Mütze; sie stand auf seinem Kleider- und Bücherschrank, sie stand auf seinem Bette, sie stand auf seinem Waschbecken, seinem Stiefelwichsplatz, seinem Seifenkasten; und auch auf dem hölzernen Gewehre stand sie, mit dem er exerzierte. Denn es wurde exerziert in diesem Institute, exerziert unter der Leitung zweier schnauzbärtiger ehemaliger Unteroffiziere, die auch sonst als Knabendresseure einen wichtigen Platz im Erziehungsplane dieser martialischen Anstalt hatten. Man kann daraus erkennen, wie eminent modern die Anlage dieses pädagogischen Institutes war. Sie ging nicht aufs Sentimentale, sondern aufs Robuste aus, sie wollte nicht Romantiker erziehen, sondern Realisten, sie wusch die jungen Häute nicht mit Mandelmilch, sondern mit Bimsteinseife. Wie in den meisten dieser Internate, so lebte auch in ihr das bewährte Staffelprinzip des Lebens, das sich in Kürze so darstellen läßt: Die Unteren sind die Fußschemel der Oberen, und keiner kommt ungetreten in die Höhe. So erfüllen diese Anstalten aufs Vollkommenste den erzieherischen Zweck, aufs Leben vorzubereiten. Denn sie nehmen es in seiner ganzen Rohheit vorweg. Der Spaltpilz des Illusionismus wird mit kräftiger Hand ausgemerzt, und die bedenkliche Neigung mancher jungen Seelen ins Optimistische wird durch reichlich und konsequent applizierte Blitzgüsse weggeschreckt.

So redet unsere erwachsene Philosophie. Aber, liebe Leute, so ein kleiner Junge von acht Jahren … Mein Gott, woher soll der erwachsene Philosophie haben? Er begreift mit nichten die Heilsamkeit des lebensvorbildlichen Getretenwerdens, er versteht ganz und gar nicht, wie wertvoll es ist, sich die junge Haut durch Schinden abhärten zu lassen, ihm fehlt jeder Sinn für das realistisch Tüchtige dieser ganzen Methode. Er fühlt sich einfach kreuzunglücklich. Er denkt an Muttern und weint.

So auch Willibald.

Was hat der arme kleine Kerl geheult unter seiner Bettdecke! Und wie hat er manchmal mit den Zähnen geknirscht vor Ingrimm, wenn ihn die Oberen drangsalten, ihn, den »Battling«. So wurden nämlich die Kleinen genannt.

Die Battlingschaft war bitter wie die Rekrutenzeit. Ach nein: Wohl bitterer noch. Denn, was so eine junge Seele empfindlich ist, das kann sich ein erwachsenes Gehirn manchmal gar nicht mehr vorstellen.

Louise Otto

Frauenleben im deutschen Reich

Moden

Ja, auch den Moden will ich einen Abschnitt dieses Buches widmen. Die Moden sind immer ein Spiegel nicht nur des Zeitgeschmackes, sondern auch der Zeit selbst und der in ihr herrschenden Interessen, es knüpfen sich nicht nur persönliche, es knüpfen sich zeitgeschichtliche Erinnerungen an sie und diese bieten zugleich ein culturhistorisches Material.

Wenn hier auch nur diejenigen Moden – speciell die Frauenmoden geschildert werden sollen, deren ich mich nicht immer vom eigenen Tragen, aber doch vom eignen Anschauen entsinne, so mögen sie nicht allein das Bild der weiblichen Entwikkelungsgeschichte der letzten fünfzig Jahre vervollständigen helfen, sondern auch daran gemahnen, wie selbst im oft gescholtenen »Unsinn« der Mode doch auch ein gewisser Sinn liegt, und wie sie nicht allein das Product der Willkür der Gewerbtreibenden oder tonangebenden Damen sind, sondern ein Product der Zeit, die sie hervorbringt, wie sie gern anknüpfen an die vorherrschenden, speciell auch an die Interessen der Zeitgeschichte und Politik.

Ich datire auch meine Mode-Erinnerungen von Meißen-Dresden her, meiner Vaterstadt und der sächsischen Residenz, die ihr so nahe lag, daß natürlich ihre Moden sofort die unsrigen wurden. Die Herrschaft der Mode giebt zwar der ganzen civilisirten Welt immer so ziemlich gleichmäßig dieselben Gesetze, aber einzelne Modifikationen werden doch in verschiedenen Staaten und Städten vorgenommen, und so erscheint mir die Angabe des Ortes, aus dem meine Erfahrungen stammen, nothwendig. Dresden, eine gemüthliche Residenz, die von je von einer Menge Fremder besucht ward, früher so vorherrschend von Italienern, Polen, Franzosen wie jetzt von Engländern, Amerikanern und Russen, gestattete in Bezug auf Toiletten stets größere Mannigfaltigkeiten und Freiheiten, wenn auch sonst der Hof einen unausgesprochenen Druck ausübte und Rücksichten der Etikette ängstlich gewahrt werden mußten. Auch besondere Verbote herrschten: es durfte z. B. bis zum Jahre 1848 kein echter weißer Sammet zu Hüten verarbeitet werden, außer für den Hof, eben so wenig durfte Jemand echten Hermelin tragen; auch Paradiesvögel hatte der Hof sich vorbehalten. Die Schröter-Devrient war die Erste, die in den dreißiger Jahren einen solchen im Palmsonntags-Oratorium, wo sie mitwirkte, zu tragen wagte.

Otto Julius Bierbaum

Studenten-Beichten

Ach! Dresden ist ein treffliches Nest für Verliebte, und die Dresdnerinnen können gar nicht genug gepriesen werden in puncto puncti. D. h. die Dresdner Liebe ist eine ganz besondere Art. Es gibt da an der Elbe ein Wort, das heißt »gutmuhmig«. Die Dresdner Liebe ist die Liebe der »Gutmuhmigkeit«; Schnäbelei ist dort stark ausgebildet; das Händedrücken, das Füßeangeln, der feuchte, feurige Blick, dann den Arm um die Taille und angeschmiegt ganz fest bis zum Herzschlaghören, und zu guter Letzt Küsse, Küsse, Küsse – das geht bis in die Puppen, wie man dort mit weicherem B sagt. Aber mit dem letzten Schmatz haben sich die guten Dresdnerinnen auch schon ganz ausgegeben. Dann hängen sie im Arme wie welke Butterblumen und genießen die Wonne allzu billig erkaufter süßer Erschlaffung.

Kleine, krumme Käthe! Das einzige Energische an Dir war der kühne Nasenschwung, nach dem ich Deine ganze Persönlichkeit getauft habe; fahre hin in die Glut, die Du leider nicht besaßest. Hätte ich ein Schälchen Blümchenkaffee zur Hand, ich würde Deine Briefe in ihm zerweichen lassen, denn, ehrlich gestanden, Du bist des stolzen, prasselnden Feuers nicht ganz würdig – aber trotzdem, Du wandelnder Lindenduft mit der Sehnsucht nach Kaffeekuchen, ich werde mit stetem Vergnügen auch fernerhin an Dich denken, an Dein liebes Lispeln in weichsten Lauten und an Dein kleines Feuerchen, daß immer zu schnell »alle« war. –

Karl May

Freuden und Leiden eines Vielgelesenen

»Ei ku guli dichaze,
istiriyahn ssi lahzime bechaze!«

Wenn ein Autor von seinen Lesern aufgefordert, ja förmlich gedrängt wird, »doch auch einmal etwas über sich selbst zu schreiben«, so geht er nur, eben weil er so gedrängt wird, an die Erfüllung dieses Wunsches; denn er stürzt sich dabei kopfüber in die unvermeidliche Gefahr, ein Abu el Botlahn [Vater der Eitelkeit] oder Dschidd el Intifahch [Großvater des Eigendünkels], wie der Araber sich auszudrücken pflegt, genannt zu werden. Und wenn er gar sich der obenstehenden Überschrift bedient, sich also einen Vielgelesenen nennt, so hat diese Gefahr schon gleich bei der ersten Zeile einen solchen Grad erreicht, daß sie gar nicht größer werden kann. Damit ist aber auch sogleich die Angst überwunden, welche man vor Gefahren zu haben pflegt, und ich kann freien und heiteren Gemütes meinen lieben Leserinnen und Lesern sagen, daß ich mich schon deshalb als einen Vielgelesenen bezeichnen darf, weil nur ein solcher von den Freuden und ganz besonders von den Leiden reden kann, durch deren Besprechung an dieser Stelle ich mein Herz gern einigermaßen erleichtern möchte.

Daß ich kein Abu el Botlahn, sondern im Gegenteile ein bescheidener, durch seine Erfolge schwer niedergedrückter Schriftsteller bin, kann ich schon durch den Standpunkt beweisen, von welchem aus ich heute »meine Feder in die Tinte tauche«. Glücklich, dreifach glücklich ist nämlich der Autor zu preisen, dessen Werke nie zum Drucke angenommen werden! Sie bleiben sein unbestrittenes geistiges Eigentum, und er kann, ohne jemals widerrechtlich nachgedruckt zu werden, zwischen seinen vier Wänden und im Kreise seiner heimlichen Bewunderer so oft, als es ihm beliebt, in ihren Schönheiten schwelgen; sie dürfen ihm so lieb und so kostbar sein und bleiben wie eine Sammlung von Diamanten, die man nie verkauft. Schon weniger glücklich ist der Autor, welchem die Fatalität begegnet, ein oder einige Male gedruckt zu werden. Er ist dem Löwen der Öffentlichkeit in die unerbittlichen Pranken geraten, wird von ihm hin- und hergeworfen und hat von Augenblick zu Augenblick den entsetzlichen Biß zu erwarten, der ihm den Garaus macht. Das Honorar ist nur die Lockspeise gewesen, welche ihn in eine Lage brachte, der er nur durch die nunmehrige größte schriftstellerische Enthaltsamkeit entrinnen kann. Von einem vertraulichen, behaglichen, häuslich verborgenen Genusse seiner Geistesfrüchte kann keine Rede sein! Und nun erst derjenige unglückliche Litterat, den der obenerwähnte p. t. Löwe so fest hält, daß er nicht wieder loskommen kann! Er ist einem so beklagenswerten Geschick verfallen, daß jedes nur einigermaßen mitleidige Menschenkind ihm – – doch, wozu die Einleitung so lang machen! Ich gehöre ja leider selbst zu dieser Klasse von Duldern, und wenn ich von meinen Leiden erzähle, die von einigen seltenen Lichtblitzen nur umso stärker hervorgehoben werden, so werden damit die Qualen meiner Berufsgenossen auch beschrieben und ich brauche sie also gar nicht eingangsweise aufzuzählen.

Der Autor soll vor allen Dingen logisch sein, und da es keine größere Logik als diejenige der Thatsachen gibt, so lasse ich die Thatsachen sprechen, indem ich zunächst einen Tag, einen einzigen Tag der jetzt vergangenen Woche schildere.

Es ist Dienstag früh punkt sieben. Ich werde um Manuskript

gedrängt, habe seit gestern Nachmittag drei Uhr, also sechzehn Stunden lang, am Schreibtische gesessen und kann, auch wenn ich nicht gestört werde, vor abends acht Uhr nicht fertig werden. Die Nacht, oft zwei, drei Nächte hintereinander, ohne dann am Tage schlafen zu können, ist überhaupt meine Arbeitszeit, der vielen Besuche wegen, welche täglich kommen, um »ihren« Old Shatterhand resp. Kara Ben Nemsi Effendi persönlich kennen zu lernen. Es klingelt unten am Eingange, und trotz der frühen Stunde wird mir ein Gymnasiast gemeldet, welcher so zeitig aus Dresden gekommen ist, um mich sicher anzutreffen. [...]

Es klingelt abermals. Man bringt mir eine Depesche folgenden Inhalts: »Heute mittag zwölf Uhr Hotel Europäischer Hof, Dresden – – Herbig.« Weil das Telegramm aus Leipzig kommt und mein dortiger Commissioner Herbig heißt, nehme ich mir vor, nach Dresden zu fahren, obgleich es mich befremdet, daß dieser Herr, anstatt zu mir nach Radebeul zu kommen, mir meine kostbare Zeit verkürzt. [...]

In Dresden angekommen, trenne ich mich auf Wiedersehen übermorgen von meinem Begleiter und fahre, um ja nicht verspätet zu kommen, per Taxometer nach dem »Europäischen Hofe«.

Da mein Commissioner dort nicht zu sehen ist, muß ich warten und bestelle, weil es kein Bier gibt, eine Flasche Wein. An einem Tische frühstücken drei Herren. Nach einiger Zeit gesellt sich ein vierter hinzu, welcher Herbig genannt wird. Ich gehe hin, nenne meinen Namen und frage ihn, ob er vielleicht heute früh von Leipzig aus an mich telegraphiert habe. Er springt erfreut auf, streckt mir die Hand entgegen und ruft:

»Ja, das habe ich, das habe ich! Ich bin aus Nürnberg, Reisender in Spielwaren. Sie besitzen dort viele Freunde und Leser, und ich bin beauftragt, Sie aufzusuchen, um genau beschreiben zu können, wie Sie eigentlich aussehen.«

»Sie haben mich aber nicht aufgesucht, sondern mich nach Dresden und hierher befohlen!«

»Weil ich keine Zeit hatte, nach Radebeul zu fahren; ich muß bald wieder fort. Geben Sie mir also die Hand! Wir möchten nämlich gern wissen, ob Sie wirklich so kräftig sind, wie in Ihren Werken steht.«

»Also, weil Sie keine Zeit haben, glauben Sie, muß ich welche haben? Wenn jeder meiner Leser sich erlauben wollte, in so unverfrorener Weise über mich zu verfügen, würfe ich aus Rücksicht auf diese Rücksichtslosigkeiten noch heute die Feder weg! Fühlen Sie denn nicht, daß Sie mich wie einen Domestiken behandelt haben, den man nach Belieben citieren kann? Und meine Hand wollen Sie? Da, geben Sie her!«

Er legt seine noch immer ausgestreckte Rechte in die meinige. Ich will sie ihm zur Strafe kräftig drücken, habe aber meine Finger noch nicht fest zusammengeschlossen, da brüllt er:

»O weh, o weh! Halten Sie ein; lassen Sie mich los! Sie sind nicht gescheit!«

Die Anwesenden sind bei seinem Schmerzensschrei alle aufgesprungen; er hält die Rechte mit der Linken und hüpft von einem Beine auf das andere. Ich bezahle den Wein und gehe, mit mir selbst unzufrieden, daß ich ihm die Hand nicht fester gedrückt habe, er hätte da für einige Zeit das Schreiben von Depeschen, und nicht nur dies allein, lassen müssen! [...]

Nach soviel Störungen will ich für den Rest des Tages mein Studierzimmer für mich allein haben!

Nun sitze ich wieder oben und gehe die Kouverts der eingegangenen Sachen durch. Zum Öffnen und Lesen habe ich heute keine Zeit. Ein Brief ist kurz adressiert: »Mr. Shatterhand, Dresden«; er ist selbstverständlich nach Radebeul zu mir expediert worden. Ein Brief aus Köln am Rhein ist mit der Aufschrift versehen: »Herrn Schriftsteller Karl May«. Der Schreiber desselben hat vergessen, den Bestimmungsort hinzuzufügen; die postamtliche Ergänzung lautet: »wahrscheinlich Oberlößnitz-Radebeul bei Dresden, Villa Shatterhand«. Der betreffende Postbeamte ist jedenfalls ein Hausschatzleser. Ein anderer Brief kommt aus dem Kaukasus, wohl wieder eine Einladung zur Auerochsenjagd. Ich lege das alles weg und beginne, wieder zu schreiben. Trotz der gehabten Zerstreuungen komme ich in sehr guten Fluß und freue mich schon, daß ich wohl nicht die ganze Nacht zu arbeiten haben werde, wenn das so fort aus der Feder läuft, da klingelt es schon wieder. Das braucht nicht mir zu gelten, und doch lege ich die Feder weg, um zu horchen. Ein lebhafter Wortwechsel klingt vom Thore zu mir herauf. Ich höre jemand, der nicht hereingelassen werden soll, von »Wichtigkeit« und »Unaufschiebbarkeit« sprechen, und dann bringt mir das Mädchen eine Karte. Der Herr sei nicht abzuweisen; [...]

Will ich in der Schilderung meiner Leiden fortfahren, so komme ich jetzt zu einer Gattung von Briefen, über welche ich eigentlich ein noch tieferes Schweigen beobachten sollte, als dieser Musensohn von mir verlangte; da dieses Genre aber nicht uninteressant ist und ich keine Namen nenne, so glaube ich keine unverzeihliche Indiskretion zu begehen, wenn ich in halblautem Tone sage, daß die Verfasser dieser Briefe meist Verfasserinnen sind. Diese Verfasser scheinen als Damen die Eigentümlichkeit zu haben, mich für jünger zu halten, als ich bin und sich für meine Person ebenso sehr wie für meine Bücher zu interessieren.

»Wie ist die Farbe Ihrer Haare und Ihres Bartes? Was tragen Sie überhaupt für einen Bart? Welche Augen haben Sie? Singen Sie Tenor, Bariton oder Baß? Von welcher Gestalt sind Sie? Wieviel Kilo wiegen Sie? Rauchen Sie? Spielen Sie Billard, Schach, Skat? Sind Sie musikalisch? Welches ist Ihr Lieblingstanz? Wie gehen Sie am liebsten gekleidet, dunkel oder hell? Welches ist Ihre Leibspeise, Ihr Leibgetränk? Was ziehen Sie vor, die Oper oder das Drama? Schlafen Sie lange? Welcher Klasse fahren Sie?«

So lauten einige der vielen Fragen, welche man mir vorlegt. Ich beantworte sie:

»Ich trage Schnurrbart und Fliege; beide waren, wie auch das Kopfhaar, sehr dunkelblond; jetzt beginnt eine zwar ehrwürdige, mir aber ›gräuliche‹ Färbung überhand zu nehmen, denn ich zähle 54 Jahre, sehe aber 10 Jahre jünger aus. Meine Augen sind graublau. Ich singe ersten und auch zweiten Baß, je nachdem, wohin mich der Herr Direktor stellt. Meine Gestalt ist schlank, sehnig; ich bin 166 Centimeter hoch und wiege 75 Kilogramm. Ich rauche gern und spiele alles, finde aber keinen Genuß dabei. Ich bin musikalisch und geige, blase und streiche die meisten Instrumente, keines aber mir zur Genüge. Ich tanze alle Tänze, doch nur, wenn ich muß; lieber bin ich Mauerblümchen. Dunkelblau ist in Beziehung auf den Anzug meine Lieblingsfarbe. Frack und Chapeau claque können mich zur Verzweiflung bringen. Die Handschuhe sind bei mir stets zu finden, nämlich in der Tasche. Den Regenschirm nehme ich bei verdächtigem Wetter zwar mit, lasse ihn aber nicht naß werden. Jetzt liegt er in Regensburg, und ich wohne in Radebeul bei Dresden. Meine Lieblingsspeise ist Brathuhn mit Reis, mein liebstes Getränk Magermilch. Ich komponiere jetzt selbst an einer Oper, stelle aber ein gutes Drama gleich hoch. Ich schlafe sehr wenig und fahre zweiter Klasse.«

So, das wird für heute genügen! Es gibt aber noch intimere Fragen, z. B. ob ich verheiratet bin, seit wann, ob glücklich oder unglücklich, ob meine Frau eine Indianerin, Perserin, Araberin oder Türkin ist u. dgl. m.

Alexander Moszkowski

Fibel der Kindheit

Der Donatische Komet, der lange Zeit als schauriges Fanal drohte, weist auf das Jahresdatum 1858. Ich befand mich also im achten Lebensjahr und muß schon vorher mit theatralischen Dingen Bekanntschaft gemacht haben. Zu diesen zählten Robert der Teufel, Aubers Ehernes Pferd, Nestroys Lumpazi Vagabundus und skandalöser Weise Offenbachs Orpheus in der Unterwelt. Schillers Postulat von der Schaubühne als moralischer Anstalt wurde grimmig verletzt, da man mir die antike Sage nicht in der Erhabenheit des Originals, sondern zu allererst in lächerlicher Travestie zeigte. Wenn ich die Karikatur ohne geistigen Schaden überwand und nach wenigen Jahren ohne störenden Rückblick, ja mit elementarer Inbrunst mich in den hellenischen Götter- und Heldenmythus versenkte, so danke ich dies wohl dem Umstand, daß ich als Bub von den dargestellten Vorgängen nur die alleräußersten Umrisse wahrnahm, von der Fabel selbst aber nicht das geringste verstand, geschweige behielt. Auch die musikalischen Eindrücke vom Theater blieben in mir ohne Nachhall. Als ich weit später mit gereifterer Empfangsfähigkeit die Meyerbeersche Oper wiederhörte, war mir alles neu und gänzlich fremd, bis auf das Kirchhofsballett, aus dem noch etliche Klänge im Gehör nachspukten.

Desto nachdrücklicher umfing mich schon in frühester Zeit die Hausmusik. Meine Mutter besaß ein bescheidenes Talent, dessen Pflege einem sehr bedeutenden Musiker anvertraut war.

Das war der erste Organist der Breslauer Bernhardinerkirche *Adolf Friedrich Hesse*, ein Meister ersten Ranges, der in London und Paris Triumphe gefeiert hatte und dort als der Sebastian Bach des neunzehnten Jahrhunderts ausgerufen worden war. In der ganzen Stadt sprach man davon, daß dieser Träger internationalen Ruhmes allwöchentlich mehrmals im Hause des Kießlingschen Bierausschanks zwei Treppen hoch emporkletterte, um der Frau eines Kleinbürgers Klavierstunde zu geben. Man kannte Hesse zudem als einen korpulenten Asthmatiker, berechnete die weiten Wegstrecken und gelangte schon dieserhalb zu immensen Honorarziffern, die indes noch hinter der Wirklichkeit zurückblieben; denn der Gewaltige liquidierte und empfing für jede Lektion die exorbitante Summe von 20 Silbergroschen, gleich zweidrittel Talern.

Meine Mutter gedieh unter seiner Leitung bis zum Vortrag klassischer und romantischer Stücke. Ich hatte schon damals die Vorstellung, daß dies keine Vollendung wäre, denn ich bemerkte die ungelösten Schwierigkeiten, allein das schmälerte nicht mein Entzücken, das sich durchaus aus den Tongebilden selbst herleitete, zumal aus dem Weberschen Konzertstück, Mendelssohns Rondo, und einigen Beethovenschen Sonaten. Die Pathétique, hundertmal geübt, ließ immer wieder eine Bezauberung auf mich strömen, ebenso auf meinen Bruder, und unsere höchste Wonne war es, wenn wir dabei auf dem Fußboden unterm Klavier liegen durften, vor Seligkeit mit den Extremitäten strampelnd. Der Kreis der Kompositionen war aufs äußerste beschränkt, Mozart war spärlich vertreten, Chopin nur mit etlichen Walzern und Nocturnos, Schumann fehlte gänzlich, aus der Opernliteratur gab es ganz vereinzelt einige leichte Arrangements nach Rossini, Donizetti und Meyerbeer. Seltsamerweise kam Bach mit keiner Note aufs Programm, trotz der Spielleitung Hesse's, der doch in Sebastians Spuren wandelte. Rückwärts blickend taxiere ich, daß er der Spielerin nicht die geeignete Kapazität für eine Musik zutraute, die ihm persönlich sakrosankt war.

Manchmal, in frohlauniger Stunde, setzten wir uns zusammen an den Flügel, der Vater und die Söhne, und droschen in Willkür darauf los, wohin es gerade treffen wollte. Wir nannten das »Symphonie machen«, und dies blödsinnige Getöse mochte auch wirklich den Anschauungen entsprechen, die wir zusammen vom symphonischen Wesen hegten; denn unsere Erfahrungen auf diesem Gebiet waren gleich Null. Von Richard Wagner war nur der Name bekannt und das Attribut »Zukunftsmusiker«, was so viel bedeutete als Verderber. Der bloße Wunsch, etwas aus Tannhäuser oder Lohengrin kennenzulernen, fiel schon in den Bereich der komischen Perversionen.

Unser Horizont erweiterte sich merklich, als wir in einige wirkliche Konzerte mit ernstem Orchester und mit Solisten gerieten, die im Saale der Bürgerressource stattfanden. In diesen Veranstaltungen ereignete sich Außerordentliches. Ein wilder Tastenvirtuos schlesischer Herkunft – er hieß Göldner – schleuderte sich aufs Podium und überfiel uns mit Hexenmeistereien auf der Tastatur. Höher im Range stand der heute fast vergessene, seinerzeit viel bewunderte *Franz Bendel*, bei dessen Produktionen uns zum erstenmal ein Licht darüber aufging, welche Möglichkeiten überhaupt im Klavier steckten. Und da trat auch der Junglöwe *Carl Tausig* auf, mit den Konzerten von Beethoven in G und Es, an die zwar unser Verständnis nicht hinanreichte, die uns aber doch einen Schimmer aus übergeordneten Tonwelten zuführten.

Der berühmte *Leopold Damrosch* führte den Taktstab, und wir gewannen durch ihn eine verschwommene Ahnung von symphonischer Klassizität. Diese wurden indes übertäubt durch die orchestralen Abenteuer, die Damrosch als Ultra-Fortschrittler in den Vordergrund stellte. Er brachte die Futurismen von Liszt und Berlioz, und als er einmal eine Festmusik von

Hans von Bronsart auf uns losließ, da galt es uns als ausgemacht, daß dieses Tongelände wesentlich vom Teufel beherrscht werde. Wir wurden darin bestärkt durch unser Hausorakel der schlesischen Presse, dessen Hauptvertreter Max Kurnik im Geruch der Unfehlbarkeit stand. Und da lasen wir es schwarz auf weiß, daß solch eine Festmusik nur bei menschenschlächterischen Lustbarkeiten der Kannibalen am Platze wäre. Jetzt standen wir völlig gerechtfertigt da mit unserem vielhändigen Gepauke, das wir in drastischer Verallgemeinerung »Symphonie machen« benamst hatten.

Erst als im Jahre 1865 unser Wohnsitz nach Dresden verlegt wurde, gerieten wir Buben in eine reinere musikalische Atmosphäre. Dort gab es symphonische Gartenkonzerte, die wir als Zaungäste erlauschten. In der begrenzenden Strauchhecke fanden wir ein Verließ, worin wir uns verkrochen, wenn der Stadtmusikus Puffhold mit seiner dürftigen Kapelle – vier Geigen, ein Kontrabaß! – seine Herrlichkeiten anstimmte. Himmel, welche Offenbarungen wurden uns da in dem umgrünten Strauchloch! Und wie wirkten sie auf uns trotz der akustischen Verdünnung, denn wir hockten weitab vom Orchester, in dessen Nähe man nur gelangte, wenn man den stattlichen Obolus von 30 Pfennigen fürs Entreegeld aufbrachte. Das war ein Crescendo im Genuß, wenn man erst in mehrfacher Wiederholung Beethovens Fünfte hörte und die Pastorale, und Mozart's G-moll-Symphonie. Hier goß sich der heilige Geist auf uns aus, und den beiden Klang-Nassauern war es, als müßten sie vergehen in Andacht und Glückseligkeit.

Erich Kästner

Als ich ein kleiner Junge war

Koffer, Leibbinden und blonde Locken

Dresden war eine wunderbare Stadt, voller Kunst und Geschichte und trotzdem kein von sechshundertfünfzigtausend Dresdnern zufällig bewohntes Museum. Die Vergangenheit und die Gegenwart lebten miteinander im Einklang. Eigentlich müßte es heißen: im Zweiklang. Und mit der Landschaft zusammen, mit der Elbe, den Brücken, den Hügelhängen, den Wäldern und mit den Gebirgen am Horizont, ergab sich sogar ein Dreiklang. Geschichte, Kunst und Natur schwebten über Stadt und Tal, vom Meißner Dom bis zum Großsedlitzer Schloßpark, wie ein von seiner eignen Harmonie bezauberter Akkord.

Als ich ein kleiner Junge war und mein Vater, an einem hellen Sommerabend, mit mir zum Waldschlößchen spazierte, weil es dort ein Kasperletheater gab, das ich innig liebte, machte er plötzlich halt und sagte: »Hier stand früher ein Gasthaus. Das hatte einen seltsamen Namen. Es hieß ›Zur stillen Musik‹!« Ich blickte ihn verwundert an. ›Zur stillen Musik‹? Das war wirklich und wahrhaftig ein seltsamer Name! Er klang so merkwürdig und so heiter verwunschen, daß ich ihn nicht mehr vergessen konnte. Ich dachte damals: Entweder macht man in einem Gasthaus Musik, oder es ist still. Aber eine stille Musik, die gibt es nicht.

Wenn ich später an einer gleichen Stelle stehenblieb und auf die Stadt hinabschaute, zum Wielisch und zur Babisnauer Pappel hinüber und elbaufwärts bis zur Festung Königstein, dann verstand ich, von Jahr zu Jahr, den Gastwirt, der ja längst tot und dessen Gasthaus längst verschwunden war, immer besser. Ein Philosoph, das wußte ich damals schon, hatte die Architektur, die Dome und Paläste, ›gefrorene Musik‹ genannt. Dieser sächsische Philosoph war eigentlich ein Dichter. Und ein Gastwirt hatte, auf den silbernen Fluß und das goldene Dresden blickend, sein Gasthaus ›Zur stillen Musik‹ getauft. Nun, auch mein sächsischer Gastwirt war wohl eigentlich ein Dichter gewesen.

Wenn es zutreffen sollte, daß ich nicht nur weiß, was schlimm und häßlich, sondern auch, was schön ist, so verdanke ich diese Gabe dem Glück, in Dresden aufgewachsen zu sein. Ich mußte, was schön sei, nicht erst aus Büchern lernen. Nicht in der Schule, und nicht auf der Universität. Ich durfte die Schönheit einatmen wie Försterkinder die Waldluft. Die katholische Hofkirche, Georg Bährs Frauenkirche, der Zwinger, das Pillnitzer Schloß, das Japanische Palais, der Jüdenhof und das Dinglingerhaus, die Rampische Straße mit ihren Barockfassaden, die Renaissance-Erker in der Schloßstraße, das Coselpalais, das Palais im Großen Garten mit den kleinen Kavaliershäusern und gar, von der Loschwitzhöhe aus, der Blick auf die Silhouette der Stadt mit ihren edlen, ehrwürdigen Türmen, doch es hat ja keinen Sinn, die Schönheit wie das Einmaleins herunterzubeten!

Mit Worten kann man nicht einmal einen Stuhl so genau beschreiben, daß ihn der Tischlermeister Kunze in seiner Werkstatt nachbauen könnte! Wieviel weniger das Schloß Moritzburg mit seinen vier Rundtürmen, die sich im Wasser spiegeln! Oder die Vase des Italieners Corradini am Palaisteich, schräg gegenüber vom Cafe Pollender! Oder das Kronentor im Zwinger! Ich sehe schon: Ich werde den Herrn Illustrator bitten müssen, für dieses Kapitel eine Reihe Zeichnungen zu machen. Damit ihr, bei deren Anblick, wenigstens ein wenig ahnt und spürt, wie schön meine Heimatstadt gewesen ist!

Vielleicht frage ich ihn sogar, ob er Zeit hat, eines der Kavaliershäuschen zu zeichnen die das Palais im Großen Garten flankierten! ›In einem davon‹, dachte ich als junger Mann, ›würdest du fürs Leben gerne wohnen! Womöglich wirst du eines Tages berühmt, und dann kommt der Bürgermeister, mit seiner goldenen Kette um den Hals, und schenkt es dir im Namen der Stadt.‹ Da wäre ich dann also mit meiner Bibliothek eingezogen. Morgens hätte ich im Palaiscafé gefrühstückt und die Schwäne gefüttert. Anschließend wäre ich durch die alten Alleen, den blühenden Rhododendronhain und rund um den Carolasee spaziert. Mittags hätte sich der Kavalier zwei Spiegeleier gebraten und anschließend, bei offenem Fenster, ein Schläfchen geleistet. Später wäre ich, nur eben um die Ecke, in den Zoo gegangen. Oder in die Große Blumenausstellung. Oder ins Hygienemuseum. Oder zum Pferderennen nach Reick. Und nachts hätte ich, wieder bei offenem Fenster, herrlich geschlafen. Als einziger Mensch in dem großen, alten Park. Ich hätte von August dem Starken geträumt, von Aurora von Königsmarck und der ebenso schönen wie unglücklichen Gräfin Cosel.

Wann ich dann wohl gearbeitet hätte, wollt ihr wissen? Wie kann man nur so neugierig sein! Das hätten doch die Heinzelmännchen besorgt! Die Nachkommen der königlich polnischen, kursächsischen Hofzwerge! Sehr kleine, sehr tüchtige Leute! Sie hätten, nach knappen Angaben von mir, auf winzigen Schreibmaschinen meine Gedichte und Romane geschrieben, und ich wäre inzwischen auf dem Apfelschimmel Almansor, meinem Lieblingspferd, über die breiten dunkelbraunen Reitwege galoppiert. Bis zur ›Pikardie‹. Dort hätten ich und Almansor Kaffee getrunken und Streuselkuchen verzehrt. Doch Hofzwerge, die Gedichte schreiben, und Pferde, die Kuchen fressen, gehören nicht hierher.

Ja, Dresden war eine wunderbare Stadt. Ihr könnt es mir glauben. Und ihr müßt es mir glauben! Keiner von euch, und wenn sein Vater noch so reich wäre, kann mit der Eisenbahn hinfahren, um nachzusehen, ob ich recht habe. Denn die Stadt Dresden gibt es nicht mehr. Sie ist, bis auf einige Reste, vom Erdboden verschwunden. Der Zweite Weltkrieg hat sie, in einer einzigen Nacht und mit einer einzigen Handbewegung, weggewischt. Jahrhunderte hatten ihre unvergleichliche Schönheit geschaffen. Ein paar Stunden genügten, um sie vom Erdboden fortzuhexen. Das geschah am 13. Februar 1945. Achthundert Flugzeuge warfen Spreng- und Brandbomben. Und was übrigblieb, war eine Wüste. Mit ein paar riesigen Trümmern, die aussahen wie gekenterte Ozeandampfer.

Ich habe, zwei Jahre später, mitten in dieser endlosen Wüste gestanden und wußte nicht, wo ich war. Zwischen zerbrochenen, verstaubten Ziegelsteinen lag ein Straßenschild. ›Prager Straße‹ entzifferte ich mühsam. Ich stand auf der Prager Straße? Auf der weltberühmten Prager Straße? Auf der prächtigsten Straße meiner Kindheit? Auf der Straße mit den schönsten Schaufenstern? Auf der herrlichsten Straße der Weihnachtszeit? Ich stand in einer kilometerlangen, kilometerbreiten Leere. In einer Ziegelsteppe. Im Garnichts.

Noch heute streiten sich die Regierungen der Großmächte, wer Dresden ermordet hat. Noch heute streitet man sich, ob unter dem Garnichts fünfzigtausend, hunderttausend oder zweihunderttausend Tote liegen. Und niemand will es gewesen sein. Jeder sagt, die anderen seien dran schuld. Ach, was soll der Streit? Damit macht ihr Dresden nicht wieder lebendig! Nicht die Schönheit und nicht die Toten! Bestraft künftig die Regierungen, und nicht die Völker! Und bestraft sie nicht erst hinterher, sondern sofort! Das klingt einfacher, als es ist? Nein. Das ist einfacher als es klingt.

Victor Klemperer

Die Dresdener Vernichtung am 13. und 14. (Dienstag, Mittwoch) Februar 1945

Piskowitz, 22.–24. Februar

Wir setzten uns am Dienstag abend gegen halb zehn zum Kaffee, sehr abgekämpft und bedrückt, denn tagsüber war ich ja als Hiobsbote herumgelaufen, und abends hatte mir Waldmann aufs bestimmteste versichert (aus Erfahrung und neuerdings aufgeschnappten Äußerungen), daß die am Freitag zu Deportierenden in den Tod geschickt (»auf ein Nebengleis geschoben«) würden, und daß wir Zurückbleibenden acht Tage später ebenso beseitigt werden würden – da kam Vollalarm. »Wenn sie doch alles zerschmissen!« sagte erbittert Frau Stühler, die den ganzen Tag herumgejagt war, und offenbar vergeblich, um ihren Jungen freizubekommen. – Wäre es nun bei diesem ersten Angriff geblieben, er hätte sich mir als der bisher schrecklichste eingeprägt, während er sich jetzt, von der späteren Katastrophe überlagert, schon zu allgemeinem Umriß verwischt. Man hörte sehr bald das immer tiefere und lautere Summen nahender Geschwader, das Licht ging aus, ein Krachen in der Nähe ... Pause des Atemholens, man kniete geduckt zwischen den Stühlen, aus einigen Gruppen Wimmern und Weinen – neues Herankommen, neue Beengung der Todesgefahr, neuer Einschlag. Ich weiß nicht, wie oft sich das wiederholte. Plötzlich sprang das dem Eingang gegenüber gelegene Kellerfenster der Rückwand auf, und draußen war es taghell. Jemand rief: »Brandbombe, wir müssen löschen!« Zwei Leute schafften auch die Spritze heran und arbeiteten hörbar. Es kamen neue Einschläge, aber vom Hofe her ereignete sich nichts. Und dann wurde es ruhiger, und dann kam Entwarnung. Zeitgefühl war mir verlorengegangen. Draußen war es taghell. Am Pirnaischen Platz, in der Marschallstraße und irgendwo an oder über der Elbe brannte es lichterloh. Der Boden war mit Scherben bedeckt. Ein furchtbarer Sturmwind blies. Natürlicher oder Flammensturm? Wohl beides. Im Treppenhaus der Zeughausstraße 1 waren die Fensterrahmen eingedrückt und lagen z. T. hindernd auf den Treppen. Bei uns oben Scherben. Fenster eingedrückt auf der Diele und nach der Elbe hin, im Schlafzimmer nur eines; auch in der Küche Fenster zerbrochen, Verdunkelung entzwei. Licht versagte, Wasser fehlte. Man sah große Brände über der Elbe und an der Marschallstraße. Frau Cohn berichtete, in ihrem Zimmer seien Möbel vom Luftdruck verrückt. Wir stellten eine Kerze auf den Tisch, tranken ein bißchen kalten Kaffee, aßen ein paar Brocken, tappten durch die Scherben, legten uns zu Bett. Es war nach Mitternacht – heraufgekommen waren wir um elf –, ich dachte: Nur schlafen, das Leben ist gerettet, für heute nacht werden wir Ruhe haben, jetzt nur die Nerven beruhigen! Eva sagte im Hinlegen: »Das sind doch Scherben in meinem Bett!« – Ich hörte sie aufstehen, räumen, dann schlief ich schon. Nach einer Weile, es muß nach ein Uhr gewesen sein, sagte Eva: »Alarm.« – »Ich habe nichts gehört.« – »Bestimmt. Es ist leise gewesen, sie fahren Handsirenen herum, Strom fehlt.« – Wir standen auf, Frau Stühler rief an unserer Tür »Alarm«, Eva klopfte bei Frau Cohn an – von beiden haben wir nichts mehr gehört – und eilten hinunter. Die Straße war taghell und fast leer, es brannte, der Sturm blies wie vorher. Vor der Mauer zwischen den beiden Zeughausstraßen-Häusern (der Mauer des einstigen Synagogenhofes mit den Baracken dahinter) stand wie gewöhnlich ein Stahlhelmposten. Ich fragte im Vorbeigehen, ob Alarm sei. – »Ja.« – Eva war zwei Schritte vor mir. Wir kamen in den Hausflur der Nr. 3. Indem ein schwerer naher Einschlag. Ich drückte mich kniend an die Wand in der Nähe der Hoftür. Als ich aufsah, war Eva verschwunden, ich glaubte sie in unserem Keller. Es war ruhig, ich stürzte über den Hof in unsern Judenkeller. Die Tür klaffte. Eine Gruppe Leute kauerte wimmernd rechts der Tür, ich kniete links dicht am Fenster. Ich rief mehrmals nach Eva. Keine Antwort. Schwere Einschläge. Wieder sprang das Fenster an der Wand gegenüber auf, wieder Taghelle, wieder wurde gespritzt. Dann ein Schlag am Fenster neben mir, etwas schlug heftig und glutheiß an meine rechte Gesichtsseite. Ich griff hin, die Hand war voller Blut, ich tastete das Auge ab, es war noch da. Eine Gruppe Russen – wo kamen sie her? – drängte zur Tür hinaus. Ich sprang zu ihnen. Den Rucksack hatte ich auf dem Rücken, die graue Tasche mit unseren Manuskripten und Evas Schmuck in der Hand, der alte Hut war mir entfallen. Ich stolperte und fiel. Ein Russe hob mich auf. Seitlich war eine Wölbung, weiß Gott, welcher schon halb zerstörte Keller. Da drängte man herein. Es war heiß. Die Russen liefen in irgendeiner andern Richtung weiter, ich mit ihnen. Nun stand man in einem offenen Gang, geduckt, zusammengedrängt. Vor mir lag ein unkenntlicher großer freier Platz, mitten in ihm ein ungeheurer Trichter. Krachen, Taghelle, Einschläge. Ich dachte nichts, ich hatte nicht einmal Angst, es war bloß eine ungeheure Spannung in mir, ich glaube, ich erwartete das Ende. Nach einem Augenblick kletterte ich über irgendein Gewölbe oder eine Brüstung oder Stufe ins Freie, stürzte mich in den Trichter, lag ein Weilchen platt an den Boden gedrückt, kletterte dann den Trichter aufwärts, über einen Rand in ein Telefonhäuschen. Jemand rief: »Hierher, Herr Klemperer!« In dem demolierten Aborthäuschen nebenan stand Eisenmann sen., Schorschi auf dem Arm. »Ich weiß nicht, wo meine Frau ist.« – »Ich weiß nicht, wo meine Frau und die andern Kinder sind.« – »Es wird zu heiß, die Holzverschalung brennt ... drüben, die Halle der Reichsbank!« Wir rannten in eine flammenumgebene, aber fest aussehende Halle. Die Bombeneinschläge schienen für hier vorüber, aber ringsum flammte alles lichterloh. Ich konnte das Einzelne nicht unterscheiden, ich sah nur überall Flammen, hörte den Lärm des Feuers und des Sturms, empfand die fürchterliche innere Spannung. Nach einer Weile sagte Eisenmann: »Wir müssen zur Elbe herunter, wir werden durchkommen.« Er lief mit dem Kind auf der Schulter abwärts; nach fünf Schritten war mein Atem weg, ich konnte nicht folgen. Eine Gruppe Leute kletterte die Anlagen hinauf zur Brühlterrasse; es ging dicht an Bränden vorbei, aber oben mußte es sich kühler und freier atmen lassen. Ich stand dann oben, im Sturmwind und Funkenregen. Rechts und links flammten Gebäude, das Belvedere und – wahrscheinlich – die Kunstakademie. Immer wenn der Funkenregen an einer Seite zu stark wurde, wich ich nach der andern zu aus. Im weiteren Umkreis nichts als Brände. Diesseits der Elbe besonders hervorragend als Fackel der hohe Aufbau am Pirnaischen Platz, jenseits der Elbe weißglühend, taghell das Dach des Finanzministeriums. Allmählich kamen mir Gedanken. War Eva verloren, hatte sie sich retten können, hatte ich zu wenig an sie gedacht? Ich hatte die Wolldecke – *eine*, die andere war mir wohl mit dem Hut verlorengegangen – um Kopf und Schultern gezogen, sie verdeckte auch den Stern, ich trug in den Händen die kostbare Tasche – und richtig, auch den Lederhandkoffer mit Evas Wollsachen, wie ich den bei all der Kletterei festgehalten habe, ist mir rätselhaft. Der Sturm riß immer wieder an meiner Decke, tat mir am Kopf weh. Es hatte zu regnen begonnen, der Boden war naß und weich, dort mochte ich nichts hinstellen, so hatte ich schwere körperliche Anstrengung, und das betäubte wohl und lenkte ab. Aber zwischendurch war immer wieder als dumpfer Druck und Gewissenstich da, was mit Eva sei, warum ich nicht genug an sie dächte. Manchmal meinte ich: Sie ist geschickter und mutiger, sie wird in Sicherheit sein; manchmal: Wenn sie wenigstens nicht gelitten hat! Dann wieder bloß: Wenn die Nacht vorüber wäre! Einmal bat ich Leute, meine Sachen einen Moment auf ihre Kiste stellen zu dürfen, um mir die Decke zurechtziehen zu können. Einmal sprach mich ein Mann an: »Sie sind doch auch Jude? Ich wohne seit gestern in Ihrem Haus« – Löwenstamm. Seine Frau reichte mir eine Serviette, mit der ich mein Gesicht verbinden sollte. Der Verband hielt nicht, ich habe die Serviette dann als Taschentuch benutzt. Ein andermal kam ein junger Mensch an mich heran, der sich die Hosen festhielt. In gebrochenem Deutsch: Holländer, gefangen (daher ohne Hosenträger) im PPD. »Ausgerissen – die andern verbrennen im Gefängnis.« Es regnete, es stürmte, ich kletterte ein Stück hinauf bis an die z.T. abgestürzte Brüstung der Terrasse, ich kletterte wieder hinunter in Windschutz, es regnete immerfort, der Boden war glitschig, Menschengruppen standen und saßen, das Belvedere brannte, die Kunstakademie brannte, überall in der Ferne war Feuer – ich war durchaus dumpf. Ich dachte gar nichts, es tauchten nur Fetzen auf. Eva – warum sorge ich mich nicht ständig um sie – warum kann ich nichts im Einzelnen beobachten, sondern sehe nur immer das Bühnenfeuer zur Rechten und zur Linken, die brennenden Balken und Fetzen und Dachsparren in und über den steinernen Mauern? Dann machte mir wieder der ruhige Denkmalsmann auf der Terrasse seltsamen Eindruck – wer war es? Aber die meiste Zeit stand ich wie im Halbschlaf und wartete auf die Dämmerung. Sehr spät fiel mir ein, mein Gepäck zwischen die Zweige eines Buschs zu klemmen: Da konnte ich etwas freier stehen und meine Schutzdecke etwas besser zusammenhalten. (Den Lederkoffer übrigens hat doch Eva gehabt; immerhin waren die Tasche und der Rucksack beschwerend genug.) Das verkrustete Wundgefühl um das Auge herum, das Reiben der Decke, die Nässe wirkten auch betäubend. Ich war ohne Zeitgefühl, es dauerte endlos und dauerte auch wieder gar nicht so lange, da dämmerte es. Das Brennen ging immer weiter. Rechts und links war mir der Weg nach wie vor gesperrt – ich dachte immer: Jetzt noch zu verunglücken wäre jämmerlich. Irgendein Turm glühte dunkelrot, das hohe Haus mit dem Türmchen am Pirnaischen Platz schien stürzen zu wollen – ich habe aber den Einsturz nicht gesehen –, das Ministerium drüben brannte silberblendend. Es wurde heller, und ich sah einen Menschenstrom auf der Straße an der Elbe. Aber ich getraute mich noch immer nicht hinunter. Schließlich, wohl gegen sieben, die Terrasse – die den Juden verbotene Terrasse – war schon ziemlich leer geworden, ging ich an dem immerfort brennenden Belvedere-Gehäuse vorbei und kam an die Terrassenmauer. Eine Reihe Leute saß dort. Nach einer Minute wurde ich angerufen: Eva saß unversehrt in ihrem Pelz auf dem Handkoffer. Wir begrüßten uns sehr herzlich, und der Verlust unserer Habe war uns vollkommen gleichgültig, und ist es uns auch heute noch. Eva war in dem kritischen Moment aus dem Flur der Zeughausstraße 3 von irgend jemandem buchstäblich in den arischen Luftkeller heruntergerissen worden, sie war durch das Kellerfenster auf die Straße gelangt, hatte beide Häuser 1 und 3 in vollen Flammen gesehen, war eine Weile im Keller des Albertinums gewesen, dann durch Qualm an die Elbe gelangt, hatte die weitere Nacht teils elbaufwärts mich gesucht, dabei die Vernichtung des Thammhauses (also unseres gesamten Mobiliars) festgestellt, teils in einem Keller unter dem Belvedere gesessen. Einmal auf ihrem Suchweg hatte sie eine Zigarette anzünden wollen und keine Streichhölzer gehabt; am Boden glühte ein Stück, sie wollte es benutzen – es war ein brennender Leichnam. Im ganzen hatte sich Eva viel besser gehalten als ich, viel ruhiger beobachtet und sich selber dirigiert, trotzdem ihr beim Herausklettern Bretter eines Fensterflügels an den Kopf gefallen waren. (Zum Glück war er dick und blieb unverletzt.) Der Unterschied: Sie handelte und beobachtete, ich folgte meinem Instinkt, anderen Leuten und sah gar nichts. Nun war es also Mittwoch morgen, der 14. 2., und wir hatten das Leben gerettet und waren beisammen.

B. K. Tragelehn

Grundschule

Die Vaterstadt wie find ich sie doch
Der Wind weht über die leeren Flächen
Zwischen den wenigen neu aufgebauten
Und wenigeren übrig gebliebenen Häusern.
Die Bomber unter denen im Keller das Kind
Das ich war gehockt hat ums Leben zitternd
Während die Einschläge näher rückten
Das Licht verlöschte die Wände schwankten
Die Bomber flogen erleichtert nachhause
Und ich stieg heraus aus dem Keller an
Die Wand gedrückt weil Feuer tropfte schiß
Ins Gebüsch auf dem Platz und sah erleichtert
Die Stadt brennt. Achtjährig hatte ich
Zum ersten Mal ein Urteil. Sie gefiel mir.
Damit etwas kommt muß etwas gehen

Heinz Czechowski

Sic transit gloria mundi

Einmal muß
Beglichen werden die Rechnung:
Auch die Liebe
Ging ihren Weg in die Massengräber: Asche
Häuft sich zu Asche,
Und selbst die schwache Stimme der Hoffnung
Kennt kein Erbarmen.
                    Vor den Gittern
Hebt sich der Tag
Mit Vogelgezwitscher und
Dem Scheppern der Müllcontainer.
Schuldige, Unschuldige –
Also auch wir –
Den Blick vom Pont des Arts
Auf die Apsis gerichtet,
Sind gezeichnet:
                    Von Angst, beispielsweise,
Daß alles gesagt ist, oder
Der Angst, daß das, was gesagt werden müßte,
Niemals gesagt werden kann.
                    So verinnerlicht sich
Auch die Geschichte:
Robespierre fällt Danton, Napoleon
Flieht aus dem brennenden Moskau,

Lenin warnt vor Stalin, Herr Hitler
Schickt seine Stukas nach Coventry,
Und irgendein Harry S. Brown aus St. Paul, Minnesota,
Klinkt seine Bomben aus über der Annenstraße,
Wo die Bilder des Malers Querner verbrennen.
Und immer noch stirbt
Tristan an Isolde oder Isolde an Tristan,
Und die Götter steigen herab zu Shen Te,
Und Herr B. empfiehlt uns,
Nicht gut zu sein, sondern dafür zu sorgen,
Eine gute Welt verlassen zu können.
                                        Wie aber,
Wo doch täglich ein neues
Damoklesschwert über unsere Köpfe
Gehängt wird?
                                        Sic transit gloria mundi,
Begleitet von den Mazurken Chopins,
Maschinengewehrsalven, Rauchpilzen,
Dem brennenden Kaiseraschern,
Der a-moll-Fuge oder
Diesem Gedicht, geschrieben
Gegen die Vergeblichkeit.

Manfred Streubel

Episode aus dem Jahre 1968

Es war in der Zeit des Prager Frühlings, da lud Krolikowski, damals SED-Chef von Dresden, die Schriftsteller ein nach Moritzburg, und zwar zu einer sogenannten »vertrauensvollen Aussprache«. Und da gab es eine köstlich-groteske Szene: Die Einladung nutzte unser alter Radikalinski Kubsch, ein Ultra-Kommunist, um ein persönliches Problem vorzubringen. Kubsch war ein kranker, alter Mann, er wohnte damals am Pirnaischen Platz in einem Hochhaus ganz oben, direkt unter der Leuchtschrift »Der Sozialismus siegt«. Die Leuchtschrift blinkte und hat die Leute verrückt gemacht, so daß Kubsch und Genossen einfach nicht schlafen konnten. Kubsch fragte, aufgefordert zu vertrauensvoller Aussprache, ob man dieses Flackern nicht mildern könne. Wenn schon nicht abstellen, so doch bitteschön mildern. Und Krolikowski hat diesen alten Genossen, der Widerstandskämpfer war, zusammengedonnert, wie er überhaupt so eine Frage stellen könne. Diese Leuchtschrift sei effektiv, für die Bewußtseinsbildung so notwendig, daß man doch wohl seinen Schlaf dafür opfern könne.

Kubsch geriet völlig durcheinander. Bei einer so harmlosen Sache zog er, der alte Kämpfer, sich zurück und schwieg eingeschüchtert, des Abweichlertums verdächtigt.

Uwe Tellkamp

Der Turm

Auffahrt

Die elektrischen Zitronen aus dem VEB »Narva«, mit denen der Baum dekoriert war, hatten einen Defekt, flackerten hin und wieder auf und löschten die elbabwärts liegende Silhouette Dresdens. Christian zog die feucht gewordenen, an den wollenen Innenseiten mit Eiskügelchen bedeckten Fäustlinge aus und rieb die vor Kälte fast taub gewordenen Finger rasch gegeneinander, hauchte sie an – der Atem verging als Nebelstreif vor dem finster liegenden, in den Fels gehauenen Eingang des Buchensteigs, der hinauf zu Arbogasts Instituten führte. Die Häuser der Schillerstraße verloren sich im Dunkel; vom nächstgelegenen, einem Fachwerkhaus mit verriegelten Fensterläden, lief eine Stromleitung ins Geäst einer der Buchen über dem Felsdurchgang, ein Adventsstern brannte dort, hell und reglos. Christian, der über das Blaue Wunder und den Körnerplatz gekommen war, ging weiter stadtauswärts, in Richtung Grundstraße, und erreichte bald die Standseilbahn. Vor den Schaufenstern der Geschäfte, an denen er vorüberging – ein Bäcker, Molkereiwaren, ein Fischladen –, waren die Rollläden herabgelassen; düster und mit aschigen Konturen, halb schon in Schatten, lagen die Häuser. Es schien ihm, als ob sie sich aneinanderdrängten, Schutz beieinander suchten vor etwas Unbestimmtem, noch nicht Ergründbarem, das vielleicht aufgleiten würde aus der Dunkelheit – wie der Eismond aufgeglitten war über der Elbe vorhin, als Christian auf der menschenleeren Brücke stehengeblieben war und auf den Fluß geblickt hatte, den dicken, von seiner Mutter gestrickten Wollschal über Ohren und Wangen gezogen gegen den frostscharfen Wind. Der Mond war langsam gestiegen und hatte sich von der kaltträgen, wie flüssige Erde wirkenden Masse des Stroms gelöst, um allein über den Wiesen mit ihren in Nebelgespinste gehüllten Weiden, dem Bootshaus auf der Altstädter Elbseite zu stehen, den gegen Pillnitz zu sich verlierenden Höhenzügen. Von einem Kirchturm in der Ferne schlug es vier, was Christian wunderte.

Er ging den Weg zur Standseilbahn hinauf, stellte seine Reisetasche auf die verwitterte Bank vor dem Gatter, das den Bahnsteig abschloß, und wartete, die Hände samt Handschuhen in die Taschen seiner militärgrünen Parka gesteckt. Die Zeiger der Bahnhofsuhr über dem Schaffnerhäuschen schienen sehr langsam vorzurücken. Außer ihm wartete niemand auf die Standseilbahn, und um sich die Zeit zu vertreiben, musterte er die Anzeigentafeln. Lange waren sie nicht mehr gesäubert worden. Eine warb für das Café Toscana auf der Altstädter Elbseite, eine für das weiter in Richtung Schillerplatz liegende Geschäft Nähter, eine andere für das Restaurant Sibyllenhof an der Bergstation. In Gedanken begann Christian Fingersatz und Melodiefolge des italienischen Stücks zu wiederholen, das auf der Geburtstagsfeier für den Vater gespielt werden sollte. Dann sah er in die Dunkelheit des Tunnels. Ein schwacher Schein wuchs, füllte allmählich die Tunnelhöhlung wie steigendes Wasser einen Brunnen; zugleich wuchs das Geräusch: ein schieferiges Knarren und Ächzen, das Führungsseil aus Stahldrähten knackte unter der Last, ruckend näherte sich die Bahn, eine mit Meereslicht gefüllte Kapsel; zwei Scheinwerferaugen beleuchteten die Strecke. Im Wagenquader waren die unscharf umrissenen Körper einzelner Fahrgäste zu sehen; in der Mitte der verfließende Schatten des graubärtigen Schaffners, der seit Jahren auf dieser Strecke fuhr: hinauf und hinab, hinab und hinauf immer im Wechsel, vielleicht schloß er die Augen dabei, um dem Anblick des allzu Vertrauten zu entgehen oder um es innerlich zu sehen und es dann zu verdrängen, um Geister zu bannen. Wahrscheinlich aber sah er schon mit dem Gehör, jeder Ruck während der Fahrt mußte ihm bekannt sein.

Christian nahm seine Tasche, suchte einen Groschen hervor und vertrieb sich die bleibenden Augenblicke mit der Betrachtung des Geldstücks: das Eichenlaub neben der plump geschnittenen Zehn, die winzige, abgegriffene Jahreszahl mit dem A darunter, die Rückseite mit Hammer, Zirkel und Ährenkranz, und dachte daran, wie oft sie, die Heinrichstraßen- und Wolfsleitenkinder, die Prägung solcher Geldstücke mit Bleistift auf einem Blatt nachgerieben hatten – Ezzo und Ina waren darin geschickter, auch eifriger gewesen als er, damals, in der Zeit ihrer Träume vom großen Fälscher-, Räuber- und Abenteurerdasein, wie es die Helden der Filme führten, die in den Tannhäuser-Lichtspielen liefen, oder der Bücher von Karl May und Jules Verne. Die Bahn kam, weich bremsend, zum Stehen. Die in der Höhe gestuften und abgeschrägten Türen ließen die Fahrgäste ins Freie. Der Schaffner stieg aus, öffnete das Gatter und, für die Aufwärtsfahrenden, einen schmalen Durchgang daneben. Dort war ein Münzkasten angebracht, Christian warf das Fahrgeld hinein und zog den an der Seite befindlichen Hebel herab; das Zehnpfennigstück rutschte aus der Drehscheibe und fiel zu den anderen auf den Boden. Manchmal warfen die Kinder des Viertels statt des Groschens flache, von der Elbe glattgeschliffene Kiesel, die sie »Butterbemmen« nannten, oder Knöpfe ein – sehr zum Verdruß ihrer Mütter, denen es leid um die Knöpfe tat, denn die kleinen Münzen aus Aluminium bekam man leicht, Knöpfe dagegen schwer. Die Wagentüren waren geschlossen, man mußte sie winters, wollte man ins Abteil, gegen einen Seilzug öffnen; sie schlossen sich sofort, sobald man losließ. Der Schaffner war in das Häuschen gegangen, goß sich einen Kaffee ein und beobachtete die davoneilenden Fahrgäste, die wie Schatten verschwanden, vorn um die Ecken bogen, zum Körnerplatz oder zur Pillnitzer Landstraße. [...]

Die Bahn erreichte, im langsamen, aber steten Aufwärtssteigen hin und wieder von Unebenheiten in den Rollenwechseln ruckend erschüttert, die Höhe des neben der Fahrtstrecke laufenden Buchensteigs und ging eine Weile, wenige Meter über dem Boden, zum Weg parallel. Man konnte in erhellte Fenster sehen; eine ausgestreckte Hand hätte den Wagen ohne große Mühe berühren können. Oben, neben dem zweiten Tunnel der Standseilbahn, kam das schon vor mehreren Jahren geschlossene Restaurant Sibyllenhof in Sicht, dessen Terrassen wie von Riesenkindern vergessene Schul-Schiefertafeln vorragten; die Bahn würde darauf zufahren und erst kurz vor der untersten Terrasse in die Tunneleinfahrt zur Bergstation schwenken. Auf mancher Fahrt hatte Christian von verflossenen Festen in den dunkel und abweisend liegenden Sälen geträumt, von abendlichen, gepflegt konversierenden Herren, die Stärkhemden mit Jettknöpfen trugen und Uhrenketten über Seitentaschen des Fracks; von Blumenverkäufern in Pagenuniform, mit einem nur angedeuteten Fingerschnipp an die Tische gerufen, um Damen, an denen viel Schmuck unter den Urnen der Kristallüster zündelte, eine Rose zu schenken; von Tänzen, zu denen die Kapelle, ein blasser Geiger mit Pomadehaar und einer Chrysantheme im Knopfloch, aufspielte ... Über die Dächer der tieferliegenden Häuser, die zur Grundstraße hin stark abfielen, glitt der Schein des Eismonds, ließ die Firste erglänzen und gab den verschneiten Gärten pudrige Aufhellungen, die an den Grenzen, weiß erhöht hier und da von einzeln stehenden, schneebedeckten Holzstapeln oder Schuppen, mit den Schatten verschmolzen, die Sträucher und Bäume warfen.

Christian bemerkte, daß sie sich über Vogelstroms Haus befanden, des Malers und Illustrators grauer Burg, die Meno »das Spinnwebhaus« nannte, eine Vorstellung, die für Christian, wie er nun aus dem Fenster blickte, das Gesicht nahe an der kalten Scheibe, hinter der Tagesnüchternheit aus unnahbar wirkenden Fenstern und hohen Bäumen spielte. In der aufruhenden Masse der Loschwitzhänge jenseits der Grundstraße, die nun, teilweise sichtbar, als blasses Band in der Tiefe schwang, verlor sich das Mondlicht, nadelte aus vor den Wachtürmen Ostroms, blich ab an der Brücke, über die Soldaten dem Kontrollpunkt am Oberen Plan zustrebten. Der Garten des Spinnwebhauses lag finster, geschützt vor Ereignissen und Blicken; kaum, daß Christian die schneeüberstäubten Birnbaum- und Buchenkronen erkennen konnte, deren feines Geäst rauchgespinsthaft über der Tiefe hing; floß in die Konturen, die schmale Kluft zwischen Buchensteig und Dachzinnen, wie Helligkeit in die Schraffur auf alten, unvollendeten Zeichnungen. [...] Das Licht über ihm zitterte wieder auf. Von oben, aus der Dunkelheit unterhalb des Tunnels und des Sibyllenhofs, kroch die Gegenbahn auf sie zu und erreichte zum selben Zeitpunkt wie sie die Schleife, wo die Fahrspur sich teilte und eine Bahn der anderen ausweichen konnte. Man sah den Fahrer als reglosen Schemen in der vorübergleitenden Kapsel sitzen, in der niemand sonst war, und den Gruß des graubärtigen Schaffners mit einem knappen Kopfnicken erwidern, dann sank der Wagen hinab und entschwand dem Blick.

Christian erinnerte sich, im Spinnwebhaus zum ersten Mal etwas von Poe gehört zu haben; Meno und Vogelstrom hatten Illustrationen zu einer Erzählung betrachtet; besonders erinnerte er sich an ein Blatt, auf dem Vogelstroms kunstvolle Radiernadel eine Festung dargestellt hatte, die ins nachtfinstere Land stieg; dann Fürst Prospero mit seiner Gefolgschaft von tausend Damen und Rittern in der Burg mit den zugeschmiedeten Schlössern; wieder war es ihm, als ob er sie, wie damals unter Vogelstroms mager-feingliedriger Hand, wandeln und miteinander plaudern sähe, als ob die Gesellschaft lebendig ihre heiteren Spiele spielte, während draußen die Seuche herrschte und das Land verwüstete; als ob Prospero durch die Säle im Rausch eines großen Festes ginge; Melodien wehten, der Schlag der Ebenholzuhr, die im Saal der Bilder stand, verhallte in den Weiten des Schlosses, und in den sieben Sälen davor tanzten die Menschen, denn Fürst Prospero duldete keine Traurigkeit, und in der Musik, im Gelächter und Gesang war das Gebell der Hunde draußen vor den Toren, waren die Schreie der Unglücklichen nicht mehr zu hören.

Die Bahn wurde langsamer, rollte die letzten Meter aus. Christian, in seine Erinnerungen und Gedanken versunken, hatte kaum bemerkt, wie der Wagen in den oberen Tunnel eingefahren war, der durch die weißgekalkten Wände heller als der untere wirkte, hatte nur einen gewohnheitsmäßigen, aber nicht eigentlich wahrnehmenden Blick auf das freundlich hellgetünchte Kabinenhaus mit dem anmutig geschwungenen Dach geworfen, an das sich der Backsteinbau mit der Leuchtröhrenaufschrift »Standseilbahn«, dem Maschinenraum und dem Vestibül anschloß, wo man warten und Fotografien, frühere Modelle und technische Einzelheiten darstellend, in einer Vitrine betrachten konnte. Leicht nachfedernd kam der Wagen zum Stehen. Schnarrend öffneten sich die Türen. Christian schulterte seine Tasche und ging, immer noch gedankenversunken, über die flachen Stufen der Haltebucht auf das Gattertor des Ausgangs zu. Der Schaffner schlurfte in Richtung Vestibül, griff nach einem am Gemäuer verborgenen Knopf, das Türschloß summte, und Christian trat nach draußen. Er war zu Hause, im Turm.

Marcel Beyer

Das Hausbuch

Ich lebe erst wenige Monate in Dresden, als ich Bekanntschaft mit dem Hausbuch mache. Das heißt genauer: mit der Lücke, die das Hausbuch nach seiner Abschaffung hinterlassen hat. Seit bald sechs Jahren gibt es die DDR nicht mehr, ich komme aus dem Westen, im Sommer 1996 bin ich noch immer ordentlich in Köln gemeldet und strenggenommen nur zu Gast in der Wohnung, die meine Freundin angemietet hat.

Wir sind die ersten neuen Mieter nach 1990, die anderen wohnen zum Teil seit Ende der zwanziger Jahre hier, den letzten Einzug gab es in den achtziger Jahren. Im Treppenhaus hängt eine Haustafel, auf der die Namen der Bewohner verzeichnet sind, die frühesten Einträge in geschwungener Tintenschrift, dann Kugelschreiber, später Druckbuchstaben mit dem Fasermaler.

Ich habe nie vorher eine Haustafel gesehen, doch kann es sich hier nicht um eine DDR-Erfindung handeln: Eindeutig eine Arbeit aus dem Jugendstil, mit schlichter Blumenschnitzerei, demnach wird sie gleich nach Erbauung des Hauses angebracht worden sein, 1911. Und nicht erst seit dem Ende der DDR hat man es mit der Haustafel nicht mehr ganz so genau genommen: In einem Feld steht immer noch der Name eines Bewohners, der vor rund zehn Jahren gestorben ist. Auch wir verzichten darauf, unsere Vormieter von der Haustafel verschwinden zu lassen, wir ersetzen bloß das Klingelschild.

Von der Einrichtung eines Hausbuchs weiß ich nichts. Und in

der Folgezeit werde ich nur auf Umwegen, aufgrund von Aussparungen erfahren, was ein Hausbuch ist.

Im Herbst erhalte ich Briefe in typischen Amtskuverts, auf denen zwar mein Name, nicht aber die Dresdner Adresse richtig angegeben ist. Absender ist das Einwohnermeldeamt in Köln, und gleich der erste Satz verwirrt mich, die Formulierung lautet ungefähr: »Wie ich erfahren habe, halten Sie sich nicht mehr in Köln auf.« Weiter komme ich nicht, die Aufforderung zur Ummeldung, die Androhung von Strafe lese ich nur flüchtig, ich bleibe am ersten Satz hängen.

Hier werde ich von einer Einzelperson angesprochen, deren Unterschrift ich nicht entziffern kann, hier hat ein Mensch, den ich nicht kenne, etwas über mich erfahren, und nun teilt er mir dieses Wissen mit, ohne jedoch weiter darauf einzugehen, auf welchem Wege er erfahren haben will, daß ich aus Köln verschwunden bin.

Den Meldeunterlagen hat er seine Information nicht entnommen: Weder habe ich mich in Köln abgemeldet noch überhaupt meine dortige Wohnung aufgegeben. Köln ist mein erster Wohnsitz, in Dresden bin ich immer noch nur zu Besuch. Hat dieser Mitarbeiter etwa meine Tage in Dresden gegen die in Köln verbrachten aufgerechnet? Hat er sie vor Ort zählen lassen? Und woher rekrutiert er dann seine Informanten, denen er größeres Vertrauen entgegenbringt als seinen eigenen offiziellen Unterlagen?

Die Briefe kommen in den Kachelofen, ich werde mich darauf nicht melden, das steht fest. Meine Verwirrung aber legt sich nicht so schnell, es kommt mir vor, als wäre ich in eine Lücke zwischen den Ländern und den Zeiten geraten, da ich das Gefühl habe, meine erste DDR-Erfahrung zu machen – ausgelöst durch einen Brief aus dem Westen, und lange nach dem Ende der DDR.

Wenig später höre ich, noch ohne eine Verbindung zu meiner Meldeerfahrung zu ziehen, das erste Mal vom Hausbuch: Kein Gästebuch, in dem man sich mit Dank und Spruch für einen schönen Abend verewigt, kein Haushaltsbuch, in dem penibel über die Verwendung des Haushaltsgeldes Rechenschaft abgelegt wird, sondern eine Kladde, in der die Besucher eines Hauses vermerkt werden.

Ich habe nie ein Hausbuch gesehen, aber ich stelle mir vor, daß seine Seiten ähnlich aussehen wie jene eigentümlichen Meldeformulare, die ich bei Übernachtungen in einem Hotel auszufüllen habe – wobei das Hausbuch allerdings wahrscheinlich auf die Angabe der Paßnummer verzichtet.

Soweit ich weiß, verlangte das Meldegesetz der DDR von jedem Reisenden, der in einer anderen Stadt privat übernachtete, sich in das vom Hauswart verwahrte Hausbuch einzutragen. Ich kenne niemanden, der solchen Forderungen je nachgekommen wäre, darum weiß ich auch nicht genau, ob sich beim Eintrag ins Hausbuch die polizeiliche Meldung erübrigte, ob also der Hauswart den Kontakt zur Meldestelle hielt, oder ob diese Meldung erst nach drei Tagen an einem fremden Ort vorgeschrieben war.

Ohnehin habe ich, der ich nie in der DDR gewesen bin, unter einem Hausbuch immer etwas ganz anderes verstanden. Ein Hausbuch ist für mich nicht die Geschichte eines Hauses und seiner Besucher in Listenform gewesen, die ständig auf den neuesten Stand gebracht wird, sondern eine Sammlung von Geschichten, Gedichten und Bildern aus dem 19. Jahrhundert, ein Hausschatz zur Unterhaltung im Familienkreis am Sonntagnachmittag.

Hausbuch und Hausbuch: zwei grundlegend verschiedene Dinge also. Bildlos und wortkarg das eine, sachlich, auf vollständige Sätze verzichtend, nach dem Gesichtspunkt der Chronologie geordnet, auf Vollständigkeit bedacht, ohne Ansehen der verzeichneten Person, mit offenem Ende. Das andere mit Stichen illustriert, voller Ausschmückungen, auf Spannung ausgerichtet, mitunter weitschweifig vielleicht. Geschichten in der Nachfolge des Märchens, von Überraschungen und Zufällen geprägt, doch stets auf ein Ende hinauslaufend, nach Möglichkeit ein gutes.

So unterschiedlich Zweck und Anlage erscheinen – gewisse Übereinstimmungen zwischen dem Hausschatz und dem Besucherbuch zeigen sich doch. Beide sind auf ihre Art Gegenstück zum Vademecum: Kein Ratgeber, der mich von Ort zu Ort begleitet und mir auf meiner Reise Neues zu erschließen hilft, sondern jeweils ein Buch, das seinen festen Ort hat, die vier Wände der Stube nicht verläßt und schon gar nicht auf Reisen geht.

Inhaltlich hingegen spielt das Reisen eine wesentliche Rolle, sei es, daß schlicht die Gäste aus der Fremde aufgelistet werden, sei es, daß erzählt wird, wie jemand in die Fremde zieht, um sich nach überstandenen Abenteuern wieder in seiner vertrauten, sicheren Umgebung einzufinden. Beide Hausbücher scheinen Kompendien derjenigen zu sein, die Ortsveränderungen grundsätzlich skeptisch gegenüberstehen: Wer zu Hause bleibt, muß sich weder unabsehbaren Gefahren stellen noch dem vermutlich überall gleichen Hauswart, der die Reisenden unter die Lupe nimmt.

Als ich nach Dresden komme, gibt es kein Hausbuch mehr, in das ich mich eintragen könnte, und auch die Stelle des Hauswarts ist nicht mehr besetzt, obwohl die Haustafel an der Treppe noch immer einen Nachbarn für zuständig erklärt. Ich vermisse nichts, genauso wenig, wie ich jene Hausbücher vermisse, die man aufschlägt, um etwas über das Leben zu erfahren. Literatur als Lebenshilfe interessiert mich nicht.

So trifft es mich völlig unerwartet, als ich einmal beim Lesen eines Gedichts tatsächlich etwas über das Leben lerne: Ich stehe am Fenster und blättere in Peter Huchels *Gezählte Tage*, bei dem Gedicht *Hubertusweg* bleibe ich hängen, und mit der dritten Strophe wird mir alles klar: »Dort unten steht, / armselig wie abgestandener Tabakrauch, / mein Nachbar, mein Schatten / auf der Spur meiner Füße, verlass ich das Haus. / Mißmutig gähnend / im stäubenden Regen der kahlen Bäume / bastelt er heute am rostigen Maschendraht. / Was fällt für ihn ab, schreibt er die Fahndung / ins blaue Oktavheft, die Autonummern meiner Freunde.«

Ich schaue auf die Straße hinaus, dort steht mein Auto in der Reihe der geparkten Wagen, nicht weiter auffällig, und doch sticht auf einmal mein Kölner Nummernschild heraus, das einzige Westkennzeichen unter lauter Dresdnern. Ich bin ein Zugereister, bin nur Gast, solange ich weder mich noch mein Auto umgemeldet habe. »Wie ich erfahren habe, halten Sie sich nicht mehr in Köln auf«: Der Tip muß aus der Nachbarschaft gekommen sein.

Ich sehe den ehemaligen Hauswart über dem alten Hausbuch sitzen, er blättert in der Besuchergeschichte der vergangenen Jahrzehnte, erinnert sich an Namen und Gesichter, hängt den Familienverhältnissen längst verschwundener Bewohner nach, ihren Bekanntschaften, er liest zwischen den Zeilen, wo Ledige bei Ledigen übernachtet haben, weiß noch genau, wo Einträge ins Hausbuch unterblieben sind.

Langsam nähert er sich den leer gebliebenen Seiten, seit bald sechs Jahren ist kein Besuch im Haus vermerkt, niemand schert sich heute noch um das Hausbuch. Ohnehin gibt es hier kaum Besuch zur Übernachtung, ziehen die Mieter einer nach dem anderen aus, die meisten gehen in den Westen, die ersten alten Hausbewohner sterben. Und die Neuen in der Nebenwohnung, die jungen Leute aus dem Westen, wissen von einem Hausbuch schon gar nichts mehr.

Seit einiger Zeit steht häufiger ein unbekannter Wagen auf

der Straße, das Kennzeichen hat der alte Hauswart sofort bemerkt, darin ist er geübt, er hat es gleich behalten, muß es sich gar nicht erst notieren. Doch wem soll er den auffälligen Fund nun melden, da es die alten Stellen nicht mehr gibt, an die er sich früher hat wenden können?

Er greift zum Telefonhörer, läßt sich von der Auskunft die Nummer des Einwohnermeldeamtes in Köln geben, und wenig später hat er einen freundlichen offiziellen Mitarbeiter an der Strippe. Der notiert sich aufmerksam einen Namen und die Adresse, versteht vielleicht nicht ganz, was der Anrufer mit dem fehlenden Eintrag im Hausbuch meint, verspricht aber, gleich etwas in dieser Sache zu unternehmen, und dankt dem Bürger aus Dresden für seine Wachsamkeit.

Durs Grünbein

Gedicht über Dresden

Scheintote Stadt, Barockwrack an der Elbe
Schwimmend in brauner Lauge, spät fixiert
Taucht sie aus Rotz und Wasser auf, ein Suchbild
Ein Puzzle, königlich, mit dem der Krieg
Die Schrecken der *Zerstörungswelt* entschärfte.
… was diesen Brücken keinen Abbruch tat,
Der Silhouette nicht, den schmalen Türmen
Chiaveris Schwan und dem Balkon Europas, –
Sandstein der alles weichmacht was hier aufwächst.
Das beste Depressivum ist der genius loci
An einem Ort, gemästet mit Erinnerungen,
Schwammfäule, schön getönt als Nostalgie
Narkotisch wie die psychotropen Jamben,
Die anglo-sächsische Version von *nevermore.*

Auch Dresden ist ein Werk des Malerlehrlings
Mit dem in Wien verstümperten Talent
Der halb Europa seinen Stilbruch aufzwang.
In diesem Fall ergab sich wie von selbst
Die Technik flächendeckender Radierung
Durch fremde Bomber, Meister ihres Fachs
In einer Nacht mit schwarzem Schnee im Februar.
Getreu den Plänen seines Kunstfreunds Speer
(»Die Zukunft, Albert!«) bleibt von *Bausubstanzen*
Nach Tausend Jahren noch, groß im Verfall

Die Schönheit der Ruinen, ihr *Ruinenwert.*
So praktisch kommt Romantik in der Hand
Von Ingenieuren. Ein *Gesamtkunstwerk*
Singt unter Trümmern noch in höchsten Tönen.

Im Futur II wird alles still geworden sein.

(Für Via Lewandowsky)

Volker Braun

Die dresdner Denkart

Eine Rede zum 800-jährigen Stadtjubiläum

Bürgerinnen und Bürger,
wir feiern Dresden. Feste sind hier alter Brauch. »Dresden scheinet gleichsam«, hieß es 1718, »nur ein bloßes Lustgebäude zu sein. Bei Hof werden immer einige Lustbarkeiten angestellt« und die Gäste oft tagelang mit Aufzügen, Tierhetzen, Schnepperschießen, Wirtschaften und Musiken *divertiert*. Aber Stadtjubiläen sind eine neue Erscheinung. 1889 die Wettiner-Jubelfeier war noch ein »allgemeiner Landes-Dank«, er dauerte eine Woche, man konnte nach allerhöchster Bestimmung einen großartigen »Festzug durch die Straßen der sächsischen Königsstadt sich bewegen sehen«, und eine »ganz eigenartige Bereicherung« war das »geräuschlos aber mit unbeirrter Treffsicherheit vorbereitete Armeefest«. Das eigentlich erste Stadtjubiläum erlebten wir 1956: die 750-Jahrfeier mit dem verheerenden Vorsatz *Dresden trümmerfrei*, sie beanspruchte immerhin einen Monat, alles was Rang und Namen hatte wirkte mit, der Zwinger, die Hofkirche waren im Aufbau, die Gemäldegalerie wurde wiedereröffnet und eine Preissenkung verkündet. Der Abschlußbericht monierte: »So schön der Wagen Augusts des Starken und der des III. gewirkt haben möge«, sei »gerade hier das zum Ausdruck gekommen, was die Kommission auf jeden Fall vermeiden wollte«: soziale Harmonie. »Die Darsteller des Volkes waren aber nicht erschienen.« Sie standen an der Straße.
Nun also 800 knapp gezählte Jahre, und ein *Festjahr* wird ver-

anschlagt, *Zeit für Dresden*; nicht auszudenken, wie lange die 1000-Jahrfeier währt.

Als der Platz noch kein Stadtrecht hatte, wurde schon seine Steinbrücke beredet; die Landeshauptstadt heute kommt mit einer Stahlbrücke ins Gerede. Damals und jetzt der liebe Eifer für den Ort, von dem Markgraf Dietrich der Bedrängte als von *Unserer Stadt Dresden* sprach. Die hochmögende Formel klingt uns kommun; und nun darf ich vor Ihnen von unsrer Stadt reden. »In Dresden kann der größte Abenteurer zu Ehren kommen«, lese ich in einem Almanach, »wenn er nur ein Ausländer ist.« Dies bin ich, weil ich (in meinem *abenteuerlichen* Beruf) nach Preußen zog, aber die Ehre hier schmeckt wie Muttermilch. Denn Dresden betretend, bin ich auf Heimatgrund.

Der Ort

Ich gehe also, Oktober 2005 und folge Ihnen nur auf den Neumarkt; es ist früher Morgen, dunstige Sonne, der neue Flügel des Schlosses glänzt, am Zaun vor der Brache ein Schild: Dieses Objekt steht zum Verkauf. Vor mir im Gegenlicht, fertig aber umzäunt, thront die Frauenkirche wie eine große synthetische Henne, unwirklich neu, aber ringsum das Treiben befestigt sie im Bewußtsein. Männer mit gelben Helmen unter dem Baukran verladen Fertigteile aus dem Betonwerk Oschatz, und tröstlich hantiert, am noblen Quartier F. ein Arbeiter mit einem Hammer. Vom Jüdenhof bis zum Landhaus ein geschäftiger Bauplatz, alle Gewerke zugange, Steinmetze, Klempner und Stukkateure. Hergebrachte Techniken, hergefahrene Leute, Handlanger, mit denen nicht gut reden ist, aus der Slowakei, Eisenflechter vom Kosovo. An der Salzgasse starrt eine riesige Baugrube, wo Kellerreste vermessen werden, das Eingeweide der Vorzeit, während man unter den Sonnenschirmen des rekonstruierten Coselpalais den Morgenkaffee trinkt. Das Hotel de Saxe im Schatten mustert aus seinen tiefen Garagenaugen den alten Luther: ein Original. Ein Schwirren und Klirren in der Luft wie aus allen Zeiten, ein Schaffen und Machen, als würde sich alles noch einmal ereignen, ein festliches Werden! Ich sehe das Gehäuse aus Leben und Arbeit, den gebauten Ort und jetzt folgen Sie mir : die Straßen, Giebel, der Fluß und die Hänge; der bleibende Abdruck des Daseins. Wieviel menschliche Mühe hat es verzehrt, Not und Unheil gekostet. Die Herrscher bedacht auf Gebiet und Geltung, die Bürger gebeutelt von Worfzins und Bede, Kaufleute kämpfend ums Stapelrecht. Privilegien, Gewohnheiten, Willküren, Statuten, Gefängnis und Pranger. Wie oft ist das Leben zernichtet, das Dasein neu gedacht worden, nach Feuersbrünsten, Elbfluten, Kriegswirren, Pest, in Aufschwüngen und Verheerungen, vier Jahreszeiten und zwei Gesellschaftsordnungen, Westkontakt und Osterweiterung, Gloria und Globalisierung. Was hätten die drezdani, die Sumpfwaldleute, gesagt, daß ihr Elbtal nun Weltkulturerbe ist; und was hätten die Wettiner gemurmelt, daß das Prädikat, wie Oberbürgermeister Roßberg sagt, ein Adelstitel sei! Ich sehe Paläste und Plattenbuchten, die Strategen aus dem Fürstenzug und die Taktiker aus dem Rathaus vor anderen nichtsahnenden Aufmärschen, den ganzen Karneval: und den Aschermittwoch. Ich sehe unweigerlich drei Städte, die unbegreiflich eine sind: das *alte Dresden*, wie es Löffler beschrieb, mein Vater wies mir vom Waldschlößchen aus die barocken Türme; die *Trümmerstadt*, Rudolph hat sie gezeichnet, meine alte Mutter wandte vorm Bild der Waisenhausstraße ihr gefurchtes Gesicht zu mir um; und die heutige Stadt, durch die ich sehnsüchtig gehe, und noch immer die Ramme auf dem schön gewölbten Pflaster des Neumarkts dröhnend, ein Leiharbeiter im Pullover steht dabei mit dem Wasserschlauch, der graue Zementstaub überall auf dem Pflaster wie Asche, die Totenasche, durch die ich laufe.

Dresden hat gleich die Quittung für das 20. Jahrhundert bekommen. Schillers Frage in den Briefen »Über die ästhetische Erziehung des Menschen«: »woran liegt es, daß wir noch immer Barbaren sind?« ging hier auf den Grund. In einem Gedicht des Dresdners Tragelehn, »Grundschule«, 1985, finden sich die sonderbaren Zeilen: »Die Stadt brennt. Achtjährig hatte ich/Zum ersten Mal ein Urteil. Sie gefiel mir.« Eine barbarische Empfindung, die Freund Mickel seinerseits kommentierte: »Da die Welt in Trümmern lag, bedrohte sie mich nicht; an den zerstreuten und durcheinander geworfenen Bruchstükken ersah ich die Schönheit, welche aus ihrer gefügten Ordnung mich ausgeschlossen gehalten gehabt hätte.« Karl Mickel, das Arbeiterkind aus Altgorbitz, das sich die Hochkultur aneignete auf den Schutthaufen, der begehbar gewordenen Vergangenheit, er »zeichnete sie ohne Mitgefühl; mein Teil war, daß ich Blut spuckte. Die Toten drunten saßen komfortabel in ihren Hohlräumen«; komfortabel oder eingezwängt, ihr Schicksal hatte seine Ordnung, Folge eines sozialen Verhängnisses, des *Irrtums im Fundament* der Produktionsverhältnisse, der Profit, Rüstung, Krieg bewirkt; die Kultur auf der Barbarei beruhend. Kunstsammlungen/Mietskasernen.

Jetzt sind wir im Innern des Gehäuses, das seinen Riß zeigt, wie jede andere bisherige Sozietät. Jene frohe Festkultur hieß eben saure Wochenfron, und Prunk und Aufwand höfischen und bürgerlichen Regiments mußten erbracht und erpreßt werden. Die brühlsche Tafel wurde »mit 30 Schüsseln besetzt, und das mit einer solchen *Profussion* und Verschwendung, daß die Bedienten, wie sie wollten, Essen aus dem Hause schleppen konnten«, hingegen »durch die Nichtauszahlung der Interessen von denen Steuerschulden unzähligen rechtschaffnen Leuten und Witwen und Waisen das Brot aus dem Munde gerissen, und sie in den elendesten Zustand versetzt wurden«. Ich verzichte auf die Jahreszahl, es ließe sich noch in jeden Kalender schreiben. Ist es ein Riß, so ist der Gegensatz dennoch verfugt und das Ganze, aus anderer Sicht, eine *Fügung*. So wie die schönen Künste und die leichte Industrie zusammengingen, die *technischen Künste*: das Flußdampfschiff, der Büstenhalter, die Spiegelreflexkamera und das Bombenzielgerät. Erfinder- und Unternehmergeist durften ein inneres Gleichgewicht geben, ein Selbstgefühl in den rohen Zeiten. In Chemnitz wird gearbeitet, Leipzig handelt und Dresden bringt das Geld durch oder: in Dresden wird gelebt. Es gibt einen dresdner Fundamentalismus, einen irdischen, sinnlichen Anspruch, hier in schon südlichem Licht, und doch richtigen Wintern, in anmutiger Landschaft, und etwas Freudiges, Sorgloses mästete diese Mätresse der Macht, die *Kunststadt* in *splendid isolation*, geschützt durch ihre Unschuld oder Schönheit: hat sie nicht das Recht, sich herauszuhalten, und sich was Bessers zu dünken? nicht verantwortlich für Gewalt und Greuel, gleichsam immer im Tal der Ahnungslosen?

Vor der unerwarteten Zerstörung hatte eine innere Zerstörung stattgefunden, und das *gefügige* Volk war dem Hitlerregime mit königstreuer Gesinnung gefolgt. Es war in unserer Stadt Dresden, wo zuerst die Bücher brannten am Wettiner Platz und in vorauseilendem Gehorsam die Schau »Zerfall in der Kunst« inszeniert wurde. Es war in Dresden, im Taschenbergpalais, wo man den Operationsplan erstellte, nach welchem an jenem 1. September die 8. Armee nach Polen einfiel. Garnisonsstadt, Lazarettstadt, Festungsstadt, Ruinenstätte. »Ein Mensch hat es leichter als eine Stadt, sich zu wandeln. Eine Stadt stürzt ein«, resümierte Döblin in Berlin. Das *Rohe am Menschen*, von dem derzeit so viel geheimnist wird, ist in sein wahres Rätsel aufzulösen: die menschliche Gesellschaft. In seiner »Studie über die Deutschen« (die seinen Vater, seine Mutter in Auschwitz ermordeten) beschäftigte sich Elias mit der europäischen Illusion »einmal zivilisiert, immer zivilisiert«. Die Illusion beginnt schon beim *einmal*; denn man muß nur am Lack der »hochentwickelten« Staaten kratzen, und der imperiale Leviathan kommt hervor. Nicht nur meine Generation der Luftschutzräume erlebte, auch die junge heute vor den Fernsehgeräten erlebt die Barbarei, die ganze Länder mit Angriffskrieg und -frieden überzieht. Im Frühjahr 2003 flogen die US-Bomber direkt über Dresden, man sah (es war traumhaft schönes Wetter) die Kondensstreifen in Formation am Himmel und wußte, auch wenn kein Geräusch zu hören war, auch kein Geräusch in den Medien: in fünf oder sechs Stunden, in der Nacht, werden sie über Bagdad sein wenig entfernt, nicht weit von Dresden, nein, von Dresden nicht weit fallen die Bomben auf Bagdad.

Die Erfahrung

Der rußschwarze Sandstein, sagt Rosenlöcher, sei der wahre Dresdner. »Er weigert sich, das Gedächtnis zu verlieren.« Es ist eingebrannt wie der schwarze Regen auf der Wand in Hiroshima, *als hätte ein großer Drache Tränen geweint.*

»Jede Rede über die Erfahrung muß heute von der Beobachtung ausgehen, daß sie nichts ist, dessen wir habhaft werden könnten«, meint Agamben. Das Unvermögen, Erfahrungen zu machen und mitzuteilen, sei vielleicht sogar eine der wenigen Gewißheiten, über die wir verfügen; welchselbe das Alltagsleben unerträglich mache. Das ist ein Unfug, sage ich, das gilt für den Dresdner nicht. »Leider wird fast nie etwas aus der Geschichte gelernt«, weiß nun aber Hobsbawm. Und selbst wenn man aus der Geschichte lerne, kommt es anders, als man erwartet. Man könne höchstens sagen, daß uns das 20. Jahrhundert zu einem gewissen Optimismus berechtigt. »Wenn die

Menschheit sich durch solch ein Jahrhundert«, der Extreme nämlich, »durchgeschlagen hat, kann sie vermutlich alles ertragen.« Wiederum: nein! sage ich als Dresdner in meiner verlorenen Stadt. Nein, das kann sie nicht & und alles Denken und Empfinden sträubt sich gegen die ärmliche Einsicht.

Was ich Ihnen hier vorführe, womit ich sie behellige oder erhelle, ist: die dresdner Denkart, ein bedingtes, notwendiges Denken, das harmlose Antworten nicht erträgt. Und/also da neuerdings laut wird, daß die Deutschen, sich ihrer Kultur kaum erinnernd, »zu klein und zu ängstlich über sich denken«, sie sollten auch nach Auschwitz selbstbewußt sein: so schweige ich und denke mir mein dresdner Teil.

Als ich in München Liotards *Frühstück* sah: die Bedienung am Bildrand angeschnitten, weggeduckt, wußte ich, was wir am *Schokoladenmädchen* haben: das selbstverständlich in die Bildmitte tritt. Es ist freilich nicht vor Ort gemalt, aber es tut am Ort seine Wirkung. Doch wenn ich ein dresdner Denken berufe, weiß ich mich auf seine Art zu bescheiden. »Dresden leidet in Rücksicht der Gelehrsamkeit und Freiheit zu denken und zu schreiben«, hieß es kürzlich, 1788, in einem Artikel über die Zensur, »gar keine Vergleichung mit Berlin.« Überdies, wird über uns gesagt, drücke ihnen auch ihre gewöhnliche Vaterlandsliebe die Augen gegen manches zu, was einer scharfen Untersuchung und Rüge bedürfe. Andererseits, 1795: »Man trifft ungemein viel schöne Formen & Im Durchschnitt findet man mehr frische, unverdorbene Physiognomien als in Berlin.« Das ist alles noch so, und Rosenlöcher darf »jene ewig jungen, mädchenhaften Frauen« betrachten »und ihre in letzter Zeit allerdings auffällig gealterten Männer mit den zerknitterten Damalsgesichtern aus der verlorenen Revolution von 1989«.

Verloren? Es war ein *Gelingen im Vorübergehen*: indem nicht ernstgemacht wurde mit den gedachten Zwecken. War es nicht darum gegangen, das Unsere wirklich zum Unsern zu machen?

Immerhin traten wir 89 »aus unseren Rollen heraus«, und Modrow fragte nicht lange: *Derfen die das?* Nur machen die Dresdner nicht so viel her wie die Heldenstadt, und übten auch wieder vor Kohl den Diener. Und zehren dann von dergleichen Legenden, daß, »als im Oktober die Macht zurückwich, ein versehentlich auf dem Altmarkt stehengebliebener Polizist von den mädchenhaften Frauen derart mit Blumen überhäuft worden« sei, »daß er kaum noch gehen konnte und alle sehr erleichtert waren, als er sich, von Astern und Dahlien bedeckt, doch noch in Richtung Schießgasse entfernte.« Wo nun der *Rückbau Altneubau* beginnt, penible Metapher auf dem Bauschild für den problematischen Fortschritt, Betonbarock.

Die Kunst

Das *Auferstanden* ging den Dresdnern nie von den Lippen, denn was hieß so hymnisch *der Zukunft zugewandt*? Sie ruhte in den Ruinen. Eine Denklandschaft ohnegleichen, aus dem weichen Sandstein erodierter Kultur, vergangner Visionen, in die wir gestellt sind, Ungnade der späten Geburt oder Herkunftsglück in der herzzerreißenden Erbschaft. Hier ging die Erfahrung nicht leer aus beim Steineklopfen. Ein Tal, im Gegenteil, von *Ahnungen* ist es, menschlicher Möglichkeiten, Schöpfung, Zerstörung. Das Verlustgefühl war eine Produktivkraft (dies mag es auch heute, bei anderem Abbau, sein); und die Stadtguerilla der Denkmalpfleger führte einen Häuserkampf, ohne weitere Waffen als ihre Wehmut. Aber was war das Wichtigste? die Rettung des Alten, oder neue Wohnungen? Die Not bewegte die Hände, mehr als der alte Glanz die Sinne. Das elementare Bedürfnis lag im Streit mit dem ästhetischen Anspruch. Da war der Konflikt programmiert, der in die heutigen Tage weist. Die Menschen finden sich in ein verhaßtes Müssen, sagt

Schiller, weit leichter als in eine schwere Wahl. So murrt das Dilemma fort, zwischen Banalität und Besonderheit zu entscheiden, plattem Erfordernis und konkreter Utopie.

Ich selber habe, mit vier Brüdern, Not gekannt, aber fühlte früh auch den Hunger nach Schönheit. Wir konnten uns ja nicht *sattsehn*, wir wuchsen in Trümmern auf. Die ragenden Reste bewahrten etwas wie Würde, auf den ausgeglühten Fassaden ein Abglanz von Anmut. Merkwürdig, die wüste Stadt hat mich nicht ruiniert & den Totenernst ertrug auch die Natur, die sie umblühte. Ich sah vom Rochwitzer Busch hinab, und die erste Liebe, oder ein lieblicher Steinweg trieb mich um, wie wenn es um mich geschehen wär & Erst als es mit seinen Brüchen eingegipst im sozialistischen Schnellverband lag, war mir Dresden fremd, und wie unrettbar geheilt von dem Phantasma. Später in Berlin, mit der 5. Besatzungsmacht, nein, auf den dritten Wegen der Kunst, konnte ich meinen Fall buchstabieren. »Der entsetzliche Widerspruch von Grauen und Schönheit, die Wirkung von Tod und Kunst, rückte mir die Geschichte in ein scharfes Licht, als etwas Gewaltsames und Offenes, das Anteilnahme und Widerstand fordert.« Das war *der Ort und die Formel*, wo die Frage an uns Barbaren stand und Schillers Idee der ästhetischen Bildung, die »das Individuum in Freiheit setzt« und in »der Wirklichkeit aber nur ›Schein‹ bleibt«, dramatisch verfremdete. Sie ist uns als radikalere Einsicht vermacht: daß die *Verhältnisse* zu bilden sind, damit Kunst in die Wirklichkeit kommt. Ästhetisch formbar ist nur, was Alternativen denken läßt. Auch das Alte. Mustergültige hat eine Form gesprengt. Das verspielte Rokoko war (höfische) Rebellion gewesen. Die plebejischen Brücke-Maler probten natürlich den Aufstand. Sich ans Maßgebende anzuschließen: hieß Erneuerung, Umsturz. Ich wußte nun, daß die Kunst nichts Harmloses ist, die leichteste Weise zugleich und ernsteste Art unsrer Existenz. Was ich lernte, war dieses Doppelte, Gerechte:

die Sucht zu bewahren, und die Lust des Beginnens. »Darum schließe ich zuweilen die Augen und denke an Dresden« (Kleist, 1801).

Wie ermutigend ist jedes Wiedererstehn, und wie bange blikken de mehrschdn offs Neue. Die Gläserne Manufaktur für die höchsten Gehälter, und die steinerne Kirche, die barsch zur Erde betet. »Ist es der Neumarkt?« fragt eine frankfurter Zeitung (und linst begierig auf das dresdener Beispiel). Zementkästen mit Blendfassaden. So fordern es Zweck und Nutzen. Doch meine Freude bleibt auf dem Platz; nur mein Nischel nickt: Pseudogebäude, Pseudogesellschaft. (Das sage ich *aus Erfahrung.*) Nach den Oden des Parteigeists die Elegien des Sachzwangs. Dresden 800 Jahre × 1 Million Schulden den Satz darf ich streichen. Schuldenfrei, die kurze Losung; Firmen fassen die Mittel und schaffen die Arbeit beiseite (: *Elbflorenz* dichtgemacht); eine Aufsichtsräte-Republik; Bürgerentscheide für die Autokratie. Der Kampf der Kompetenzen und Kosten, und der *unerträgliche Alltag* in den Arbeitsämtern. Einst blieb man nicht gern im Lande, jetzt nährte man sich gern redlich. Und kein Friedrich oder August in Sachsen kann sagen: Macht euern Zweck alleene. Kultur/erbe: glückliches Label, das uns mit Lasten und Leichtsinn belädt, bis wir selber zum Material der Erfahrung werden bei der Fahndung nach Menschenmaß. Das Fundament einer Stadt sind nicht Tiefgaragen. Nicht der Beton des Besitzes begründet ihr Leben: die kühne Konstruktion aus Gemeinsinn. Die dresdner Denkart fordert Recht auf Arbeit und Leistung, *Anmut und Würde.*

Hier liegt nun in meinem Text noch ein Trümmerhaufen, von Widersprüchen, die ich nicht aufhebe, Brocken, Geröll; mögen ihn andre beräumen, die Lösungen wissen. Kommunale Wohnungen sind vielleicht nicht das Tafelsilber, aber das Steingut des Stadthaushalts. Jenen rechten Jungwählern, wenn ihnen ihre Mütter nicht entgegentreten, sollten die Trümmerfrauen erscheinen in den kalkigen Kitteln. Die Mikroelektronik hat man dem Standort erhalten, aber was, wenn *der Anschub* bis Singapur trägt? Beim Abriß des Kühlhauses Weißeritzstraße wurde der Arbeiter geborgen, der dem Fünfjahrplan huldigt; das Halbrelief des *Arbeitnehmers* muß noch gefunden werden. Der »Umsonstladen« ist ein einsamer Vorgriff. Die Verkaufs-, nein die Idee ist, die Waren auf- und den Machtfaktor Geld zu entwerten. Wie verschollen die Tradition der Deutschen Kunstausstellung; scheut der Markt das billige Urteil der Menge. Die 77 Tage der Bombardierung Belgrads, bis heute hat sich die deutsche Regierung nicht entschuldigt. Soros, der Philanthrop, der sich für die Integration der Indios einsetzt, kann nun nicht für die Wigwams der Woba sorgen! Dresden wird ein teures Pflaster, sage ich niedergeschlagen vom Hebesatz. Das »Narrenhäusel« fehlt mir am Neustädter Ufer: wer *setzt* jetzt *dem König die Brille auf*?

Ich umschreite dieses Mahnmal, den Problemhaufen neueren Datums, ich biete Ihnen, wie gesagt, keine freigeschrappte Fläche, »Baufreiheit«, keinen Ausgleich. Ich führe Sie aber auf einen Hügel, um Übersicht zu gewinnen, Gunst der Gegend in herrlicher Lage am Fluß; den Hang hinauf. »Was kommt nach der bürgerlichen Gesellschaft?« fragte der neunzigjährige Hans Mayer vor zehn Jahren in seiner Rede »In den Ruinen des Jahrhunderts«. Die städtisch-bürgerliche wie auch die klassenbewußt proletarische Kultur seien dahin; es herrsche ein universales Kleinbürgertum, seine Kultur die Wegwerfgesellschaft. Es bleibe der Kapitalismus ohne Bürgertum, der, entfesselt, hemmungslos, im Begriff sei, »alle einstigen Normen deutscher Bürgerlichkeit, wie man so schön sagt, ›abzuservieren‹, als handle es sich um kalt gewordene Speisen«. Das heißt auch, dergleichen maßvolle Städte, wie die Europas, wird es in Zukunft nicht geben. Der Alte in Tübingen wollte nicht mehr wissen, *was kommt*. Er hinterließ uns die Frage und begab sich, von der

»Ästhetik des Widerstands« redend, vor den Marmorfries aus Pergamon. Wir stehen vor einem ebenso stolzen, aber lebendigen Panorama, einem Stadtbild, das gleichwohl ein Fragment ist, heiterschöne Pracht und neues hartes Gepränge. Es zeigt die Skulpturen der Kuppeln in scheinbar unberührtem Pathos, und auf den radierten Brachen die nüchterne Neulast. Ein Bauen über dem Abgrund, im schmerzlichen Hochgefühl! Und in der Mitte der Feuerrost im Inferno von stinkendem, beißendem Rauch umloht. Die Schafweide auf dem Neumarkt idyllisch zwischen 20 Millionen Kubikmetern Schutt. Denn es ist alles auch noch da, denn das, was man nicht mehr sieht, gehört auch zu uns. Die Stadt nimmt dieses Abservieren nicht hin & sie stemmt sich dagegen mit ihren Steinen und Stirnen. Das ist ihre Denkart ... Durch das was sie war und was sie wird, ist sie ein lebender Widerspruch zum Null ouvert, zur Nivellierung des *global play*. Das macht ihre ungeheure, unversöhnte Doppelgestalt, Schönheit und Schrecken, ihre Wirklichkeit, ihre Kunst. Auf so rohe, süße Art stellt sie den Gegensatz aus zwischen dem, was eine Gesellschaft ist und was sie von sich verlangen sollte; und hier nun endlich ist vom *deutschen Selbstbewußtsein* gesprochen. Was ist *das Unsere?* Die Kartoffeln, die der Bauer Palitzsch in Prohlis anbaute, und die neuste Wasserkunst am Seetor, wo der Unflat hinabfährt. Das Unsere hat einen Weltlauf durchwandelt bis herab ins Volkseigentum und hinüber in die Privatisierung. Diese Stunde, in der wir dies bedenken, ist die unsere. Seht hin: ein entschlossener Fight ist imgange, die Gigantenschlacht der Investoren gegen die Elementarurbanisten, das Ringen von Renditedenken mit dem Bürgersinn, beharrlich, handgreiflich, erpresserisch, der Streit von Nostalgikern, Futuristen und Funktionären. Die *Darsteller des Volkes* verharren in ihren Rollen, Villenbewohner und Obdachlose, begeisterte Elbhangdresdner und krasse Rinnsteinchaoten. Das alles sehen wir bruchstückhaft und verklärt in der

Mittagsdemse; ein mildes Gedrängel, ein geduldiger Zorn ist bei der Sache, der Suche nach einer Form, einer Daseinsweise. Ich grüße die Äußere Neustadt und warte auf das Elbhangfest & Ah, die Landschaft, die noch immer die Fassung behielt, atmet der Stadt zu, und die Stadt umfaßt uns mit ihren Maßen, tröstlich, vertrauend; der Ort, der Riß, die Erfahrung. *Dresden* heißt die Kunst zu leben.

Dieter Wildt

Sächseln als Schicksal

»Wärchel fähnsen«
Sächsisch für: *Kleine Kinder weinen leise*

Die sächsische Mundart hat der Deutschen Urteil über ihre Sachsen so geprägt wie keine andere sächsische Eigenart. Sächsisch sprechen und Gelächter ernten ist eins. Bis auch da wieder Walter Ulbricht kam …

Die sächsische Mundart gilt als die schlimmste aller deutschen. Wer mit ihr geschlagen ist, kann für einen Nichtsachsen kein ernstes Wort sagen. Ein Wutschnauben auf Sächsisch ist eine Farce. Eine Gedenkansprache ein Witz. Sächsisch ist schlechthin unernst.

Der Dialekt sei gräßlich, sagt die Sekretärin aus Berlin. Ich kann das nicht hören, sagt das Mädchen aus Köln. Selbst ernsthafte Politiker grinsen, wenn sie einen Kommunisten gegen Imberialisten, Griechshätzer und Gabidalisten wettern hören. Auf der Bühne spricht stets der tolpatschigste Hanswurst sächsisch – wie zum Hohn auf die Abschaffung des Hanswursts im deutschen Theater durch die Neuberin, eine Sächsin. […]

Was sich aber ein Nichtsachse heute immer noch nicht vorstellen kann, ist: das Sächsische wirkte früher keineswegs lächerlich. Ja, es galt sogar jahrzehntelang als eine geradezu vorbildliche Aussprache des Schriftdeutschen. Insbesondere galt das für Leipzig, heute die Gegend des angeblich schrecklichsten sächsischen Dialekts.

Nach Leipzig wurde der kühne Frankfurter Reimer Johann Wolfgang Goethe – »ach neiche, du Schmerzensreiche« – geschickt, damit er die feine Lebensart erlerne und das »wohlklingende zierliche Hochdeutsch«.

Nach Sachsen wurde im 18. Jahrhundert jeder gesandt, der es Goethen gleichtun sollte. So schreibt der preußische Regierungspräsident von Loen über die Dresdnerin: »Hier findet man die besten Sprachmeisterinnen der Deutschen ... Der liebliche Klang der Stimmen macht auch die rauhen deutschen Töne zärtlich und angenehm.«

Waren die Deutschen damals mit Taubheit geschlagen? Oder sind wir es heute? Wir sind es.

Denn die gute alte Meinung vom sächsischen Tonfall kommt nicht von ungefähr. Schließlich wurde die deutsche Sprache in Sachsen gezeugt, geboren und großgezogen. Schließlich ist das Obersächsische der Kern des Hochdeutschen. Die heutige deutsche Schriftsprache geht auf Martin Luther zurück. Und er schrieb »nach der sächsischen Kanzlei«. Luther machte aus dem Obersächsischen – einer in der Markgrafschaft Meißen entstandenen Mischung von flämischen, friesischen, rheinländischen, mainfränkischen und schwäbischen Lauten – das Schriftdeutsche, die Sprache, die dann Adelung und Gottsched – zwei Nichtsachsen – auf sächsischem Boden zum heutigen Hochdeutsch formten.

In Sachsen – Thüringen gehört dazu und der südliche, sächselnde Teil der alten preußischen Provinz Sachsen –, nämlich in Weimar, entstand im 17. Jahrhundert die erste deutsche Gesellschaft zur Pflege der deutschen Sprache, die »fruchtbringende Gesellschaft«, der »Palmenorden«. Vier sächsische Fürsten waren es, die damals veranlaßten, dieser Orden möge »unsere edle Muttersprache wieder in ihre uralte Reinigkeit, Zierde und Aufnahme einführen«.

In Sachsen wagte es ein sächsischer Professor als erster Deutscher, nicht mehr lateinisch zu dozieren, sondern deutsch. Christian Thomasius aus Leipzig tat es in Halle.

Wer hat das vergessen? Das Seriöse am Sächsischen? Das Edle, das Verdienstvolle? Die Wissenschaft nicht, wohl aber die vox populi.

Woher kommt solcher Wandel von der Verehrung zur Verdammnis? Warum galt damals das Sächsische, nicht nur im Schriftdeutschen, sondern eben auch in der Aussprache, als fein, viel feiner als der harte norddeutsche Ton? Weil das Sächsische an sich die legerste, die abgeschliffenste deutsche Mundart ist.

Hier werden die harten Konsonanten weich, hier werden reine Vokale lässig, hier wird die Sprache elegant, leicht, fließend, bequem, gefällig, schmeichelnd, singend – singend wie das Französische.

Und auch noch heute muß sich jeder, der, unbeeinflußt von Vorurteilen, die deutschen Dialekte hört, dieser Meinung anschließen. Im Vergleich zum norddeutschen Tonfall, zum baltischen, schlesischen, ja berlinischen oder rheinischen, klingt das Sächsische charmant und locker, weich und liebenswert, ganz und gar undeutsch eigentlich, unverkrampft.

Woher diese Wandlung des Ansehens? Weshalb sollte Goethe vor zweihundert Jahren die deutsche Aussprache in Leipzig lernen? Weshalb lernt sie heute ein Leipziger am besten in Berlin?

Ein wenig wird schon bei Goethe selbst deutlich. Er klagte später als alter Herr in Weimar einmal Eckermann, die Sprache der Sachsen habe sich sehr zum Schlechten verändert. Stimmt das? Stimmt das, da doch auch schon Luther Jahrhunderte vorher klagte, das Sächsische sei »ein wenig müde geworden«?

Die Theoretiker streiten darüber. Die einen sagen, in der Tat sei das Sächsische des Volkes durch das von Süden aus dem Böhmischen einwandernde Dienstpersonal herabgezogen worden. Das niedere Sächsisch habe dann das feinere der gebildeten Stände langsam verschlechtert.

Die andere Richtung der Theorie widerspricht. Sie meint, das Sächsische selbst habe sich wenig verändert. Verwandelt habe sich nur das Urteil über die sächsische Aussprache. Und zwar sei der Niedergang der Wertschätzung des Sächsischen erkennbar am Niedergang der politischen Macht Sachsens.

Je mächtiger Preußen wuchs, desto moderner wurde es, preußisch zu parlieren. Je kleiner Sachsen wurde, desto altmodischer, wie ein Sachse zu reden. Willy Hellpach – »Der deutsche Charakter« – schreibt das und begründet es präzise: je mehr sich der preußische Leutnant über ganz Deutschland verbreitete, desto beliebter wurde der preußische Schnarrton. Keiner wollte mehr zivil sächseln. [...]

Dennoch ging den Deutschen das Sächsische nicht unter. Es leistete Jahrzehnt um Jahrzehnt allen Angriffen aus dem Norden jenen sprachlichen Widerstand, den die Sachsen seit 1763 politisch nicht mehr geleistet hatten. Noch mehr: es ist lebendiger geblieben als viele andere Dialekte. Neben dem bayerischen und dem schwäbischen ist der sächsische Dialekt noch immer der markanteste der deutschen Stämme. Obgleich sich die Stämme selbst in den letzten Jahrzehnten immer mehr vermischten, verwischte sich die Mundart nicht. Der Dialekt wurde zum letzten Wahrzeichen der alten Trennung des deutschen Volkes, »einig in seinen Stämmen« (Verfassung von Weimar, Sachsen-Weimar). Dieser Dialekt, dessen Grundbestandteile das Kind in sich aufnimmt und nur sehr selten wieder verliert, dieser Dialekt, dessen Grenzen sich in Jahrhunderten in Mitteldeutschland kaum verschoben haben, dieser Dialekt hat die Sachsen geprägt.

Und er hat sie auch eingegrenzt, genauer als es politische Grenzen jemals konnten. Sachse ist nach Auffassung fast aller Deutschen nicht, wer in Sachsen geboren wurde – in welchem Sachsen? –, sondern wer sächselt. Sachse ist also der aus dem Königreich Sachsen, und der aus der Hallenser Gegend der preußischen Provinz Sachsen, Sachse ist auch der Thüringer. Alle sind Sachsen, genauer Obersachsen oder Großsachsen. Sachse ist, wer einmal unter der Herrschaft der Wettiner gelebt hat. Es sächselt also der Weimarer und der Hallenser, der Leipziger und der Merseburger, der Erfurter und der Zittauer.

Eingeborene Sachsen wehren sich dagegen, denn sie können jede Variante des Sächsischen voneinander unterscheiden. Sie sagen, in Leipzig wäre das Sächsische am breitesten. Der Leipziger sage alles weich, der Dresdner hingegen sage niemals ein g statt eines k. Solcherart verdrehe nur der Oberlausitzer alles, er sage auch gutt statt gut und Tiesch statt Tisch. Eingeborene Sachsen unterscheiden das Obersächsische vom Vogtländischen, das Erzgebirgische vom Thüringischen, das Chemnitzer Sächsisch vom Dresdner Sächsisch. Allen gemein ist nur diese Ansicht: das beste Sächsisch spricht stets der Urteilende, das schlimmste immer der andere. [...]

»Unsere Sprache entbehrt des Heldischen, vielleicht sogar des Männlichen«, sagt der Sachse Zwerenz (»Ärgernisse«). »Der Sachse reduziert gezwungenermaßen jedes Pathos auf die zugrundeliegende Plattheit.«

Was kluge Kombinatoren wieder dazu veranlaßt zu sagen: »Der Sachse ist überhaupt antipathetisch und antiromantisch; einzige Ausnahme: er verteidigt seinen Dialekt.«

Das tun die Sachsen allerdings mit der ihrem Volksstamm eigenen Zähigkeit. Nichts, aber auch gar nichts hindert einen waschechten Sachsen daran, sich mit aller Wucht dagegen zur Wehr zu setzen, daß er einen lächerlichen Dialekt spräche. Es ist amüsant, die Zeugnisse solcher sächsischer Selbstverteidigung zu studieren. Amüsant, weil sie fast immer geschrieben werden, viel seltener geredet.

Aus unüberhörbaren Gründen vermutlich.

So zum Beispiel das Pseudonym Esté in den »Dresdner Monatsblättern«: »Jeder Dialekt ist ernsthaft gemeint. Lächerlich wird er erst durch Übertreibungen, durch Nachahmungen, durch böswillige Verzerrungen, durch die unfähige Nichtskönner glauben, Heiterkeit erzeugen zu können.«

Max Zeibig aus Wasserburg am Bodensee zählt die Sachsen Luther, Fichte, Lessing und Nietzsche auf und fragt: »Wer will es noch wagen, das Sächsische billig zu bewitzeln?« Er verwahrt sich dagegen, »wenn mittelmäßige Kabarettisten unseren Dialekt dem Fluch der Lächerlichkeit überantworten!«

Paul Lange dreht in den »Leipziger Neuesten Nachrichten« den Spieß herum und behauptet stolz: »Wir können es uns wirklich leisten, uns selbst zu persiflieren ... So wagen wir es, sächsische Drolerien zu bringen, ohne zu verübeln, daß man uns auslacht ...«

Weniger wagemutig urteilt Peter Bamm über seine Heimat. Bamm, einer der bekanntesten deutschen Sachsen. Er zeigt dafür mehr Selbstbewußtsein und Sinn für sächsische Selbstverspottung. »Diejenigen, die glauben, über uns lachen zu dürfen, sollen angehalten werden, sächsisch zu lernen. Dann wird ihnen das Lachen vergehen. Denn es ist eine der schwersten Sprachen der Welt.«

Einig sind sich die kleinen Heimattreuen und der große sächsische Erzähler und Erklärer aber in einem: in der Verteidigung ihres heimatlichen Idioms. In der Abwehr der Lächerlichkeit. Die sie aber als gegeben hinnehmen.

Im Gegensatz zu denjenigen Sachsen, die sogar wider diesen Stachel löcken. Peter von Zahn zum Beispiel. Er hat vergeblich versucht, schreibt er, herauszufinden, warum das Sächsische lächerlich klingt. Warum ist es ihm nicht gelungen? Er gibt keine Antwort. Vielleicht, weil er selbst das Sächsische so schnell abgelegt hat, daß ihn heute nur noch wenige als Sachsen erkennen?

Da liegt ja überhaupt der Sachse im Pfeffer. Sie selbst lassen viel zu gern und viel zu schnell von ihrem Sächsisch. Es gibt

Dutzende von selbstbewußten Zeugnissen sächsischer Bürger über diese Häutung der Zunge, dieses Abstreifen der Mundart. Sie klingen allesamt, als sei erst dadurch die rechte Mannbarkeit gewonnen, der Makel abgewischt, die Vollkommenheit des Deutschseins erreicht.

Die Verleugnung des Sächsischen beginnt damit, daß jeder echte Sachse meint, sächseln täten nur die anderen. Er pflege es nur noch ein ganz kleines bißchen, meint er, und zwar bewußt und aus Heimattreue.

Dialog in einem Berliner Taxi vor dem Flughafen Tempelhof.

Taxifahrer: »Wo darfschn Sie hinfahrn?«

»Nach Zehlendorf. Aber über Mariendorf, den kürzesten Weg.«

»Nu, diss brauchnse mir doch nich zu sachen. Ich genn mich hier schon aus.«

»Haben Sie sich so schnell eingelebt?«

»Was heißt eincheläbt? Wohär wissnsen diss, daßch geen Berliner bin? Gennse mich dänn? Sinse schon mal mit mir gefahrn?«

»das Athen für Künstler«

Kunst und Kultur in Dresden

Johann Joachim Winckelmann

In der Königlichen Galerie in Dresden

Die reinsten Quellen der Kunst sind geöffnet: glücklich ist, wer sie findet und schmeckt. Diese Quellen suchen heißt nach Athen reisen; und Dresden wird nunmehr Athen für Künstler. [...]

Die im hohen Stile gearbeitete Agrippina und die drei Vestalen unter den Königlichen Antiken in Dresden verdienen hier als große Muster angeführt zu werden. Agrippina ist vermutlich nicht die Mutter des Nero, sondern die ältere Agrippina, eine Gemahlin des Germanicus. Sie hat sehr viel Ähnlichkeit mit einer vorgegebenen stehenden Statue ebendieser Agrippina in dem Vorsaale der Bibliothek zu San Marco in Venedig. Unsere ist eine sitzende Figur, größer als die Natur, mit auf die rechte Hand gestütztem Haupte. Ihr schönes Gesicht zeigt eine Seele, die in tiefe Betrachtungen versenkt und vor Sorgen und Kummer gegen alle äußeren Empfindungen fühllos scheint. Man könnte mutmaßen, der Künstler habe die Heldin in dem betrübten Augenblick vorstellen wollen, da ihr die Verweisung nach der Insel Pandataria war angekündigt worden.

Die drei Vestalen sind unter einem doppelten Titel verehrungswürdig. Sie sind die ersten großen Entdeckungen von Herculanum, allein, was sie noch schätzbarer macht, ist die große Manier in ihren Gewändern. In diesem Teile der Kunst sind sie alle drei, sonderlich aber diejenige, welche größer ist als die Natur, der Farnesischen Flora und anderen griechischen Werken vom ersten Range beizusetzen. Die zwei andern, groß wie die

Natur, sind einander so ähnlich, daß sie von einer und ebenderselben Hand zu sein scheinen; sie unterscheiden sich allein durch die Köpfe, welche nicht von gleicher Güte sind. An dem besten Kopfe liegen die gekräuselten Haare nach Art der Furchen geteilt, von der Stirne an bis da, wo sie hinten zusammengebunden sind. An dem andern Kopfe gehen die Haare glatt über den Scheitel, und die vorderen gekräuselten Haare sind durch ein Band gesammelt und gebunden. Es ist glaublich, daß dieser Kopf durch eine neuere, wiewohl gute Hand gearbeitet und angesetzt worden.

Das Haupt dieser beiden Figuren ist mit keinem Schleier bedeckt, welches ihnen aber den Titel der Vestalen nicht streitig macht, da erweislich ist, daß sich auch anderwärts Priesterinnen der Vesta ohne Schleier finden. Oder es scheint vielmehr aus den starken Falten des Gewandes hinten am Halse, daß der Schleier, welcher kein abgesonderter Teil vom Gewande ist, wie an der größten Vestale zu sehen, hinten übergeschlagen liege.

Es verdient der Welt bekanntgemacht zu werden, daß diese drei göttlichen Stücke die ersten Spuren gezeigt zur nachfolgenden Entdeckung der unterirdischen Schätze von der Stadt Herculanum.

Sie kamen an das Tageslicht, da noch das Andenken derselben gleichsam unter der Vergessenheit, so wie die Stadt selbst unter ihren eigenen Ruinen, vergraben und verschüttet lag, zu der Zeit, da das traurige Schicksal, welches diesen Ort betroffen, nur fast noch allein durch des jüngern Plinius Nachricht von dem Ende seines Vetters, welches ihn in der Verwüstung von Herculanum zugleich mit übereilte, bekannt war.

Diese großen Meisterstücke der griechischen Kunst wurden schon unter den deutschen Himmel versetzt und daselbst verehrt, da Neapel noch nicht das Glück hatte, ein einziges herculanisches Denkmal, soviel man erfahren können, aufzuweisen.

Sie wurden im Jahr 1706 in Portici bei Neapel in einem verschütteten Gewölbe gefunden, da man den Grund grub zu einem Landhause des Prinzen von Elbeuf, und sie kamen unmittelbar hernach, nebst andern daselbst entdeckten Statuen in Marmor und Erz, in den Besitz des Prinzen Eugen nach Wien.

Dieser große Kenner der Künste, um einen vorzüglichen Ort zu haben, wo dieselben könnten aufgestellt werden, hat vornehmlich für diese drei Figuren eine Sala terrena bauen lassen, wo sie nebst einigen andern Statuen ihren Platz bekommen haben. Die ganze Akademie und alle Künstler in Wien waren gleichsam in Empörung, da man nur noch ganz dunkel von derselben Verkauf sprach, und ein jeder sah denselben mit betrübten Augen nach, als sie von Wien nach Dresden fortgeführt wurden. [...]

Die Königliche Galerie der Schildereien in Dresden enthält nunmehr unter ihren Schätzen ein würdiges Werk von Raffaels Hand, und zwar von seiner besten Zeit, wie Vasari und andere mehr bezeugen. Eine Madonna mit dem Kinde, dem h. Sixtus und der h. Barbara, kniend auf beiden Seiten, nebst zwei Engeln im Vordergrunde.

Es war dieses Bild das Hauptaltarblatt des Klosters St. Sixti in Piacenza. Liebhaber und Kenner der Kunst gingen dahin, um diesen Raffael zu sehen, so wie man nur allein nach Thespiä reiste, den schönen Cupido von der Hand des Praxiteles daselbst zu betrachten.

Seht die Madonna, mit einem Gesichte voll Unschuld und zugleich einer mehr als weiblichen Größe, in einer selig ruhigen Stellung, in derjenigen Stille, welche die Alten in den Bildern ihrer Gottheiten herrschen ließen. Wie groß und edel ist ihr ganzer Kontur!

Das Kind auf ihren Armen ist ein Kind, über gemeine Kinder erhaben durch ein Gesicht, aus welchem ein Strahl der Gottheit durch die Unschuld der Kindheit hervorzuleuchten scheint.

Die Heilige unter ihr kniet ihr zur Seite in einer anbetenden

Stille ihrer Seele, aber weit unter der Majestät der Hauptfigur, welche Erniedrigung der große Meister durch den sanften Reiz in ihrem Gesichte ersetzt hat.

Der Heilige dieser Figur gegenüber ist der ehrwürdigste Alte, mit Gesichtszügen, die von seiner Gott geweihten Jugend zu zeugen scheinen.

Die Ehrfurcht der h. Barbara gegen die Madonna, welche durch ihre an die Brust gedrückten schönen Hände sinnlicher und rührender gemacht ist, hilft bei dem Heiligen die Bewegung seiner einen Hand ausdrücken. Ebendiese Aktion malt uns die Entzückung des Heiligen, welche der Künstler zu mehrerer Mannigfaltigkeit, weislicher der männlichen Stärke als der weiblichen Züchtigkeit, [hat] geben wollen.

Die Zeit hat allerdings vieles von dem scheinbaren Glanze dieses Gemäldes geraubt, und die Kraft der Farben ist zum Teil ausgewittert, allein die Seele, welche der Schöpfer dem Werke seiner Hände eingeblasen, belebt es noch jetzt.

Caspar David Friedrich

Eingabe an König Friedrich August I. von Sachsen vom 10. 6. 1816

... ich bin in Greifswalde, im ehemaligen Schwedischen Antheile von Pommern, gebohren und stehe jetzt im 42sten Jahre meines Lebens. Aus eigener Neigung bestimmte ich mich frühzeitig dem Studio der Landschaftsmalerei, worinnen ich in meiner Vaterstadt den ersten Unterricht empfing und mich nachher, vier Jahre hindurch, auf der Königlichen Akademie zu Koppenhagen weiter ausbildete. Nachdem ich mich eine Zeit lang in Berlin aufgehalten und dort der Kunst obgelegen hatte, kam ich, vor nunmehro achtzehn Jahren, nach Dresden, um hier, in der Nähe der trefflichsten Kunstschätze, und umgeben von einer schönen Natur, meine artistischen Arbeiten fortzusetzen. Unter dem väterlichen Schutze Ew. Königl. Majestät, wo Wissenschaften und Künste blühen, in einer Stadt, die man mit Recht das deutsche Florenz nennt und unter einem biedern Volke, das sich durch seine Religiosität, wie durch seinen Kunstsinn auszeichnet, habe ich einen beträchtlichen Theil meines Lebens zugebracht, und so ist Sachsen mein zweites Vaterland und seine Bewohner meine geliebten Landsleute geworden, zu denen ich, nach jeder Reise in andre Staaten, mit neuer Liebe und Anhänglichkeit zurückkehrte. Diese Gesinnungen haben in mir den Wunsch erzeugt, meine Tage unter Ew. Königl. Majestät mildem Zepter zu beschließen, indem ich es für meine Ehre und mein Glück ansehe, mich zu Allerhöchstdero Unterthanen zählen zu dürfen. Da ich nun, während meines Hierseyns, mehrmals Gelegenheit gehabt habe, die erfreuliche

Bemerkung zu machen, daß meine, bei den jährlichen öffentlichen Kunstausstellungen, mit ausgestellten Arbeiten, nicht ohne Beifall der Kenner und Kunstfreunde geblieben sind, und mir auch außerdem das Glück zu Theil geworden ist, jungen Leuten, die sich bei ihren Studio der Landschaftsmalerei, meines Raths bedienen wollten, nützlich zu werden, so wage ich es, um jenen Wunsch, als Sachse zu leben und zu sterben, desto ungestörter ausführen zu können, und da die hiesige Kunst-Akademie mehrere ihrer Mitglieder seit kurzer Zeit, durch den Tod verloren hat, Ew. Königl. Majestät alleruntertänigst gehorsamst zu bitten:

Allerhöchstdieselben wollen mir die Mitgliedschaft bei der hiesigen Akademie der Künste zu ertheilen, auch mich, mit einem diesfallsigen Gehalt, zu beßerer Fortsetzung meiner artistischen Thätigkeit, zu begnadigen, und deshalb die erforderlichen allerhöchsten Befehle ergehen zu laßen, huldreichst geruhen.

Der lebhafteste Eifer für die Kunst, wird die dankbare Rührung beurkunden, mit welcher ich diese allerhöchste Milde verehren werde, als

Ew. Königl. Majestät

alleruntertänigst gehorsamster
Caspar David Friderich

Dresden am 10.^{n} Juny 1816

Ludwig Richter

Lebenserinnerungen eines deutschen Malers

Als ich den Unterricht im Landschaftszeichnen übernommen hatte, war es mein erstes, bei den vorgefundenen Schülern den unglaublich manierierten Zopf der so genannten Zinggschen Verunstaltung aller Naturformen auszumerzen. Dies war keine leichte Sache, und vor allem musste ich die Vorlagen, welche zum Kopieren vorhanden waren, ganz beseitigen und anderes Material herbeizuschaffen suchen. Da aber brauchbare Studien neuerer guter Landschafter nicht leicht zu erlangen und zu teuer waren, so musste ich mich mit dem Ankauf der lithographischen Hefte von Wagenbauer und einigem anderen dieser Art begnügen und gab das meiste von meinen eigenen Studien einstweilen zur Benutzung. So verging das akademische Wintersemester unter fleißigem Kopieren. Als aber jetzt der Sommer nahte, draußen alles in Laub und Blüte stand, da kam ich zu dem Entschluss, einen Versuch zu wagen, die Schüler unmittelbar nach der Natur zeichnen zu lassen, was bis dahin an der Akademie nicht gebräuchlich gewesen war. Es konnte dies um so leichter ausgeführt werden, als im Sommerhalbjahr die Zahl der Schüler nicht acht bis zwölf überstieg, weil da meist nur solche am Unterricht teilnahmen, die sich ganz dem Landschaftsfache widmeten. Es zeigte sich diese Einrichtung auch so erfolgreich und anregend, dass sie bis heute (1881) in Anwendung geblieben ist. Die Abwechslung zwischen Kopieren und Zeichnen nach der Natur brachte mehr Frische und Lebendigkeit unter die Schüler. Wenn die Schüler beim Zeichnen im Freien in der Wahl der Gegenstände und deren Behandlung zu größerer Selbständigkeit genötigt waren und hierbei ihrer Mängel sich mehr bewusst wurden, so entstand daraus der Vorteil, dass sie im folgenden Wintersemester mit größerem Verständnis und lebendigerem Interesse ihre Originale nachzeichneten.

Ich komme jetzt abermals an eines jener kleinen Ereignisse, dessen Folgen bedeutsam waren und meinem ganzen ferneren Leben eine Wendung gaben, die ich mit den Worten bezeichnen und diesem Kapitel meiner Erinnerungen als Überschrift voranstellen könnte: »Wie ich zum Holzschnitt oder wie dieser zu mir kam«; und abermals war der gute Papa Arnold dabei im Spiele, und wieder war es ein Irrtum, welcher zu einem Wendepunkte meines Lebens und Schaffens führte. »Eines Tages kam Arnold mit einem ungewöhnlich griesgrämigen Gesicht zu mir und stellte mich zur Rede, dass ich einem Leipziger Verleger Georg Wigand meine Zustimmung zum Kopieren einiger Prospekte der Sächsischen Schweiz seines Verlages gegeben haben müsse. Mir war weder der betreffende Verleger noch das fragliche Opus bekannt, ich begriff aber wohl, wie der durch Nachdruck schon früher vielfach und schwer geschädigte Papa Arnold durch Eingriffe in seine Rechte in Verbitterung kommen musste. Leicht konnte ich ihm mein unbeteiligt Sein an dieser Sache dartun, und wir schieden in alter Freundschaft. Da er nun Wigand mit einer Klage drohte, kam dieser nach Dresden, und die beiden Männer verglichen sich. Bei dieser Gelegenheit besuchte mich Wigand, der, damals noch ganz unbekannt mit Kunst und Künstlern, von meiner Existenz in Dresden zuerst durch Arnold erfahren hatte. Er erzählte mir, dass es sich in dem Streite mit diesem um die Benutzung einiger Blätter »Ansichten der Sächsischen Schweiz« für sein im Entstehen begriffenes Kupferwerk »Das malerisch romantische Deutschland« handle; er habe die von mir radierten Blätter nach London gesandt und dort für den Stahlstich in eine wirkungsvollere Manier übersetzen lassen und sie teuer bezahlen müssen. Schließlich fragte er mich, ob ich einige der noch fehlenden Ansichten zur Sektion der »Sächsischen Schweiz« für ihn neu nach der Natur zeichnen und ausführen wolle. Nun hatte ich mich in Rom mit der Idee beschäftigt, künftig einmal ein Werk »Die drei deutschen Ströme, Rhein, Donau, Elbe« zu zeichnen und zu radieren, in welchem nicht nur die malerischen, sondern auch die historisch merkwürdigen Gegenden, Städte, Burgen, Klöster usw. in Verbindung mit den Volkstrachten, Festen und Gebräuchen zu einem poetischen Gesamtbilde verarbeitet werden sollten. Ich entwickelte Wigand im Laufe des Gesprächs diese alt gehegte Lieblingsidee, und mit Begeisterung rief er aus, das sei es, was ihm, aber ganz unklar, vorgeschwebt habe, und er bat mich, einige Abteilungen des Werkes zu übernehmen. [...]

Bald nach Erscheinen des »malerisch romantischen Deutschlands« unternahm Wigand eine deutsche Ausgabe des »Vicar of Wakefield« von Goldsmith mit Holzschnittillustrationen, deren Komposition er mir übertrug. Ich hatte damals noch wenig Kenntnis von der Technik des Holzschnittes und erinnerte mich nur, dass Professor Steinla mich einst veranlassen wollte, für ihn eine kleine Aufzeichnung auf Holz zu machen, und mir das Prinzip des Holzschnittes im Gegensatz zum Stich folgendermaßen zu erklären versuchte: Druckt man eine Holzplatte ab, so entsteht eine schwarze Fläche; die abgedruckte Kupferplatte hingegen lässt das Papier weiß. Während beim Stich das Dunkel ins Licht graviert wird, müssen beim Holzschnitt die Lichter aus der Tiefe geschnitten werden. Der Künstler hat also die durch die Platte gegebene Schwärze vorzugsweise zu benutzen und beim Aufzeichnen aus der Tiefe ins Licht zu arbeiten. Außerdem war mir bekannt, dass die neuere Technik sich von der alten wesentlich unterschied. Zu Dürers Zeiten wurden die

Zeichnungen auf Birnbaumtafeln von Langholz übertragen und mit Messern ausgeschnitten, während jetzt auf Buchsbaumplatten von Kernholz gezeichnet wird, das sich leicht mit Sticheln bearbeiten lässt. Das Schneiden mit dem Messer konnte bei weitem nicht so zarte und durcheinander laufende Strichlagen hervorbringen als die jetzige Stichelarbeit; die Alten mussten deshalb ihre Aufzeichnungen einfach und in derben Strichen halten, und Kreuzschraffierungen wandten sie wegen Schwierigkeit der Ausführung äußerst selten an. Obwohl ich nun die Einfachheit der alten Zeichnungsweise möglichst beibehielt, erlaubte ich mir doch größere Freiheiten in Verwendung der Strichlagen und suchte hauptsächlich große Licht- und Schattenmassen zu gewinnen; zu weitgehende Ausführung der Modellierung durch Mitteltöne aber vermied ich, weil sie dem Holzschnitt leicht etwas Trübes geben; überhaupt war es mein Bestreben, den Charakter des Holzschnittes, seinen durch das Material bedingten Stil zu bewahren und weder zur Nachahmung der Alten noch zum Wetteifern mit dem Kupferstich zu ge- oder missbrauchen. Wenn späterhin in Besprechungen meiner Holzschnittbilder hervorgehoben wurde, dass sie etwas wie Sonnenschein an sich trügen, so verdanke ich dieses Lob nicht ganz allein meiner Komposition, sondern dem oben angedeuteten Verfahren; denn kräftige Tiefen gegen große Lichtmassen hingestellt, bringen immer eine gewisse sonnige Wirkung hervor.

Ich ging überhaupt nicht auf malerische Toneffekte aus, sondern auf Reichtum der Motive, klare Anordnung und Schönheit der Linienführung. [...]

Einen lieben Herzensfreund gewann ich durch Übersiedelung Thaeters von Weimar nach Dresden. Wir fanden uns in künstlerischen und religiösen Anschauungen innigst verwandt, und da wir nahe beisammen wohnten, gab es auch unter den Frauen und Kindern ein heiteres, trauliches Zusammenleben, und so erwuchs zwischen Thaeter und mir eine Freundschaft, die über dieses Leben hinausreicht. Thaeters Redlichkeit, Treue und Herzenswärme sprachen schon deutlich aus seinem festen, ehrlichen Gesicht. Wer das Herausarbeiten einer tüchtigen Menschen- und Künstlernatur aus bitterster Armut und Not zu einem edlen Leben und Wirken sich recht lebendig zur Anschauung bringen will, der lese Thaeters Jugendgeschichte, von ihm selbst niedergeschrieben und in »Westermanns Monatsheften« in einem Aufsatz von H. Riegel mitgeteilt. Thaeters intimster Jugendfreund war der aus ähnlichen Verhältnissen hervorgegangene Ernst Rietschel.

Die meisten der Vorgenannten trafen sich allabendlich in einem Kaffeehause, in welchem auch Peschel, Oehme, Otto Wagner und ich uns einzufinden pflegten. Aus diesem zufälligen Zusammenfinden bildete sich ein Gesellschaftskreis, der in einem gemieteten Lokale regelmäßig einmal wöchentlich sich vereinigte und gegen zwanzig Jahre lang in jedem Winter sich erneuerte.

In den ersten Jahren seines Bestehens war monatlich ein Komponierabend festgesetzt worden, wo jeder Teilnehmer eine Komposition mitbringen musste, an welcher von allen die vielseitigste Kritik geübt wurde. Diesen Abenden verdanken die bei Wigand erschienene »Ammenuhr« und das »ABC-Buch Dresdener Künstler« mit Text von Reinick ihre Entstehung. Durch Los wurde der zu illustrierende Stoff einem jeden zugeteilt, von der »Ammenuhr« die Verse, vom »ABC-Buch« die Buchstaben des Alphabets.

Da Bendemann in dieser Zeit mit den Fresken im königlichen Schlosse beauftragt war, so brachte er seine Entwürfe dazu in unseren Kreis, während die anderen Kompositionen zu beabsichtigten Bildern vorlegten, die auf diese Weise schon vor ihrer Ausführung das Läuterungsfeuer einer scharfen Zensur passieren mussten. Diese geselligen Abende gaben ein heiteres, vielseitiges, anregendes und fruchtbringendes Zusammenleben. Durch die Berufung Bendemanns nach Düsseldorf, Thaeters nach München und durch den Tod Rietschels, Reinicks, Otto Wagners und Plüddemanns löste sich der viele Jahre bestandene Verein von selbst auf.

Eine andere Gesellschaft hatte sich zu jener Zeit zusammengefunden, die sogenannte Montagsgesellschaft, an der sich literarische und künstlerische Kräfte beteiligten: Auerbach, Gutzkow, Klaus Groth u. a. Mit Berthold Auerbach kam ich in einen näheren Verkehr; denn wir fanden in unseren, dem Volksleben entnommenen Stoffen künstlerische Anknüpfung.

Otto Dix

Briefe

Briefe an Kurt Günther, Gera

[Dresden, o. D., etwa Februar 1919]

Mein lieber Günther!
Vor lauter Arbeit bin ich bis heute noch nicht dazu gekommen, um Ihnen etwas ausführlicher zu schreiben. Ich habe zwei größere Gemälde angefangen, die ich ausstelle, sobald sie fertig sind. Eine »Leda« und »Weib mit Fruchtschale«. Die Ideen trage ich schon seit 5 Jahren mit mir herum und habe die Themen öfter graphisch dargestellt. – Wir, die radikalen Dresdener, haben eine Sezession gegründet, die unter dem Namen Gruppe 1919 geht. Nächstes Jahr sind wir Gruppe 1920 und s. w. Es gehören alle Leute dazu, die in Dresden als Expressionisten etwas zu geben haben. Wir erhalten Ausstellungsräume bei Richter und veranstalten im April unsere erste große Ausstellung, die wird natürlich mit größtem Bombast (Doppelnummer der »Neuen Blätter für Kunst«, Zeitungspropaganda usw.) eingeleitet. Darauf geht diese Ausstellung geschlossen nach Hannover. Zehder, der Schriftleiter der »Neuen Blätter«, ist auch dabei, ein sehr angenehmer temperamentvoller Kerl, der außerordentlichen Unternehmungsgeist besitzt. Vom Kunstverein erhielt ich den Auftrag, für die Februarausstellung das Plakat zu machen, natürlich expressionistisch, wenn auch etwas gemäßigt (für meine Begriffe). Morgen klebt es schon an allen Ecken und En-

den Dresdens. Die Akademiker sind Banausen wie sie im Buche stehen. Gottseidank kommt Lohse bald nach Dresden, damit ich wenigstens einen habe, mit dem ich mich unterhalten kann. – Fräulein Lehnert läßt Sie grüßen. Sie ist eigentlich der erste weibliche Mensch, der mich interessiert, und das nicht nur für Stunden. Sie ist sehr geistreich, ohne spitzfindig zu sein. – Was machen Sie dort, können Sie arbeiten? Es ist jetzt so schauderhaft kalt, zum Heizen langts bloß sonnabends und sonntags, aber es wird intensiv gearbeitet.

Schreiben Sie mir bald mal. Ihr Dix

[Dresden, o. D. – etwa 1919]

Lieber Günther!

Endlich ein Brief von Ihnen! Da Richter Scheiße in den Hosen hat und mich nicht ausstellen will, da überhaupt kein Kunsthändler in Dresden Mut hat, mich auszustellen, fällt also die ganze Schose ins Wasser. Ich bin auch nicht mehr allzu scharf drauf, als Dresdner Spießerschreck aufzutreten. Meine Bilder existieren und werden wahrscheinlich bis auf weiteres das böse Gewissen aller Kunsthändler, Ästheten, Expressionisten und anderer alter Tanten und Gänse sein. »Macht ihrs gut, so wollen wir schweigen, macht ihrs schlimm, so wollen wir *lachen* und es *immer schlimmer* machen.«

Bei dem Künstlerfest war ich nicht, ich bin froh, wenn ich von diesen Banausen nichts sehe. – Ich habe einstweilen wieder neue Sachen gemacht, die für schwache Nerven Ge[le]genheit zum Nervenschocken sind; für Moralisten das Entsetzen und für Tänzer lustige Seile und Springböcke.

Ich rate Ihnen, nicht nach Leipzig zu gehen, das scheint ganz verspießert zu sein. Ihr Freund Dressler hat mir Radierungen geschickt. Ich habe sie der Sezession vorgelegt, aber man fand die Sachen nicht radikal genug. Schade, daß der Kerl in Leipzig

»vergraphikert«. Einige Köpfe sind sehr hoffnungsvoll, anderes wieder absolut Radiererfingerfertigkeit. Der Mann kann viel zu gut radieren. Ich muß ihm heute Bescheid schreiben, so leid es mir tut. Schreiben Sie mir bald wieder mal. Gruß von Schulhoff und Schwester.
Besten Gruß Dix

Sonderheft an Pedretti geht morgen ab.

Brief an die Staatlichen Kunstsammlungen Dresden

18. August 1957

Sehr geehrter Herr Kurpat!
Ich habe heute Herrn Dir. Werner, Halle, auf seinen Brief vom 9. 8. geantwortet und ihm mitgeteilt, daß das Kriegsbild für 3–4 Jahre in der Dresdner Galerie ausgestellt wird – als Leihgabe. Nach diesem Zeitpunkt geht das Bild wieder nach Halle zurück. Bedingung ist, daß das Bild an *hervorragender* Stelle in gutes Licht gehängt wird auf helle Wand.

Feuchtigkeitsgehalt der Luft ständig überwachen, da das Bild auf Holz gemalt ist. Falls Sie das Bild aus irgendwelchen Gründen ins Depot stellen, wird das Bild von mir sofort zurückgezogen. Bitte teilen Sie mir mit, *wo* das Bild aufgestellt wird. Wollen Sie einen Leihvertrag mit obengenannten Bedingungen ausstellen und in Abschrift zusenden. Versicherungssumme für das Bild 50000 West.

Hochachtungsvoll Otto Dix

J. Schneider

Heinrich Schütz

Ein Dresdner Künstlerleben zur Zeit
des dreißigjährigen Krieges

Sommerhitze brütet über den Feldern. Überall sind die Bauern bei der Getreideernte. Verschlafen träumen die Häuser des Dorfes Gorbitz in der Nachmittagssonne. Still und leer liegt die Straße, die von Freiberg nach Dresden führt. Da kommt von den Feldern her auf einem Nebenwege ein Erntewagen heran. Mit lautem Hüh! treibt der Bauer die gemächlich schreitenden Ochsen an. Gerade biegt der Wagen um die Ecke beim Dorfwirtshaus, da streift das eine Vorderrad den großen Stein, der am Wege liegt. Der hochbeladene Wagen schwankt und stürzt mit dumpfem Gepolter quer über die Straße. Der Bauer flucht. Aus den Häusern kommen Kinder und Greise. Schwatzend und lachend umstehen sie die Unglücksstätte, Spottrufe fliegen zu dem Bauer hin. Der ist still geworden und kratzt sich hinterm Ohr.

Plötzlich erklingt Hufschlag. Von Freiberg her kommt eine stattliche Reiterschar angesprengt. Voran reitet auf einem starken Rappen ein wohlbeleibter Mann. Der breite Hut mit der wallenden Straußenfeder, die vornehme Kleidung, das kostbare Zaumzeug des Pferdes, das alles kennzeichnet ihn als einen gebietenden Herrn. Es ist Kurfürst Johann Georg, seines Namens der Erste. Vor dem Hindernis hält er an. Ungeduldig winkt er einem Herrn seines Gefolges. Der reitet vor und ruft: »Macht Platz Seiner kurfürstlichen Gnaden, ihr Bauerntölpel!« Erschrocken ducken sich die Köpfe. Die Männer reißen die Mützen herunter und beginnen eifrig den umgestürzten Wagen abzuladen.

Ungnädig blickt der Kurfürst sich um. Dabei fällt sein Auge auf das Wirtshausschild. Sein rotes, von einem braunen Vollbart umrahmtes Gesicht erhellte sich. Die unfreiwillige Rast kann man nützen! Ein Wink, schon kommt dienernd der Wirt herbei und kredenzt dem Kurfürsten einen Zinnhumpen voll schäumenden Bieres. [...]

Hinter den Reitern des Gefolges halten einige große Reisekutschen. Aus der letzten ertönte eine helle Stimme, die ebenfalls nach Bier ruft. Sie gehört Sebastian Hirnschrötl, dem Tenoristen der kurfürstlichen Kapelle. Er stammt aus Bayern und vermag darum nicht lange zu dürsten. »Sei still, Wastl!« mahnt der Bassist Philipp Nusser lachend. »Wenn Seine kurfürstlichen Gnaden beim Trinken sind, können andre nichts kriegen.« Er behält recht. Der Wirt hat soviel zu tun, den Durst des Kurfürsten und seiner Kavaliere zu stillen, daß für die armen Musikanten dahinten keine Zeit bleibt.

Nicht lange, da ist das Hindernis beseitigt. Die Reise geht weiter. Die Musikanten haben noch eine Weile ihren Spaß an dem durstigen Sebastian, der grollend zwischen ihnen sitzt. Dann aber wendet sich das Gespräch wieder dem Gegenstande zu, der sie schon vorher beschäftigt hat. Sie kommen aus Bayreuth. Der Kurfürst hat nach der Sitte der Zeit bei seinem Besuche des Markgrafen seine Kapelle mitgenommen, um dort Ehre mit ihr einzulegen. Die Musiker und Sänger haben auch ihr Bestes getan und von den Fürstlichkeiten und Herren höchstes Lob geerntet. Aber alle sind sich darin einig, daß das Hauptverdienst daran ihrem Kapellmeister, Herrn Heinrich Schütz, gebühre. »Er ist ein großer Musiker!« sagt Philipp Nusser. »Kein andrer Komponist kommt ihm gleich in seiner Kunst. Das hat mir auch Herr Michael Prätorius des öfteren gesagt.« »Und Fürst Heinrich von Reuß ist ihm nicht von der

Seite gegangen,« wirft Sebastian Hirnschrötl, der sich inzwischen beruhigt hat, ein, »so sehr hat es ihm Herr Schütz angetan.« »Nur seine kurfürstliche Gnaden scheinen nicht zu wissen, daß Herr Schütz nicht nur ein großer Musiker, sondern auch ein Mann von feinster Bildung und Gelehrsamkeit ist, sonst würden sie ihn nicht so grob behandeln,« sagt der Kammermusikus Johann Hasselt.

Der, von dem seine Musiker so sprechen, sitzt im ersten Wagen ganz allein. Auch er ist mit seinen Gedanken noch in Bayreuth. Das tiefste Erlebnis dieser Tage ist ihm die Bekanntschaft mit Heinrich von Reuß, einem der feinsinnigsten Fürsten seiner Zeit, gewesen. Mit welchem Verständnis hat er teilgenommen an seiner Arbeit! Wie menschlich warm, wie brüderlich fast hat er mit ihm gesprochen! Schütz denkt an einen anderen Fürsten, an dem er mit tiefer Zuneigung hängt, Landgraf Moritz von Hessen-Kassel. Er war es gewesen, der ihn der Musik zugeführt hat. Als Schütz dreizehn Jahre alt gewesen war, hat Moritz im väterlichen Gasthof »Zum Schützen« in Weißenfels übernachtet und dabei den Knaben singen hören. Der Landgraf war entzückt von seiner Stimme und hat die Eltern gebeten, ihm den Knaben zur Ausbildung mitzugeben. Wie deutlich entsinnt er sich jenes bedeutungsvollen Tages, der über seine Zukunft entschied! Ein Jahr danach hat der Vater ihn nach Kassel gebracht. Das war der Anfang einer tiefen, inneren Verbundenheit zwischen dem Landgrafen und ihm gewesen, die noch heute besteht, trotz der räumlichen Trennung. [...]

Bei einem Besuche des Landgrafen mit seiner Kapelle in Dresden war der begabte Schütz dem Kurfürsten aufgefallen, und da diesem gerade ein Kapellmeister fehlte, hatte er sich den jungen Meister vom Landgrafen erbeten, zunächst nur für die Zeit von zwei Jahren. Als diese aber verstrichen waren, ließ der Kurfürst ihn nicht wieder fort. Moritz mußte schweren Herzens auf Schütz verzichten.

Das alles geht Schütz jetzt durch den Sinn, während die Kutsche die sanft abfallende Straße nach Dresden hinab rollt. [...] So weh ihm damals die erzwungene Trennung von Moritz getan hat, jetzt ist er doch glücklich in dieser Stadt. Er hat mit Anspannung all seiner jungen Kräfte die etwas verlotterte kurfürstliche Kapelle zu neuer Blüte gebracht, hat sich selbst einen geachteten Namen geschaffen und endlich vor kurzem auch ein liebes Weib gewonnen. Sein Blick sucht den Schloßturm. Dort in der Nähe liegt seine Wohnung, dort wartet sie auf ihn, seine blonde Magdalena. In seine ernsten dunklen Augen kommt ein warmer, froher Schimmer.

Magdalena! Vor wenigen Wochen, am ersten Juni des Jahres 1619, haben sie geheiratet. Es war ein Tag voll ungetrübter Sonne. Sein erstes größeres Werk, die »Psalmen Davids samt etlichen Motetten und Konzerten« hat er am selben Tage vollendet, da sie sein geworden war. Er hat sie sehr lieb, so sehr, daß er ihrem Vater, dem würdigen Herrn Land- und Tranksteuerbuchhalter Christian Wildeck, versprochen hat, nie von Dresden wegzugehen. Wohl hat er damals zunächst geschwankt, ob er sich von der zärtlichen Liebe des Vaters so binden lassen soll, denn angenehm und leicht ist die Tätigkeit unter Johann Georg wahrlich nicht. Wie kann das auch anders sein bei einem Fürsten, in dessen Hofbuch unter dem Titel »Gemein Hofgesind« der Bibliothekar und der Hofpoet zusammen mit dem Löwenwärter und dem Mäusefänger aufgeführt werden. Aber Schwierigkeiten sind schließlich da, um überwunden zu werden. Er steht ja auch eigentlich nicht für sich selber an diesem Hofe, denn er ist doch nur Diener und Kämpfer seiner heiligen Kunst, der Musik, da kann persönliche Kränkung ihn nicht treffen. So hat er es dem Vater damals doch noch versprochen, und er bereut es nicht. [...]

Wie jeden Tag, so schreitet auch heute der kurfürstliche Kapellmeister Heinrich Schütz durch die Schloßgasse nach dem alten Markte hin. Es ist ein milder Septembertag des Jahres 1621. Goldner Mittagssonnenschein umflutet die alten Giebel, die sich dem blauen Himmel entgegenrecken. Der Herr Kapellmeister geht im hellen Sonnenglanz mitten auf der Gasse. Auf dem feinen, schwarzen Samtgewand leuchtet der breite, weiße Halskragen. Immer wieder muß Herr Schütz auf die freundlichen und ehrfurchtsvollen Grüße danken, die ihm die Vorübergehenden zuteil werden lassen. Herr Schütz ist gar wohlbekannt und hochgeachtet in der kurfürstlichen Residenz und Hauptfestung Dresden. Aber heut ist er zerstreut. Ärger brennt in ihm. Was ist nur mit dem Sebastian Hirnschrötl heut gewesen? Zweimal hat er in der Probe seinetwegen abklopfen müssen. Gewiss hat er noch einen schweren Schädel gehabt von gestern abend! Ach ja, seine Musikanten! Willig und freundlich und fleißig sind sie, das muß er schon sagen. Aber der Durst! Wie oft schon hat er sie ermahnt im Guten und Bösen, sich zu mäßigen. Gewiß, sie geben ihm recht, aber anders wird es nicht. Lachend weisen sie immer wieder auf das Beispiel ihres kurfürstlichen Herrn hin. Was will er da entgegnen?

Auch mit dem Kurfürsten hat es Verdruß gegeben. Johann Georg, der mächtigste unter den evangelischen Fürsten Deutschlands, hat seine Glaubensgenossen in Stich gelassen und sich in dem seit drei Jahren währenden Kriege auf die Seite des katholischen Kaisers gestellt. Nun soll er als des Kaisers Vertreter die Huldigung der schlesischen Stände entgegennehmen. Dabei will er natürlich auch mit kaiserlichem Pomp auftreten. Deshalb sind seit Wochen schon die umfassendsten Vorbereitungen zum Zuge nach Breslau getroffen worden. Auch die kurfürstliche Kapelle soll dabei mitwirken. Aber gerade bei ihr will der Kurfürst sparen. Von den sechzehn Sängern, die

Schütz für unumgänglich notwendig hält, will er am liebsten vier streichen. Aber das geht nicht! Schütz hat für die Huldigung zwei große, dreichörige Werke voll Glanz und Feierlichkeit komponiert. Wie soll er sie mit den wenigen Kräften aufführen? Der Kurfürst hat schließlich nachgegeben, aber es ist doch nicht ohne harte Worte abgegangen. Ach, diese unaufhörlichen Kleinkämpfe, wie sie ihn ermüden! Aber er will nicht länger daran denken. Jetzt geht es ja heim, und daheim ist Friede und Glück! Wie hold und schön hat Magdalena sein Leben gemacht! Bei ihr vergißt er alles Ungemach. [...]

Es ist vier Jahre später. Trübe und sonnenlos ist das Jahr 1625 zu Ende gegangen. Noch immer wütet der Krieg. Man hört von blutigen Schlachten in Süd- und Norddeutschland. Aber nach Dresden ist der Krieg noch nicht gekommen. Es denkt auch niemand an Gefahr, denn die Festung ist so stark, daß wohl kein Feind sie angreifen wird. So geht das Leben seinen gewohnten Gang weiter. Aber das Leid fliegt doch auch hier über die festen Mauern, nur daß es nicht wie draußen im Reich über viele zugleich kommt. Es sucht sich den Einzelnen.

Am Fenster seines Zimmers steht Heinrich Schütz und schaut hinaus auf die dunkelnde Gasse. Grau und schwermütig fällt der Januarabend über die Häuser. Tiefhängende Wolken ziehen am Himmel. Einzelne Flocken fallen herab und zergehen im Straßenkot.

»So wird nun mein Leben fortan sein,« denkt Schütz, »so dunkel wie dieser Abend, so ohne Wärme, so voll trostloser Einsamkeit!« Mit gramvollen Augen starrt er in die Dunkelheit. Ach, es ist schon so, die Götter gönnen keinem Sterblichen ein reines Glück, und die sechs Jahre seiner Ehe mit Magdalena waren unermeßlich glücklich. Jeden Tag hat sie ihm froh und reich gemacht, ihm und den beiden Mädchen, die sie ihm geschenkt. Nie hat auch nur der leiseste Mißton ihre Harmonie gestört. [...] Was für einzig schöne Stunden waren es gewesen, wenn sie des Abends zusammen musizierten!

Und nun ist das alles zu Ende. Vorbei, für immer! Seine sanfte, schöne Magdalena ist tot. Er hat das Fürchterliche nicht fassen können, ist an jenem unseligen 6. September umhergeirrt, ohne Denken und Verstand. Und dann hat er es doch glauben müssen, als die geliebte Frau vor ihm lag, kalt, fremd, seiner Liebe entrückt. Als er sie wenige Tage darauf im Frauenkirchhof zur letzten Ruhe bettete, hätte er sich am liebsten mit ihr ins Grab gelegt. Was soll ihm noch das Leben? Nie wieder wird sein Herz glücklich schlagen, nie mehr Frauenliebe ihn umsorgen.

Seine beiden kleinen Mädchen hat er nach Weißenfels zu seiner Mutter gegeben. Dort sind sie in treuer Hut. Aber er entbehrt ihr Lachen, ihre kleinen Liebkosungen unsäglich. Jeden Tag bricht in der öden Wohnung der heiße Schmerz um die Verlorene von neuem auf. [...] Nichts ist ihm geblieben von all dem Reichtum, den er besessen. Er senkt das Haupt. Nichts? denkt er. Wirklich nichts? Hat er nicht noch seine Kunst, seine geliebte Musik? Und liegt nicht auch die Aufgabe seines Lebens, die er sich gestellt hat, noch unerfüllt vor ihm. Hat er nicht die Pflicht, nun, da alles irdische Glück ihm zerronnen ist, erst recht an seiner künstlerischen Vollendung zu arbeiten? Aber hier kann er es nicht. Zu vieles hemmt ihn in der Enge seines Kapellmeisteramtes. Er braucht neue Anregungen. Sein herbes nordisches Wesen verlangt nach südlicher Wärme und Anmut. Er muß nach Italien! Dort nur kann er finden, was ihm weiterhilft.

Er geht zum Tisch und schreibt ein Gesuch um Urlaub an den Kurfürsten.

An einem kalten Märzmorgen des Jahres 1629 rollt eine schwere Reisekutsche aus dem Wilischen Tore. Scharf bläst der

Wind von der Weißeritz her ihr entgegen. Regenschauer prasseln an die Scheiben. Der Kutscher auf dem hohen Bock flucht vor sich hin und läßt die Pferde langsamer gehen. Im Innern der Kutsche sitzt, in Decken gehüllt, Heinrich Schütz. Auf dem Schoße liegt Notenpapier, und er bemüht sich, die Melodie festzuhalten, die ihm eben eingefallen ist. Aber es geht nicht. Die Straße ist voller Löcher, und der Wagen stößt entsetzlich. So legt er Feder und Papier weg und blickt zum Fenster hinaus, an dem die Regentropfen in kleinen Bächen niederrinnen. Er sieht nicht viel. Trübselige Öde! Aber was tut es! Er ist auf dem Wege nach einem sonnigwarmen, schönen Ziel: Italien. Endlich ist es so weit!

Zwei Jahre lang hat er warten müssen, denn der Kurfürst brauchte ihn hier. Im Frühjahr 1627 ist die Vermählung der Prinzessin Maria Eleonora von Sachsen mit dem Landgrafen Georg von Hessen-Darmstadt gefeiert worden. Da hat Schütz eine Oper komponieren müssen. Im Herbst ist er dann mit dem Kurfürsten bei Heinrich von Reuß gewesen, wo er wieder schöne Tage verlebt hat. Bald danach mußte er seinen Herrn zum Kurfürstenkollegium nach Mühlhausen begleiten. Immer gab's Arbeit. Nun aber ist er auf der Fahrt nach dem ersehnten Venedig. [...]

Ein sonnenheller Januartag geht zu Ende. Über den Höhen von Pesterwitz brennt der Abendschein. Golden legt er sich über die Stadt, daß die verschneiten Dächer und Türme in tiefem Rot zu glühen beginnen. Auch um das Erkerstübchen des stattlichen Hauses am Neumarkt treibt das langsam vergehende Licht sein wundersames Spiel. Die Seite nach der Frauengasse zu steht mit brennenden Fenstern im Abendrot. Von Osten her aber kommt leise ein sanfterer Schein. Dort, über den Bergen von Loschwitz, steht der Mond und gießt sein blasses Licht über die Scheiben, daß sie leuchten wie schimmernde Silberspiegel.

Das Haus gehört Herrn Heinrich Schütz. Vor wenigen Wochen, als er aus Italien heimgekehrt war, hat er es gekauft. Er will in der Stadt, die seit langem ihm Heimat ist, ein Heim haben, das wirklich sein eigen ist. Heut ist er eingezogen. Noch steht vieles in Unordnung herum, aber er hat alle Leute weggeschickt, auch die alte Beschließerin, die ihm den Haushalt führt. Er möchte noch eine ruhige Stunde haben, bevor er schlafen geht.

Er setzt sich an den Tisch, zieht den brennenden Leuchter näher zu sich heran und betrachtet ein Bild, einen Frauenkopf von süßem Liebreiz. Magdalena! Noch immer hat er sie nicht vergessen, noch immer hat sich die Wunde nicht geschlossen. Aber sie brennt nicht mehr so heiß. Er hat sich in das Unvermeidliche gefügt. Nur, das weiß er mit unbeirrbarer Gewißheit, wird nie eine andre an ihre Stelle treten. Einsam, wie er in dieses Haus gezogen ist, wird er bleiben sein ganzes Leben lang. [...]

Der 30. Oktober 1631 sieht fast ganz Dresden auf den Beinen. Maria Eleonora, die Gemahlin des großen Schwedenkönigs Gustav Adolf, will an diesem Tage den verbündeten Kurfürsten Johann Georg in Dresden besuchen. Durch die Schloßgasse strömen die Menschen nach dem Elbtor und der Brücke. Eine milde Sonne strahlt über die schaulustige Menge, die von kurfürstlichen Trabanten in Ordnung gehalten wird. Weiße Wölkchen schwimmen selig im tiefen Blau des Himmels. Aber niemand hat ihrer acht. Alle wollen nur die Königin sehen. Jetzt kommt sie auf einem schneeweißen Pferde von Altendresden her. Neben ihr reitet ihre Schwester, die Herzogin von Braunschweig. Ihre kleine Tochter Christine sitzt in einem Galawagen, den schwedische Edelleute geleiten. Dahinter folgt ein langer Zug von Wagen und Reitern.

Am Schloßtor empfängt Herr von Werthern, der Abgesandte des Kurfürsten, den hohen Gast und geleitet ihn ins Schloß.

Dort wird auch der kurfürstliche Hofkapellmeister, Herr Heinrich Schütz, vorgestellt. Freundlich spricht sie mit dem berühmten Meister, auf dessen Konzert am nächsten Tage sie sich freut. Tief bückt sich Schütz über die weiße Hand der Königin, die sie ihm zum Abschied reicht. Auf seinem Gesicht liegt ein höfisches Lächeln. Aber sein Herz ist schwer. Vor wenigen Tagen ist Christoph Wildeck, der Vater seiner unvergeßlichen Magdalena, gestorben, im vorigen Jahre sein eigener Vater und sein lieber Jugendfreund, der Leipziger Thomaskantor Johann Hermann Schein. Die Menschen, die er lieb hat, gehen von ihm, und was ihm bleibt, sind Sorgen und Kümmernisse. Er sorgt sich um die Heimatstadt, der sich der Krieg bedrohlich nähert. Im Mai des vergangenen Jahres hat Dresden zum erstenmal den Feind vor seinen Toren gesehen. Eine Schar Kaiserlicher hat in der Abenddämmerung Altendresden überfallen. Es ist zwar gelungen, den Angriff abzuschlagen, aber jeder Tag kann einen neuen bringen. Der Kurfürst hat die Werbetrommel in Dresden rühren lassen. In Scharen sind die Handwerksgesellen, die jetzt in dieser unruhigen Zeit keine Arbeit mehr finden, zur Fahne gegangen. Das neugeworbene Heer ist in der Festung und den Vorstädten einquartiert worden. Auch Schütz hat vier Offiziere in seinem Hause. Sie wollen gut leben. Zwar ist's Vorschrift, daß sie ihre Verpflegung bezahlen sollen. Aber da ihr Sold oft ausbleibt, erhält Schütz nichts als schöne Worte.

Auch er hat seit langer Zeit sein Gehalt nicht mehr bekommen. Die kurfürstliche Kasse schuldet ihm bereits 500 Taler. Aber das drückt ihn nicht so sehr. Viel schlimmer ist es ihm, daß auch seine Kapellisten leer ausgehen. Sie haben ja keine Ersparnisse, die sie zusetzen könnten. Die meisten sind in Not geraten. Er selbst hat zwar von dem Seinen gegeben, was er konnte, aber das ist nur ein Tropfen auf den heißen Stein. Er ist sehr traurig. [...] Es ist wahrlich eine böse, geschwinde Zeit.

Gewitterstimmung liegt über der Stadt. Den ganzen Tag haben von den Wällen und Bastionen die Kanonen gedonnert. Der Feind steht vor der Stadt. Kaiserliche Husaren und Kroaten sind in die Vorstädte eingedrungen, haben Häuser und Scheunen angesteckt. Aber die Geschütze und die in den Vorstädten liegende Miliz haben sie zurückgeworfen. Nun ist es still geworden. Im Westen steht drohend eine schwarze Wolkenwand. Fahl flammt der Himmel vom Wetterleuchten. Ein hohler Wind saust durch die Gassen und treibt den Staub in dicken Wolken hoch. Will er das klägliche Schauspiel verdecken, das sich in Dresdens Straßen überall zeigt? Halbnackte Kinder spielen im Schmutz. Frauen mit blassen, verweinten Gesichtern hantieren an ärmlichem Hausrat, der allen Unbilden der Witterung preisgegeben unter freiem Himmel steht. In den Hausfluren liegen Strohlager auf den Steinfliesen. Dort verbringen die armen Flüchtlinge ihre Nächte. Es ist ein elendes Dasein, das sie hier, fern von ihrem Haus und Hof, führen. Aber sie sind wenigstens sicher vor den entmenschten Feinden da draußen. Da ertragen sie lieber die Obdachlosigkeit und den Hunger. Freilich, die Männer, die untätig an den Häuserwänden lehnen, blicken finster und neidisch nach dem gutgekleideten Herrn, der an ihnen vorübergeht. Es ist Heinrich Schütz. Er hat einen kranken Musiker seiner Kapelle besucht und geht nun durch die Schreibergasse nach Hause. Das Herz dreht sich ihm um vor Mitleid mit diesen armen Menschen, die nichts gerettet haben als das nackte Leben und die nun nicht wissen, wie sie es weiterfristen sollen. Schütz greift in die Tasche. Aber leer zieht er die Hand wieder hervor. Was er bei sich trug, hat er ja dem Kranken gegeben.

Da kommt eine reichgekleidete Dame hinter ihm her. Eine goldene Kette glänzt ihr am Halse. Ringe blitzen an den Fingern. Es ist auch eine Flüchtige, eine reiche Leipziger Kaufmannsfrau, die noch zu rechter Zeit ihren Reichtum nach dem festen Dresden gerettet hat, eine von denen, über die Magister Vopelius neulich in der Predigt so treffend gesagt hat: »– – die nichts tun, denn nur mehr Hoffart und Kleiderpracht hereinbringen, damit die Dresdner Schlappen vollends in ihrer übermächtigen Hoffart verstärket werden.«

Schütz ist im Begriff, sie anzureden und für die Armen zu bitten, aber mit hocherhobenem Haupte rauscht sie an ihm vorbei. Im selben Augenblick biegt vom Markt her ein Trupp Soldaten in die Schreibergasse ein. Ein zotiges Lied brüllend, ziehen sie in Gassenbreite heran. Ängstlich kehrt die Dame um und flieht nach der Stadtmauer zu. Aber die Soldaten haben sie erspäht. Lachend reißen sie ihr die goldene Kette ab und lassen die Schreiende laufen. Schütz möchte ihr zu Hilfe eilen, aber was soll er gegen die Übermacht tun? Es ist gefährlich, mit den verwilderten Gesellen in Streit zu geraten. Sie fühlen sich ja als Herren der Stadt. Der Kurfürst kann ihnen oft keinen Sold zahlen, darum nehmen sie sich selber, was sie brauchen. Kein Tag vergeht ohne Plünderungen. Von den Feldern stehlen sie Kraut, Rüben, Korn, in den Bauernhöfen Eier, Butter, Geflügel, Mehl. Aus den leerstehenden Häusern brechen sie Fenster, Türen, Dielen für ihre Wachtfeuer. Vor den Toren nehmen sie den Bauern die Waren weg, die sie zur Stadt bringen wollen und verhökern sie selbst auf dem Markte. Die Zufuhren hören auf. Schon lange herrscht größter Mangel in der Stadt. Die Teuerung wächst von Tag zu Tag. Die Scharen der Flüchtlinge vermehren das Elend ins Ungeheure. Und das Schlimmste: in der übervölkerten Stadt geht die Pest um. Jeden Tag werden bei Morgengrauen ganze Wagenladungen voll Pestleichen aus der Stadt gefahren und draußen verscharrt. Der Rat läßt die Pesthäuser absperren, um der Ausbreitung der Krankheit zu begegnen, aber sie wütet weiter. [...]

Auch die Bürger sind unzufrieden mit dem Kurfürsten. Immer höher steigt die Not in Dresden und dem ganzen Lande.

Handel und Wandel stocken. Das Handwerk hat nichts zu tun. Die Beamten bekommen kein Gehalt mehr. Alle wissen vor Sorge nicht mehr aus noch ein. Der Kurfürst aber hält im Schloßhofe noch immer Tierhatzen, Bärenjagden und Ringelrennen, als gäbe es keine Hungernden und Obdachlosen.

Voll Bitterkeit denkt Schütz, während er langsam weitergeht, daß in dem allgemeinen Elend auch seine Kapelle hilflos zugrunde gehen muß. Die Musiker hungern. Einige sind schon davongegangen. An ein geordnetes Arbeiten ist nicht mehr zu denken. Hat es da noch einen Sinn, hier zu bleiben und länger den hoffnungslosen Kampf gegen den Verfall weiterzuführen?

Traurig kommt er heim. Auf dem Tisch liegt ein großes Schreiben mit fürstlichem Siegel. Er öffnet es. Der Kronprinz von Dänemark, der Schütz von einem früheren Besuche her kennt, lädt ihn auf das Freundlichste ein, für einige Jahre zu ihm zu kommen. Das ist ein Wink der Vorsehung. Hier in Dresden kann er, solange die Kriegsnöte andauern, nichts tun, als untätig zuzusehen, wie alles untergeht. Dort aber, in dem vom Krieg nicht berührten Dänemark, dort wird er seiner Aufgabe leben können, der deutschen Musik Ansehen und Geltung zu verschaffen.

Wolkenlos, in heiterer Bläue, steht der Junihimmel über dem kurfürstlichen Schlosse zu Dresden. Im Schloßhof und auf dem freien Platze am Ballhaus drängt Kopf an Kopf das Volk und schaut hinauf zu den geöffneten Fenstern des großen Ratssaales, aus denen die laute Stimme des kurfürstlichen Geheimsekretärs erklingt. Er verliest die Urkunde über den am 30. Mai des Jahres 1635 zu Prag abgeschlossenen Frieden zwischen dem Kaiser und Kursachsen. Als die Stimme oben schweigt, branden die Jubelrufe der Menge zu den Fenstern empor. Der Kurfürst zeigt sich seinem Volke und neigt grüßend den Kopf, indessen auf den Wällen und vom Kreuzturm herab das Donnern der Geschütze aufbrüllt.

Die Menschen freuen sich des geschlossenen Friedens und hoffen wieder auf glücklichere Zeiten. Auch Schütz lächelt froh. Er hat die Friedensfeier mit einem seiner Werke eröffnet. Freilich hat er sich dazu von auswärts Musiker leihen müssen, denn seine Kapelle ist ja so klein geworden. Aber nun wird's wohl auch damit besser werden! Der Kurfürst hat es ihm vorhin mit gnädigem Lächeln zugesagt, daß er wieder für die Kapelle sorgen will. Auch nach dem Verlaufe seiner dänischen Reise hat er ihn gefragt und sich gefreut, als er hörte, wie man seinen Hofkapellmeister gefeiert hat. Eine Kapelle von 76 Mann hat er dort geleitet, und der Kronprinz hat ihm immer wieder gezeigt, wie hoch er den berühmten Meister schätzt. Schütz hat mit seiner Musik ganz Kopenhagen, ja ganz Dänemark gewonnen. Man hat ihn nicht wieder fortlassen wollen. Aber nun freut er sich doch, daß er wieder daheim ist und, will's Gott, hier wieder wirken kann.

Zwei Jahre sind vergangen. Der Kurfürst hat sein Wort nicht eingelöst. Er kann es wohl auch nicht, denn die Kriegsnöte sind ärger als zuvor. Der Prager Friede, der Sachsen von den Kaiserlichen befreite, hat dafür die Schweden ins Land gebracht. Die hausen nicht besser. Im Januar 1637 muß Dresden wieder 12 000 Flüchtlinge aus Torgau und Leipzig aufnehmen. Furchtbar drückt die Not. Wer mag da noch an andres denken, als was zur nackten Lebensnotdurft gehört! Für die Kunst ist kein Raum mehr im Lande. So ist es für Schütz eine Befreiung, als im Februar eine abermalige, herzliche Einladung aus Dänemark kommt. [...]

Wäre er doch lieber Kantor oder Organist in einem kleinen Städtchen, als am Hofe des Kurfürsten Kapellmeister, der ohnmächtig den Verfall seiner Kapelle und der Musiker mit ansehen muß! Ein letztes Mal will er sich an den Kurfürsten wenden.

Zu Hause setzt er sich an den Tisch, und aus seiner Verzweiflung heraus schreibt er:

»Mich bewegt das überaus große Lamentieren, Not- und Wehklagen der armen, verlassenen Kapellverwandten, daß es einen Stein in der Erden erbarmen möchte. Ich bezeuge vor Gott, daß mir ihre Not und erbärmliches Klagen so zu Herzen gehet, daß ich nicht weiß, wie ich ihnen genugsam Trost oder Hoffnung auf Besserung machen könnte. Ich habe ihnen schon bis aufs Blut in den Adern zugesagt, habe ihnen auch allbereit an die 300 Taler von mir vorgestrecket, welches aber hinfüro nicht mehr geschehen kann. Die meisten, denen man es sonst nicht zugetraut hätte, sind gänzlich entschlossen, ehe sie ihrem gnädigsten Herrn Kurfürsten zur Disreputation jemanden um ein Stück Brot ansprechen sollten, daß sie lieber ihren Fuß weitersetzen müßten. Es sei ihnen unmöglich zu bleiben und länger auszustehen. Ihre Schulden möchte bezahlen wer wollte!

Ich wollte mir lieber den Tod wünschen, als länger solche bedrängten Zustände mitansehen, und es reut mich bitter, daß ich auf das in Deutschland so wenig geachtete und gewürdigte Studium der Musik so viel Fleiß, Arbeit, Gefahr und Unkosten jemals aufgewendet und das Direktorium hiesiger kurfürstlicher Kapelle auf mich genommen habe. Dahero ich hochinständig bitte, mich jetzt dieser so hart drückenden Sache gnädigst entheben zu wollen.«

Er hält inne. Was hat er hier geschrieben? Hat ihn der Zorn nicht zu weit fortgerissen? Ist er nicht doch ungerecht, wenn er dem Kurfürsten alle Schuld allein zuschiebt? Das Land ist erschöpft von dem furchtbaren Krieg, wie ihn schrecklicher noch kein Geschlecht erlebt hat. Da kann der Kurfürst wohl nicht anders. Es ist ja ein Wunder, daß in den dreißig Jahren mit all dem übrigen nicht auch die Musik ganz zu Grunde gegangen ist.

Steht es auch noch schlimm um sie, so hat sie doch den großen Krieg überlebt, und sicher wird es auch mit ihr, wenn erst bessere Zeiten kommen, wieder aufwärts gehen. Aber er ist alt geworden. Die Bürde des Amtes drückt ihn schwer. Vielleicht ist es besser, wenn jüngere Hände weiterbauen an dem, was er geschaffen und mit so vieler Sorge und Mühe durchgehalten hat. Oft schon hat er in schlaflosen Nächten den Gedanken an seinen Rücktritt erwogen. So mag es denn stehen bleiben! Er kann nicht mehr.

Vor dem Hause des Hofkapellmeisters Schütz hält im Morgengrauen ein Reisewagen. Der Kutscher lädt das Gepäck auf, und Schütz sieht von oben aus zu, bis es getan ist. Dann wendet er sich ins Zimmer zurück. Es gilt Abschied zu nehmen. Nach Dresden wird er wohl noch oft zurückkehren, aber nicht mehr in dieses Haus. Er hat es verkauft und sich in der Moritzstraße eine Wohnung gemietet. Vorläufig aber will er für längere Zeit nach Weißenfels, wohin seine Bücherei schon vorausgegangen ist. Dort will er in Ruhe schaffen an dem, was noch in ihm nach Gestaltung ringt.

Arbeit, rastlose Arbeit ist ja das einzige, was ihm geblieben ist. Die er liebte, sind alle, alle dahingegangen. [...]

Langsam geht er die Treppe hinab. Als er vor die Haustür tritt, kommt hinter der Frauenkirche die Sonne herauf. Morgenkühl weht es von der Elbe her. Er steigt in den Wagen. Die Pferde ziehen an. Hinter ihnen bleibt sein sonnenbeschienenes Haus, der weite, morgenhelle Neumarkt. Ein neuer Lebensabschnitt beginnt, der letzte. Westwärts geht die Fahrt, dem Abend zu.

Der Kurfürst hat gewünscht, daß am Ostersonntag des Jahres 1667 die Matthäuspassion des alten Hofkapellmeisters Heinrich Schütz aufgeführt werden soll. Man hat viel von diesem

Werke des Einundachtzigjährigen gesprochen, das er als das letzte seiner drei großen Passionen im vorigen Jahre geschaffen hat. Die Italiener, die jetzt in der Hofkapelle den Ton angeben, haben nur widerwillig das ihnen wesensfremde Werk einstudiert. Die wenigen Alten aber, die noch unter Schütz musiziert haben, sind voll Begeisterung bei der Sache.

Heute, am Ostersonnabend, soll in der Schloßkapelle die Hauptprobe stattfinden. Ganz hinten im Winkel, von einem Pfeiler verborgen, sitzt der greise Meister. Er will sein Werk heute hören, wo niemand ihn stört. Vorhin bei seinem Eintritt haben ihn seine alten Kapellisten voll herzlicher Liebe begrüßt. Ihre treue Anhänglichkeit tut ihm wohl. Aber jetzt ist er froh, daß er friedlich und unbeachtet in seiner Ecke sitzt. [...]

Am 6. November 1672 schließt Heinrich Schütz, der edle, wahrhaft gute Mensch, der große Künstler, sanft und ohne Todeskampf seine Augen.

Cantate bei der hundertjährigen Einweihungsfeier der Frauenkirche zu Dresden

am Sonntage Oculi den zweiten März 1834
gedichtet von Ch. Ch. Hohlfeldt und in Musik gesetzt
von E. J. Otto, Cantor an der Kreuzschule

Chor.

Kommt, vereint, den Herrn zu preisen!
Singt ihm, dem Mächtigen, dem Weisen,
Ein neues Lied im höhern Chor.
Zu des Unerschaffnen Ruhme
Steig' heut', aus seinem Heiligthume,
Der Freude Jubelklang empor:
»Herr, Gott, dich loben wir!
Herr, Gott, wir danken dir!
Halleluja!«
Wer ist dir gleich? –
Dein ist das Reich!
Du herrschest über Welt und Zeit!

Chor.

Sprich es aus, Posaunenton:
Ein Jahrhundert ist entfloh'n,
Daß in dieses Tempels Hallen
Frommer Andacht Lieder schallen,
Gottes Herrlichkeit hier thront
Und dem Flehn des Beters lohnt!
Orgelspiel und Glockenklang
Stimmt in unsern Preisgesang,

Mischt euch mit Posaunenton:
»Ein Jahrhundert ist entflohn!«

Gesang in der Kuppel.

Preis dir, der über Sternen
Herrscht in der Ewigkeit!
Zu dir, aus tiefen Fernen,
Schwingt sich das Lied der Zeit.
Es stimmt in Erdenchöre
Die Himmelsharfe ein:
Dir, Ewiger, sie Ehre!
Du bist und Du wirst sein!

Chor.

Dir, Ewiger, sei Ehre!
Du bist und Du wirst sein!

Quartett und Chor.

Die den Gottesbau gegründet,
Sanken in die Gruft hinab.
Die der Weihe Wort verkündet,
Deckt schon längst das stille Grab.
Aber was sie einst begonnen,
Mit des Glaubens Freudigkeit –
Herrlich steht's im Licht der Sonnen
Und ist selbst dem Licht geweiht!

Chor.

Wohl brausten herüber von Mitternacht
Des Krieges verheerende Stürme;
Da sank in Trümmer der Städte Pracht,
Es stürzten mächtige Thürme;
Doch dieser Gottestempel stand,
Beschützt, o Herr, von deiner Hand!

Choral.

Erfüllt von deiner Herrlichkeit
   Woll'st du dies Haus erhalten
Und über ihm in später Zeit,
   Mit Vateraugen walten.
Und rufst Du einst auch uns zur Ruh,
   Dann führ' uns jenem Tempel zu,
Wo wir dir ewig dienen.

Gesang in der Kuppel und Chor.

Blickt freudig hoffend zu des Himmels Höh'n;
Der ew'ge Vater hört der Kinder Fleh'n!
Amen!

Richard Wagner

Bericht über die Aufführung der neunten Symphonie von Beethoven im Jahre 1846 in Dresden

(aus meinen Lebenserinnerungen ausgezogen)

Für diesen Winter bestand mein Hauptunternehmen in einer äußerst sorgfältig vorbereiteten, im Frühjahr am Palmsonntage zu Stande gebrachten Aufführung *der neunten Symphonie von Beethoven.* Diese Aufführung brachte mir sonderbare Kämpfe, und für meine ganze weitere Entwicklung sehr einflußreiche Erfahrungen ein. Der äußere Hergang war dieser. Die königliche Kapelle hatte jedes Jahr nur eine Gelegenheit, außer der Oper und Kirche sich selbstständig in einer großen Musikaufführung zu zeigen: zum Besten des Pensionsfonds für ihre Wittwen und Waisen war das sogenannte alte Opernhaus am Palmsonntag zu einer großen, ursprünglich nur für Oratorien berechneten Aufführung eingeräumt. Um sie anziehender zu machen, wurde dem Oratorium schließlich immer eine Symphonie beigegeben. Da wir beide Kapellmeister (Reissiger und ich) uns die Abwechselung vorbehalten hatten, fiel für den Palmsonntag des Jahres 1846 mir die »Symphonie« zu. Eine große Sehnsucht erfaßte mich zur neunten Symphonie; für die Wahl derselben unterstützte mich der äußerliche Umstand, daß dies Werk in Dresden so gut wie unbekannt war. Als die Orchestervorsteher, welche die Conservirung und Mehrung des Pensionsfonds zu überwachen hatten, hiervon erfuhren, ergriff sie ein solcher Schreck, daß sie in einer Audienz an unseren Generaldirektor von *Lüttichau* sich wandten, um diesen zu ersuchen, daß er mich kraft seiner höchsten Autorität von meinem Vorhaben abbringen möge. Als Gründe zu diesem Gesuch führten sie an, daß unter der Wahl dieser Symphonie der Pensionsfonds Schaden leiden würde, da dieses Werk hierorts in Verruf stehe, und jedenfalls das Publikum vom Besuch des Konzertes abhalten würde. Vor längeren Jahren war nämlich auch die neunte Symphonie in einem Armen-Konzerte von *Reissiger* aufgeführt worden, und mit aufrichtiger Zustimmung des Dirigenten vollkommen durchgefallen. In der That bedurfte es nun meines ganzen Feuers und aller erdenklichen Beredtsamkeit, um zunächst die Bedenken unseres Chefs zu überwinden. Mit den Orchestervorstehern konnte ich aber nicht anders als mich vorläufig vollständig zu überwerfen, da ich hörte, daß sie die Stadt mit ihren Wehklagen über meinen Leichtsinn erfüllten. Um sie auch zugleich in ihrer Sorge zu beschämen, nahm ich mir vor, das Publikum auf die von mir durchgesetzte Aufführung und das Werk selbst in einer Weise vorzubereiten, daß wenigstens das erregte Aussehen einen besonders starken Besuch herbeiführen, und somit den bedroht geglaubten Kassenerfolg in günstiger Weise sichern sollte. Die neunte Symphonie ward somit in jeder erdenklichen Hinsicht zu meiner Ehrensache, deren Gelingen alle meine Kräfte anspannte. Das Comité trug Bedenken gegen die Geldauslage für die Anschaffung von Orchesterstimmen: ich lieh sie somit von der Leipziger Konzert-Gesellschaft aus. – Wie ward mir nun aber, als ich, seit meinen frühesten Jünglings-Jahren, wo ich meine Nächte über der Abschrift dieser Partitur durchwachte, jetzt zum ersten Mal die geheimnißvollen Seiten derselben, deren Anblick mich einst in so mystische Schwärmerei versetzt hatte, mir wieder zu Gesicht brachte, und nun sorgfältig durchstudirte! Wie in jener unklaren Pariser Zeit die Anhörung einer Probe der drei ersten Sätze, durch das unvergleichliche Orchester des Conservatoire's ausgeführt, mich plötzlich, über Jahre der entfremdenden Verirrungen hinweg, mit jenen ersten

Jugendzeiten in eine wunderbare Berührung gesetzt, und befruchtend für die neue Wendung meines inneren Strebens wie mit magischer Kraft auf mich gewirkt hatte, so ward nun diese letzte Klangerinnerung geheimnißvoll mächtig in mir von Neuem lebendig, als ich zum ersten Mal wieder mit den Augen vor mir sah, was in jener allerersten Zeit ebenfalls nur mystisches Augenwerk für mich geblieben war. Nun hatte ich Manches erlebt, was in meinem tiefsten Innern unausgesprochen zu einer ernsten Sammlung, zu einer fast verzweiflungsvollen Frage an mein Schicksal und meine Bestimmung mich trieb. Was ich mir nicht auszusprechen wagte, war die Erkenntniß der vollständigen Bodenlosigkeit meiner künstlerischen und bürgerlichen Existenz in einer Lebens- und Berufs-Richtung, in welcher ich mich als Fremdling und durchaus aussichtslos ersehen mußte. Diese Verzweiflung, über die ich meine Freunde zu täuschen suchte, schlug nun dieser Symphonie gegenüber in helle Begeisterung aus. Es ist nicht möglich, daß je das Werk eines Meisters mit solch' verzückender Gewalt das Herz des Schülers einnahm, als wie das meinige vom ersten Satze dieser Symphonie erfaßt wurde. Wer mich vor der aufgeschlagenen Partitur, als ich sie durchging, um die Mittel der Ausführung derselben zu überlegen, überrascht, und mein tobendes Schluchzen und Weinen wahrgenommen hätte, würde allerdings verwunderungsvoll haben fragen können, ob dieß das Benehmen eines königlich sächsischen Kapellmeisters sei! Glücklicherweise blieb ich bei solcher Gelegenheit von Besuchen unserer Orchestervorsteher und ihres würdevollen ersten Kapellmeisters, sowie sonstiger in klassischer Musik bewanderter Herren verschont.

Zuerst entwarf ich nun in Form eines Programmes, wozu mir das nach Gewohnheit zu bestellende Textbuch zum Gesang der Chöre einen schicklichen Anlaß gab, eine Anleitung zum gemächlichen Verständniß des Werkes, um damit – nicht auf die kritische Beurtheilung – sondern rein auf das Gefühl der Zuhörer zu wirken. Dieses Programm, für welches mir Hauptstellen des Goethe'schen »Faust« eine über Alles wirksame Hülfe leisteten, fand nicht nur zu jener Zeit in Dresden, sondern auch späterhin an anderen Orten erfreuliche Beachtung. Außerdem benutzte ich in anonymer Weise den Dresdener Anzeiger, um durch allerhand kurzbündige und enthusiastische Ergüsse das Publikum auf das, wie man mir ja versichert hatte, bis dahin in Dresden »verrufene« Werk anregend hinzuweisen. Meine Bemühungen, schon nach dieser äußerlichen Seite hin, glückten so vollständig, daß die Einnahme nicht nur in diesem Jahre alle je zuvor gewonnenen übertraf, sondern auch die Orchestervorsteher die darauf folgenden Jahre meines Verbleibens in Dresden regelmäßig dazu benutzten, durch Wieder-Vorführung dieser Symphonie sich der gleichen hohen Einkünfte zu versichern.

Was nun den künstlerischen Theil der Aufführung betraf, so arbeitete ich einer ausdrucksvollen Wiedergebung von Seiten des Orchesters dadurch vor, daß ich Alles, was zur drastischen Deutlichkeit der Vortragsnüancen mich nöthig dünkte, in die Orchesterstimmen selbst aufzeichnete. Namentlich veranlaßte mich die hier übliche doppelte Besetzung der Blasinstrumente zu einem sorgfältig überlegten Gebrauch dieses Vortheils, dessen man sich bei großen Musikaufführungen gewöhnlich nur in dem rohen Sinne bedient, daß die mit »*piano*« bezeichneten Stellen einfach, die Forte-Stellen dagegen doppelt besetzt vorgetragen werden. In welcher Weise ich auf diese Art für Deutlichkeit der Ausführung sorgte, sei z. B. durch eine Stelle des zweiten Satzes der Symphonie bezeichnet, in welcher, zum ersten Mal in *C dur*, die sämmtlichen Streichinstrumente in verdreifachter Oktave die rhythmische Hauptfigur, unausgesetzt im Unisono, gewissermaßen als Begleitung zu dem zweiten Thema, welches nur die schwachen Holzblasinstrumente vortragen, spielen: da im ganzen Orchester gleichmäßig »*fortissimo*« vorgezeichnet ist, so ergiebt sich hieraus bei jeder erdenklichen Aufführung, daß die Melodie der Holzblasinstrumente gegen die immerhin nur begleitenden Streichinstrumente vollständig verschwindet, und so gut wie gar nicht gehört wird. Da mich nun keinerlei Buchstaben-Pietät vermögen konnte, die vom Meister in Wahrheit beabsichtigte Wirkung der gegebenen irrigen Bezeichnung aufzuopfern, so ließ ich hier die Streichinstrumente bis dahin, wo sie wieder abwechselnd mit den Blasinstrumenten die Fortführung des neuen Thema's aufnehmen, statt im wirklichen Fortissimo, mit nur angedeuteter Stärke spielen: das von den verdoppelten Blasinstrumenten dagegen mit möglichster Kraft vorgetragene Motiv war nun, wie ich glaube – zum ersten Mal seit dem Vorhandensein dieser Symphonie, mit bestimmender Deutlichkeit zu hören. In ähnlicher Weise verfuhr ich durchgehends um mich der größten Bestimmtheit der dynamischen Wirkung des Orchesters zu versichern. Nichts anscheinend schwer Verständliches durfte so zum Vortrag kommen, daß es nicht in bestimmender Weise das Gefühl erfaßte. Viel Kopfzerbrechen's gab von je z.B. das Fugato in 6/8 Takt nach dem Chorverse: »Froh wie seine Sonnen fliegen«, in dem *»alla Marcia«* bezeichneten Satze des Finale's: indem ich mich auf die vorangehenden, ermuthigenden, wie auf Kampf und Sieg vorbereitenden Strophen bezog, faßte ich dieses Fugato wirklich als ein ernst-freudiges Kampfspiel auf, und ließ es anhaltend in äußerst feurigem Tempo und mit angespanntester Kraft spielen. Ich hatte am Tage nach der ersten Aufführung die Genugthuung, den Musikdirektor *Anacker* aus Freiberg bei mir zu empfangen, welcher kam, um mir reuig zu melden, daß er bisher einer meiner Antagonisten gewesen sei, seit dieser Aufführung aber zu meinen unbedingten Freunden sich zähle: was ihn – wie er sagte – gänzlich überwältigt habe, sei eben diese Auffassung und Wiedergebung jenes Fugato gewesen. – Eine große Aufmerksamkeit widmete ich ferner der so ungewöhnlichen rezitativ-artigen Stelle der Violoncelle und Kontrabässe im Beginn des letzten Satzes, welche einst in Leipzig meinem alten Freunde *Pohlenz* so große Demütigungen eintrug. Bei der Vorzüglichkeit namentlich unserer Kontrabassisten konnte ich mich dazu bestimmt fühlen, auf die äußerste Vollendung hierbei auszugehen. Es gelang mir in zwölf Spezialproben, welche ich nur mit den betreffenden Instrumenten hielt, zu einem fast ganz wie frei sich ausnehmenden Vortrage derselben zu gelangen, und sowohl die gefühlvollste Zartheit, als die größte Energie zum ergreifendsten Ausdruck zu bringen. – Vom Beginne meines Unternehmens an hatte ich sogleich erkannt, daß die Möglichkeit einer hinreißend populären Wirkung dieser Symphonie darauf beruhe, daß die Überwindung der außerordentlichen Schwierigkeiten des Vortrages der *Chöre* in idealem Sinne gelingen müsse. Ich erkannte, daß hier Anforderungen gestellt waren, welche nur durch eine große und enthusiasmirte Masse von Sängern erfüllt werden konnten. Zunächst galt es daher, mich eines vorzüglich starken Chores zu versichern; außer der gewöhnlichen Verstärkung unseres Theaterchores durch die etwas weichliche *Dreissig*'sche Singakademie, zog ich, mit Oberwindung umständlicher Schwierigkeiten, den Sängerchor der Kreuzschule mit seinen tüchtigen Knabenstimmen, sowie den ebenfalls für kirchlichen Gesang gutgeübten Chor des Dresdener Seminariums herbei. Diese, zu zahlreichen Übungen oft vereinigten dreihundert Sänger, suchte ich nun auf die mir besonders eigenthümliche Weise in wahre Extase zu versetzen; es gelang mir z. B. den Bassisten zu beweisen, daß die berühmte Stelle: »*Seid umschlungen Millionen*«, und namentlich das: »*Brüder, über'm Sternenzelt muß ein guter Vater wohnen*« auf gewöhnliche Weise gar nicht zu singen sei, sondern nur in höchster Entzückung gleichsam *ausgerufen* werden könne. Ich ging hierfür mit solcher Extase voran, daß ich wirklich Alles in einen durchaus ungewohnten Zustand versetzt zu haben glaube, und ließ nicht eher ab, als bis ich selbst, den man zuvor durch alle Stimmen hindurch gehört hatte, mich nun nicht mehr vernahm, sondern wie in dem warmen Tonmeere mich ertränkt fühlte. – Große Freude machte es mir, das Rezitativ des Barytonisten: »Freunde, nicht diese Töne«, welches seiner seltsamen Schwierigkeiten wegen wohl fast unmöglich vorzutragen zu nennen ist, durch *Mitterwurzer*, auf dem uns bereits innig bekannt gewordenen Wege der gegenseitigen Mittheilung, zu hinreißendem Ausdrucke zu bringen. – Ich trug aber auch Sorge, durch einen gänzlichen Umbau des Lokales mir eine gute Klangwirkung des jetzt nach einem ganz neuen Systeme von mir aufgestellten Orchesters zu versichern. Die Kosten hierzu waren, wie man sich denken kann, unter besonderen Schwierigkeiten zu erwirken; doch ließ ich nicht ab, und erreichte durch eine vollständig neue Konstruktion des Podiums, daß wir das Orchester ganz nach der Mitte zu konzentriren konnten, und es dagegen amphitheatralisch auf stark erhöhten Sitzen von dem zahlreichen Sängerchor umschließen ließen, was der mächtigen Wirkung der Chöre von außerordentlichem Vortheil war, während es in den rein symphonischen Sätzen dem fein gegliederten Orchester große Präzision und Energie verlieh.

Schon zur Generalprobe war der Saal überfüllt. Mein Kollege beging hierbei die unglaubliche Thorheit, beim Publikum völlig gegen die Symphonie zu intriguiren, und auf das Bedauerliche der Verirrung *Beethoven*'s aufmerksam zu machen; wogegen Herr *Gade*, welcher von Leipzig aus, wo er damals die Gewandhauskonzerte dirigirte, uns besuchte, mir nach der Generalprobe unter Anderem versicherte, er hätte gern zweimal den Eintrittspreis bezahlt, um das Rezitativ der Bässe noch einmal zu hören. Herr *Hiller* fand, daß ich in der Modifizirung des Tempo's zu weit gegangen sei; wie er dieß verstand, erfuhr ich später durch seine eigene Leitung geistvoller Orchesterwerke.

Ganz unbestreitbar war aber der allgemeine Erfolg über jede Erwartung groß, und dieses namentlich auch bei Nichtmusikern; unter solchen entsinne ich mich des Philologen *Dr. Köchly*, welcher bei dieser Gelegenheit sich mir näherte, um mir zu bekennen, daß er jetzt zum ersten Male einem symphonischen Werke vom Anfang bis zum Ende mit verständnißvoller Theilnahme habe folgen können.

In mir bestärkte sich bei dieser Gelegenheit das wohlthuende Gefühl der Fähigkeit und Kraft, das, was ich ernstlich wollte, mit glücklichem Gelingen durchzuführen.

Angelika Mechtel

Die Prinzipalin

1760. Zwanzig Jahre später.

Der November trägt die Farbe Grau oder ein fahles Weiß, wenn die Wolken ausgedünnt und die Regen erschöpft sind.

Hans Leipzig kommt mit dem einspännigen Transportkarren, der zur Gärtnerei des Grafen Brühl gehört, aus Dresden nach Laubegast. Die Felder sind abgeerntet, die Erde ist dunkel und feucht. In Leuben muß er einem Bauernwagen ausweichen, der bis obenhin mit Zuckerrüben beladen ist. Seitdem sich daraus ein Zucker herstellen läßt, der dem teuren Zuckerrohr aus Übersee an Süße nicht nachsteht, wird die Zuckerrübe auf Anweisung des Grafen Brühl in dieser Gegend angebaut.

Kurz vor Laubegast biegt er zum Treidelpfad am Fluß ab. Die Elbe strömt kräftig. Die Regenfälle der vergangenen Wochen haben sie anschwellen lassen. Zwei Fischerkähne stehen im Strom. Der Wind strafft die rautenförmigen Segel. Die Weinberge liegen wie tot auf der anderen Flußseite. Mittag ist gerade vorüber, und das Tageslicht läßt bereits nach, als würde es bald Nacht. Dieser Winter, denkt er, wird wieder ein Hungerwinter. Was die schwachen Ernten der letzten drei Jahre einbrachten, wurde von den preußischen Soldaten geplündert; und Anna, denkt er, klagt jetzt schon über ihre Schwangerschaft, obwohl sie das dritte Kind erst im Februar zur Welt bringen wird. Im Hof des Fährguts von Laubegast sieht er die Kinder des Fährmanns spielen. Mit einem Weidenstock treiben sie alte eingetrocknete Kastanien auf ein Loch im Sandboden zu. Gewonnen hat, wem es gelingt, eine Kastanie als erster zu versenken. Sie grüßen ihn scheu. Er weiß, keiner im Dorf hat sich bisher an die Anwesenheit der kranken Prinzipalin gewöhnt, die von der Familie des Hofarztes Doktor Löber hier untergebracht wurde, nachdem Dresden in Schutt und Asche zerschossen und auch das Löbersche Haus getroffen war.

Im Garten von Georg Möhle sind das Hausschwein und die Hühner zugange, die Erde ist aufgescharrt und matschig, der Walnußbaum hält die letzten vergilbten Blätter dieses Sommers fest. Der Bauer ruft Hans Leipzig zu, er solle auf ein Wort kommen.

»Sie stirbt«, sagt er, »man muß etwas tun. Es geht nicht an«, sagt er, »sie ist eine Fremde. Man läßt keine Fremde im eigenen Haus sterben, das bringt Unglück. Und sie ist eine Komödiantin. Wer wird sie beerdigen? Der Pastor, der dazu bereit ist, muß erst noch gefunden werden.«

Nein, nein, noch ist es nicht soweit, denkt Hans Leipzig. Er hat neue Medizin mitgebracht und auch die Miete für die nächsten vier Wochen, Doktor Löber hat das aus Warschau geschickt.

Er betrachtet die kleine Tochter des Bauern, die sich hinter den Beinen des Vaters versteckt und ihn von dort aus neugierig beäugt.

»Sie wissen doch, daß sie keine Medizin nimmt. Da können Sie bringen, was Sie wollen. Sie ist stur und starrsinnig. Der alten Frau kann keiner mehr helfen. Gehen Sie nur hinauf und sehen Sie selbst. Zwei Tage gebe ich ihr noch, oder drei.« Hans Leipzig geht hinüber zum Wohnhaus. Die obere Hälfte der zweigeteilten Eingangstür steht offen. Er muß nur nach innen greifen und an der unteren Hälfte den eisernen Riegel beiseiteschieben, um eintreten zu können. Jetzt ist es drinnen noch dunkler als im Sommer. Die roten Backsteinziegel des Fußbodens dunsten einen feuchten Geruch aus. Die Bäuerin scheint nicht zu Hause. Im Herd der fensterlosen Schwarzküche gegenüber dem Eingang glimmen Holzscheite. Er steigt die Holzstufen zu den Schlafkammern unterm Dach hinauf. An der Brettertür zur Kammer der Prinzipalin klopft er an.

Sie sitzt auf dem hölzernen Stuhl am Fenster. Draußen kann sie die Fischerkähne sehen. Sie blickt ihn an.

Ihre Augen, denkt er, sind so groß geworden, als verschwände ihr Gesicht in den Augen.

Er nimmt den Dreibeinhocker, rückt zu ihr ans Fenster und packt aus, was er mitbringen konnte. Es ist so still hier oben in der Kammer. Nicht einmal die dunklen Holzbalken knarren.

Sie lächelt. Er sieht das Lächeln eher in ihren Augen als an ihren Mundwinkeln. Das Fieber, denkt er, hat ihren Körper ausgetrocknet. Er wird zur Wüste. Nur die Seele bleibt. Oase oder Fata Morgana.

Er spricht von seiner Frau Anna und den beiden Jungen. Jetzt im Winter wird er den kleinen Johann zur Schule schicken. Er hat auch Neuigkeiten mitgebracht. In Berlin sind die Russen eingezogen. Die Welt gerät in diesem Krieg aus den Fugen, sie zerfällt, verliert ihre Ordnung. Das wird sich nicht mehr zusammenfügen lassen, nicht so, wie es vor dem Krieg war. Alle Arten von Gehorsam sind ausgehöhlt. Er merkt, daß ihr das Sprechen schwerfällt. Ihre Stimme wird nie mehr eine Stadt wie Leipzig aus dem Nachmittagsschlaf sprengen. Als er von Kochs vergeblichen Versuchen erzählt, dem Leipziger Magistrat ein eigenes Theater auf dem Ranstädter Wall abzutrotzen, gelingt es ihm, sie zum Lachen zu bringen, sie aufzuheitern, einen Funken des alten Zaubers in ihr loszuschlagen, das Leben auf ihr Gesicht zurückzuholen. Da ist sie wieder, wenn auch nur für wenige Sekunden, die Verwandlungskünstlerin, die Prinzipalin und Schauspielerin, die es jahrzehntelang verstand, die Menschen zum Weinen und zum Lachen zu bringen.

In diesem Moment empfindet Hans Leipzig eine zärtliche Dankbarkeit für diese Frau. Ohne sie hätte er das, was die Welt ist, niemals erfahren.

Ihre Hände rühren ihn an. Seit seinem letzten Besuch vor wenigen Tagen sind sie beinahe durchsichtig geworden. Das Licht, denkt er, das von draußen durch das kleine Fenster hereinfällt, schimmert durch diese Hände hindurch, macht die Haut dünn wie Laternenpapier und die Altersflecken darauf unsichtbar. Er sieht, wie sie diese Hände jetzt vor dem immer noch stattlichen Busen kreuzt, auf dem schwarzen Tuch ihres Kleides wirken sie wie verloren und liegengelassen. Sie neigt sich vor, vom Lachen etwas außer Atem, unterdrückt ein Hüsteln, und er muß sich erinnern. Mit der gleichen Gebärde hat sie als Iphigenie Abschied von Achill genommen.

»Liebe Frau Prinzipalin«, sagt er und legt die eigenen Hände auf das rauhe fasrige Holz des kleinen zusammengezimmerten Tisches, sie sind breit und kräftig und unverändert von einem rötlichen Haarflaum auf dem Handrücken überzogen, »Sie müssen Ihre Medizin nehmen. Sie müssen wieder gesund werden! Wir wollen Sie doch nicht verlieren.«

Sie schüttelt den Kopf. »Ja, mein Junge«, sagt sie, »du hast ja recht. Aber, weißt du, in Wirklichkeit habe ich längst die Maske des Todes aufgesetzt. Hast du das noch nicht bemerkt?«

Als Hans Leipzig die Prinzipalin verläßt, stehen keine Fischerboote mehr in der Elbe. Drüben, zu Füßen der Weinberge, schiebt sich ein breites Nebelband über den Erdboden. Er hält das Pferd an. Die Elbe strömt schwarz nach Dresden hinein. In den Novemberbäumen sitzen Krähen und plustern sich gegen die feuchte Kälte auf. Auf der Herfahrt ist er einem Schäfer mit seiner Herde begegnet. Die Schafe tragen schon ihre Winterwolle.

Er will den Fluß betrachten, das Wasser; will wieder zur

Ruhe finden. Sein Besuch bei der Prinzipalin hat ihn aufgewühlt. Eine hastige Ratlosigkeit macht sich in ihm breit. Das ist er nicht gewohnt. Wie ein Fieber. Diesmal, denkt er, bleibt tatsächlich nicht mehr viel Zeit bis zum Tod. Davor fürchtet er sich. Er will nicht, daß sie ihn verläßt. Er fürchtet das Gefühl, verlassen zu werden. Und sie verläßt ihn, sobald sie stirbt.

Bilder ziehen ihm durch den Kopf. Erinnerungen an Landschaften. Die zugefrorene Newa in St. Petersburg gehört dazu. Er sieht aufgebrochene, sich übereinanderschiebende und wieder festfrierende Eisschollen, glitzernd und im Winterlicht tükkisch. Er sucht nach freundlicheren Erinnerungen. Die Ill gehört dazu, die so sanft ist wie ihre Fischer. Flüsse und Brücken haben ihn von Anfang an begleitet, seit er zur Prinzipalin gehörte. Auf dem Fischmarkt in Straßburg kaufte er zwei- oder dreimal die Woche für die Komödianten ein. Sie konnten es sich leisten. Es war eine gute Zeit in Straßburg. Der Dachboden der Tuchmacherzunft, auf dem sie dort spielten, war sogar beheizt, und Soldaten des französischen Königs beschützten sie. Da war es niemandem erlaubt, während der Vorstellung zu pöbeln oder wegen des Eintrittspreises zu krakeelen. Wer es trotzdem tat, wurde abgeführt und in Haft genommen. Der Prinzipalin ist es sogar gelungen, den *Sterbenden Cato* des Professors Gottsched aufzuführen, obwohl das Stück, von dem der Herr Gottsched abgeschrieben hatte, der *Cato* des Monsieur Bressand, in Frankreich verboten war.

Wie weit diese Erinnerungen zurückliegen; als könnten sie ein anderes als sein eigenes Leben betreffen.

Er hört das Pferd schnauben, es ist ungeduldig und will zurück in den Stall. Er läßt es anziehen, biegt vom Treidelpfad ab, rollt den Weg zwischen niedrigen Bauernhäusern entlang zur Straße. Er muß sich beeilen, um vor Einbruch der Dunkelheit in der Stadt zu sein. Er hat es Anna und den Kindern versprochen.

Es sieht so aus, denkt er, als habe der Bauer Möhle recht.

Zwei oder drei Tage gibt er der Prinzipalin noch. Nein. So kurz kann die Zeit nicht sein, die ihr noch bleibt. Trotzdem, denkt er, bleibt wohl wirklich nicht mehr viel Zeit bis zum Tod. Diesmal nicht.

Der Nebel schiebt sich vom Elbufer jetzt bis zur Straße herauf. Ich muß mich beeilen, denkt er und wird seine Unruhe nicht los. Am liebsten würde er umkehren, zurückfliegen, wie er damals als Vierzehnjähriger über das heiße Katzenkopfpflaster fliegen wollte, damit sich die Hitze nicht in seine Fußsohlen einbrannte. Diesmal brennt in ihm die Seele. Er gibt dem Pferd die Peitsche. Er will nicht über den Tod nachdenken.

Lieber will er sich den freundlichen Erinnerungen anvertrauen, zum Beispiel an die herzoglichen Soldaten auf der Bühne des Sommertheaters in Salzdahlum denken. Sie hatten sich Hände und Füße gewaschen, die Uniformen gebürstet und die Knöpfe daran blankgerieben und traten auf, als ob sie allesamt in ihrer größten Reinlichkeit an einen fremden Fürsten verschenkt werden sollten, obwohl sie doch nur als Cäsars Gefolge den Komödianten zur Hand gingen. Damals schienen selbst die Götter des Olymp dem Sommerfest der Fürstin und dem *Sterbenden Cato* gewogen gewesen zu sein. Ein Himmel wie Samt und Seide. Ein Tag voll sanfter Wärme mit einer Prise Sommerwind, als wäre der August nicht jener Monat, der drükkende Hitze, Gewitter und Hagelschlag bringen und die Ernte von einer Stunde zur anderen vernichten kann.

Damals, denkt Hans Leipzig und läßt dem Pferd die Zügel, er weiß, es findet allein den Weg, damals habe ich sie zum erstenmal auf der Bühne agieren sehen. Er stand in einer Seitenkulisse verborgen. Jetzt hat er noch einmal diesen Geruch in der Nase. Es riecht nach Staub und Moder, nach Schminke, Ölfarbe und Kleister. Der alte Herr Kohlhardt, der nun schon lange tot ist, hatte ihm gezeigt, wie er den Seilzug bedienen muß, sobald der Vorhang nach einem Aufzug fallen soll. Er spürt die rauhe

Hanfkordel zwischen seinen Handflächen. Meine Hände, denkt er, waren noch glatt wie Mädchenhände. Das läßt ihn sogar lächeln.

Er schließt die Augen. Sieht wieder den Herrn Kohlhardt als Cato. Obwohl er doch einen Römer und nicht etwa einen Franzosen darstellen sollte, trug er die Beinkleider aus blauem Samt, die die Frau Lorenz geflickt hatte. Die Prinzipalin trat im Reifrock auf. Sophie Buchner fächelte sich Luft mit einem modischen spanischen Fächer zu, den sie in der Stunde des Todes, als die Hofkapelle unsäglich Trauriges intonierte, gegen ein französisches Damenschnupftuch austauschte. Da ist auch wieder der Herr Neuber. Als König von Pontus stattet er Cato einen eher stummen als beredten Besuch ab, den Dreispitz unterm Arm. Das hatte damals alles seine Ordnung, denkt er und sieht die Prinzipalin noch einmal so spielen, als könnte sich niemals etwas verändern. Sieht sich selbst, den kräftigen, aber noch längst nicht ausgewachsenen Jungen in der Kulisse stehen, hingerissen vom Spiel dieser Menschen, die ihm damals langsam vertraut wurden. Er weinte und er lachte und konnte sich nicht dagegen wehren.

Er spürt die Tränen nicht, die ihm jetzt, vierzigjährig, über die Wangen laufen, als das Pferd den Karren der Brühlschen Gärtnerei geduldig auf dem freigeräumten Weg zwischen den Trümmern der Dresdner Befestigungsanlage voranzieht. Nein, er taugte nicht zum Komödianten. Den Achill hat er niemals gespielt. Er hatte kein Talent, die Menschen zu illusionieren. Er war eben doch nicht der geborene Prinzenspieler oder der erste Liebhaber. Auch Suppigs Unterricht hat daran nichts geändert. Ihm war es nicht gegeben, die Fröhlichkeit des Herzens, den Adel des Auftretens, die Leichtigkeit des Körpers auf der Bühne darzubieten. Er konnte den Leuten nicht den Spiegel der Komödianten vorhalten, der etwas Besonderes ist, ein Geschenk des Himmels, weil er aus einer Grimasse ein Lächeln und aus groben Worten die Schönheit der Sprache macht. Er hat es versucht, aber er hat es nicht gekonnt. Der Prinzipalin zuliebe hatte er sich gewünscht, es möge gelingen.

Wann, überlegt er jetzt, wurde mir eigentlich klar, daß es besser ist, auf die Arbeit meiner Hände zu vertrauen? Er erinnert sich, sieht wieder den jugendlichen Gotthold Elias Suppig im Dämmerlicht der Funduskammer in Zotens Hof. Er hatte sich dem neuen Komödianten Ekhof zugewandt und gab Hans frei. Er empfand keinen Schmerz. Nicht einmal ein Bedauern. Er hatte das Gefühl, Suppig habe wieder einmal eine Tür für ihn geöffnet. Auch das liegt lange zurück. Er restaurierte damals das Boot, das die Lebenden zu den Toten bringt. Damals schon hatte er gelernt, schneller und geschickter als Koch in diesen Dingen zu arbeiten. Aber es dauerte noch zwei Jahre, ehe er wußte, daß er tatsächlich nicht mehr auf der Bühne auftreten wollte.

Allerdings war sein Respekt vor der Prinzipalin so groß, daß er es nicht wagte, sich ihren Wünschen zu widersetzen. Es war der bucklige Hofzwerg, den er seit Salzdahlum kannte, der ihn schließlich vom Komödiantentum befreite. Er hatte das Unbehagen des jungen Mannes bemerkt, sprach mit der Prinzipalin und schlug vor, Hans solle sich als Läufer beim Grafen Brühl bewerben, der habe schon seit einiger Zeit ein Auge auf ihn.

Nein. Hans Leipzig treibt das Pferd wieder an. Dresden versinkt im Nebel, und ein Nieselregen setzt ein. Nein. Er hat dieses Angebot nicht angenommen. Er wollte die Prinzipalin auf keinen Fall verlassen. Aber sie ließ es zu, daß er von da an im Fundus und hinter den Kulissen arbeitete und ihr mit der Arbeit seiner Hände nützlich war.

An ihrer Seite, denkt er, habe ich gelernt zu überleben. Sechsundzwanzig Jahre war er ihr treu, und nun wird sie ihn wohl bald verlassen. Nein, es hilft nicht, alle unliebsamen Gedanken beiseiteschieben zu wollen, der innere Friede bleibt ihm an diesem trüben Novembernachmittag 1760 gestört.

Auf einmal weiß er, daß der Bauer Möhle recht hat. Aber es ist zu spät umzukehren. Die Nacht bricht an. Es ist schon zu dunkel, um den Weg zurück zu ihr noch zu finden. Jetzt bemerkt er auch die Tränen, die ihm über das Gesicht laufen. Mein Gott, denkt er, laß sie nicht in dieser Nacht sterben! Er müßte jetzt an ihrer Seite sein, diese durchsichtigen Hände zwischen den eigenen halten, ihr eine letzte Geborgenheit geben, damit der Tod seinen Schrecken verliert. Dieser Gedanke wird ihn sein Leben lang schmerzlich begleiten.

Friderike Caroline Neuber stirbt noch in derselben Nacht. Sie braucht niemanden, der ihre Hand hält. Sie schläft ein. Es ist ein Hinübergleiten vom Traum in den Tod.

Gotthold Ephraim Lessing

Der Harlekin

Seitdem die Neuberin, *sub auspiciis* Sr. Magnifizenz, des Herrn Professors Gottsched, den Harlekin öffentlich von ihrem Theater verbannte, haben alle deutsche Bühnen, denen daran gelegen war, regelmäßig zu heißen, dieser Verbannung beizutreten geschienen. Ich sage, geschienen; denn im Grunde hatten sie nur das bunte Jäckchen und den Namen abgeschafft, aber den Narren behalten. Die Neuberin selbst spielte eine Menge Stücke, in welchen Harlekin die Hauptperson war. Aber Harlekin hieß bei ihr Hänschen, und war ganz weiß, anstatt scheckigt, gekleidet. Wahrlich, ein großer Triumph für den guten Geschmack!

Auch die falschen Vertraulichkeiten haben einen Harlekin, der in der deutschen Uebersetzung zu einem Peter geworden. Die Neuberin ist todt, Gottsched ist auch todt: ich dächte, wir zögen ihm das Jäckchen wieder an. – Im Ernste; wenn er unter fremdem Namen zu dulden ist, warum nicht auch unter seinem? »Er ist ein ausländisches Geschöpf!« sagt man. Was thut das? Ich wollte, daß alle Narren unter uns Ausländer wären! »Er trägt sich, wie sich kein Mensch unter uns trägt:« – so braucht er nicht erst lange zu sagen, wer er ist. »Es ist widersinnig, das nämliche Individuum alle Tage in einem andern Stücke erscheinen zu sehen.« Man muß ihn als kein Individuum, sondern als eine ganze Gattung betrachten; es ist nicht Harlekin, der heute im Timon, morgen im Falken, übermorgen in den falschen Vertraulichkeiten, wie ein wahrer Hans in allen Gassen, vorkömmt; sondern es sind Harlekine; die Gattung leidet tausend Varietäten; der im Timon ist nicht der im Falken; jener lebte in Griechenland, dieser in Frankreich; nur weil ihr Charakter einerlei Hauptzüge hat, hat man ihnen einerlei Namen gelassen. Warum wollen wir ekler, in unsern Vergnügungen wähliger, und gegen kahle Vernünfteleien nachgebender sein, als – ich will nicht sagen, die Franzosen und Italiener sind – sondern, als selbst die Römer und Griechen waren? War ihr Parasit etwas anders als der Harlekin? Hatte er nicht auch seine eigene, besondere Tracht, in der er in einem Stücke über dem andern vorkam?

Mary Wigman

Gret Palucca

Der Kapp-Putsch – wir saßen in Dresden fest, drei Wochen lang. Es wurden 23 Jahre daraus.

Von nun an ging alles sehr schnell. Die ersten Schülerinnen meldeten sich, unter ihnen ein schmalhüftiges, fast knabenhaft wirkendes Mädchen mit keckem Gesicht und wirr darüberwehenden Haaren. Ihr Name: Palucca. Ein prachtvolles Tanztemperament mit einer natürlichen Sprungfähigkeit, wie ich sie bei den vielen jungen Tänzerinnen, die durch meine Hände gegangen sind; kaum wieder erlebt habe.

Auch ich war damals eine ausgezeichnete Springerin – und da ich meine Technik ohne jede Hilfe sozusagen am eigenen Körper erproben und entwickeln mußte, wußte ich sehr genau um die Hilfestellungen, die man anderen Tänzern zu geben hatte. Wir – das heißt »Bibi«, meine Schweizer Schülerin, Begleiterin und Assistentin, und ich – wohnten noch immer im Palasthotel Weber. Die Hoteldirektion war großzügig genug, mir das Unterrichten in einem ihrer Gesellschaftsräume zu gestatten.

Paluccas Sprungehrgeiz war entfesselt. Nach jeder Korrektur, nach jeder Wiederholung flog sie ein wenig höher durch den Raum. Ein Klirren – und die Hälfte des venezianischen Kronleuchters kam mit ihr herunter. Kristallsplitterbedeckt standen wir einander gegenüber und lachten, bis wir nicht mehr konnten.

Wigman-Schule, Dresden:

Der Unterricht fand bereits im »Aquarium« statt, dem großen Arbeitsraum, den ich anstelle des alten Stallgebäudes und der anschließenden Kutscherwohnung auf dem Grundstück Bautzener Straße 107 hatte errichten lassen.

Hanya Holm, Max Terpis, Yvonne Georgi, Palucca, Harald Kreutzberg – sie waren zu gleicher Zeit bei mir. Von einer methodisch aufgebauten und konsequent durchgeführten Arbeitsweise konnte freilich noch keine Rede sein. Das Experiment herrschte auf der ganzen Linie.

Improvisationsklasse – Thema: »Der Radfahrer«. Terpis voran, bedachtsam, überlegen und stur auf das Ziel ausgerichtet. Palucca als zweite, skrupellos und besessen drauflos strampelnd und sich temperamentvoll völlig verausgabend. Hinter ihr, als Einfallsreichste wie stets, Yvonne, auf Form und Stil bedacht. Hanya, die an Präzision nicht zu überbietende, hatte eine Panne und stieg von ihrem imaginären Fahrzeug ab, um den schlaff gewordenen Hinterreifen aufzupumpen. Als letzter Kreutzberg, selig verspielt vor sich hintretend und immer wieder abgelenkt von den Dingen, die sich ihm am Rande darboten, die er aufgriff und in das eigentliche Geschehen einbezog.

Jeder eine ausgesprochen tänzerische Persönlichkeit – im ganzen gesehen ein gottvolles Team. Und wie so oft nach solchen Versuchen, endete auch unser »Sechs-Tage-Rennen« in schallendem Gelächter.

Der große Dresdner Konzertsaal war bis zum letzten Stehplatz ausverkauft. Zur Aufführung gelangte im Rahmen meines Soloprogramms die »Fasandole« von Bizet, getanzt von Mary Wigman, Berthe Trümpy (Bibi) und Palucca – begleitet vom Philharmonischen Orchester, das oben auf dem Balkon untergebracht war. Der Dirigent stand mit dem Rücken zum Podium, das für den Tanz reserviert bleiben mußte. Nur ein kleiner, neben dem Dirigentenpult angebrachter Spiegel gestattete einen unzulänglichen Blick auf das tänzerische Geschehen. Ein Vabanquespiel! Daß es gut ausging, war fast ein Wunder. Während ich mich als Zentral-Figur in heftigem Tempo um die eigene Achse drehte, rasten die beiden jungen Tänzerinnen in weit gezogener Kreisbahn um den Mittelpunkt herum, in Gegenbewegung zueinander und haarscharf die gleiche Entfernung einhaltend. Nach der dritten Umrundung hörte ich Bibi keuchen: »Palucca, mach nicht solche Riesensätze. Ich komme nicht mehr mit.« Gott sei Dank ging der Tanz seinem Ende zu, sonst wäre vielleicht doch noch ein Unglück geschehen.

Aufführung meines Tanzspieles »Die sieben Tänze des Lebens« am Landestheater Hannover: Hanns Niedecken-Gebhardt, der gute Freund aller Tänzer, war damals als Opernregisseur dort tätig. Er hatte mich gebeten, innerhalb seiner Inszenierung der »Rose vom Liebesgarten« (Pfitzner) die Tanzeinlagen zu gestalten. Ein schwieriges Unterfangen! Wußte ich doch, daß das auf rein klassischer Grundlage geschulte Ballett keinerlei Zugang zum »modernen« Tanz haben konnte. Also wurde Palucca vorausgeschickt, um die Tanzgruppe mit Bewegungsart und Ausdruckscharakter »unseres« Tanzes vertraut zu machen.

Bei meiner Ankunft in Hannover empfing mich eine total zerknirschte Palucca: »Ich habe überhaupt nichts erreicht. Nur, daß die Mädchen ihre Korsetts ausziehen mußten, weil sie bei den Übungen keine Luft mehr kriegten und die zerbrochenen Korsettstangen ihnen zu weh taten.« Ich mußte lachen, denn ich wußte nur zu gut, daß mit dem Wegfall der festgeschnürten Korsetts auch der Widerstand der Ballerinen gegen einen ihnen so völlig fremden Stil des Tanzes wenn auch nicht gebrochen, so doch so weit gelockert würde, daß man es wagen konnte, mit ihnen zu arbeiten. Palucca hatte ihre Aufgabe hervorragend gelöst.

»vor Schönheit fast verzitternd«

Elbe und Umgebung

Johann Gottlieb Wiemann

Panorama von Dresden und Meißen

Jetzt woget unser mächtige Strom voll Kraft und Herrlichkeit mit einer stolzen Biegung[1] und unbeschreiblichen Grazie der anmuthigsten königlichen Residenzstadt Dresden zu, und die prächtigsten Vorwerke der schönen Neustadt winden sich hervor. Zusehends steigt auch die kolossale Kuppel der hohen Frauenkirche und neben ihr der geschmeidigere Thurm[2] der schönen Kreuzkirche, endlich auch noch der prächtige, wie in Filigranarbeit durchsichtige Thurm der geschmackvollen katholischen Kirche mit dem spitzig niedlichen Thürmlein[3] der königlichen Residenz heraus, und nun liegt Dresdens Zauberstadt in vollem Glanze, rundum von reizvollen sanften Anhöhen, die eine liebliche Fläche amphitheatralisch umschließen, umgeben – vor unseren Augen schwelgerisch ausgebreitet.

Schon die malerische Ansicht der einzig schönen Brücke, die große Spiegelfläche auf dem seebreiten Strome[4], der von der Fülle der ihn umgebenden Reize wie gefesselt hier zu verweilen scheint, seine frappante Einbiegung an die Brühlische Terrasse

1 Welche 90 Grade beträgt.

2 Mit einer Gallerie und der geeignetste Standpunkt zur weiten Ansicht des schönen Dresdner Panorama.

3 Seine grüne Eindachung mit einer Schlaguhr macht es allerliebst.

4 Es ist hier nach dem Augenmaße weit über 100 Klafter breit, und zeigt seine Strömung unter Antons Lustgebäude gegen die Brühlische Gartenterrasse mit 90 bis 110, in der Krümmung bei der Schiffsanlandung gegen das Brükkenkreuz aber mit 60 bis 70 Graden an.

der Altstadt[5] und der überraschendste Prospekt auf die aus tiefer Ferne in die hohen Brückenbögen mit optischem Zauber einfallenden lieblichen Höhen von Hoflesnitz und Spaar[6], rechts die sich hervorschiebenden Paläste der niedlichen Neustadt, links die über eine hohe Terrasse gleich den hängenden Gärten Babylons herabspiegelnden Brühlischen Gartenpromenaden, endlich die über alles gehende Aussicht von der gegitterten Brücke[7] über den ganzen, in weiten Kreisen mit unbeschreiblicher Pracht herumschweifenden Strom, über die auf- und abwärts in angemessener Ferne sich an ihn bald andrängenden, bald von ihm abspringenden lieblichen Rebenhügel[8] und über das zu ihren Füßen flach ausgebreitete stundenweite Elbethal, und zuletzt über die aus tiefer Weite mit himmelhohen Masten und weit angeschwollenen Segeln herankommenden Lastschiffe gewähren den Ankommenden ein höchst interessantes Schauspiel und einen göttlichen Genuß.

Um aber Dresdens Lage und Schönheiten in einem ganzen Rundgemälde zu übersehen, dazu bietet die ringsum freie Gallerie des schönen Thurms der Kreuzkirche den gewünschtesten Standpunkt. Von hier sieht man im Süden den sanft anlaufenden pittoresken plauischen Grund[9], über welchen auf der

5 Eigentlich an das Brühlische Gartenpalais.

6 Erstere zwischen 2 und letztere bis 4 Stunden nach dem Elbestrome hinab gegen Meißen gelegen.

7 Und auch von der Brühlischen Gartenterrasse.

8 Es sind dies die sanften Anhöhen bei Loschwitz, die sich aufwärts des Stroms über Pilnitz hinaufziehen, und dahin immer mehr ansteigen, abwärts des Stroms sind es dagegen die mehr steil und imposanter aufstauenden schönen hoflesnitzer und spaarer Weingebirge, die gegen Meißen kreisen und dort enden.

9 Eigentlich nur dessen Eingang, aus welchem das Flüßchen Weiseritz heraus kömmt, und Dresdens flache Gassen und Straßen zu säubern geeignet ist. Hier im Süden steht im freien Felde ober dem Dorfe Rechnitz das Monument des im Feldzuge 1813 von einer Kanonenkugel getroffenen Generals Moreau,

Straße nach Tharand der bewaldete Windberg aufsteigt, und rechts fern Sumsdorf[10] freundlich hingelagert ist; im Westen entwickelt sich perspektivisch das weite romantische Elbethal, darin das Kirchendorf Prießnitz[11] bis Meißen, rechts im Hintergrunde die für die mehrere Weintraubenreife abgeskarpten Hoflesnitzer und Spaarberge[12], an ihrem Fuße der schöne Flekken Ketzschenbrode, im Norden die aus der Neustadt durch die Dresdner Haide[13] laufende königsbrucker Straße, mehr östlich die anmuthigen loschwitzer Weinhügel und die ganze Contur, in welcher sie wellenförmig nach und nach in den höhern Rücken des schönen Porsbergs bei Pilnitz übergehen, endlich das obere, bis Pirna offene Elbethal, umstellt von den abgekappten Felsenkegeln Lilienstein, Königstein und Pfaffenstein[14], und zuletzt verschlossen von dem hohen Winterberge, und dem noch höheren Schneeberge. Noch mehr rechts der Sattelberg über Maren, und der Wilschberg bei Dippoldiswalda[15].

Da die Tendenz dieser Schrift sich hauptsächlich ein Naturgemälde unsers schönen Elbestroms zur Aufgabe gemacht hat, so kann man auch von ihr den inneren Reichthum dieser in tausend Beziehungen höchst merkwürdigen Residenzstadt hier aufgezählt und entwickelt nicht erwarten.

Wir gehen daher wieder zu Schiffe, und kommen durch die schöne Brücke rechts beim japanischen Palais, und links bei der

der nach amputierten Füßen zu Laun, einer Stadt in Böhmen an der Eger, gestorben ist.

10 Es liegt von Dresden 4 Stunden entfernt.

11 Eine kleine Stunde von Dresden.

12 Die ersten sind 2 und die letzten 4 Stunden von Dresden entfernt.

13 Einem 3 Stunden langen, sandigen Kiefernwalde.

14 Darunter zeichnet sich vorzüglich der Lilienstein durch seine hervorstechende Kuppe aus. Im Vordergrunde liegt Pirna und rechts das Kirchendorf Leuben.

15 Der Sattelberg liegt von Dresden 7 und der Wilschberg 3 Stunden entfernt.

großen Baumallee vorüber, welche aus der Friedrichsstadt ausläuft und bei dem schönen Ubigau am Stromufer endet[16].

Hier stellen sich in gerader Linie unserm Gesichte im fernen Horizonte[17] die lieblichen hoflesnitzer Weinberge, auf deren größten Höhe das Spitzhaus[18] steht, und näher an uns das Dorf Pschire entgegen, und von der Seite blinken bewaldete Höhen herein.

Ein weiter malerischer Bogen dehnt sich hier von der schönen Brücke rechts hinab[19]. Dadurch bekommen wir einen überraschenden Rückblick auf die schöne Frauen- und die herrliche katholische Kirche mit ihrem durchsichtigen, von den milden Strahlen der Morgensonne feierlich beleuchteten Thurme, auf den grünen spitzigen Thurm des königlichen Palastes, auf den lieblich schlanken Thurm der Kreuzkirche, und endlich auf das viel versprechende japanische Palais[20], womit die vielen schönen Bögen der überaus galanten Brücke, in welche der anmuthige Gebirgszug von Pilnitz mit optischem Zauber einfällt, einen herrlichen Akkord machen.

Fast scheint es, als nehme sich das Rundgemälde Dresdens von dieser Seite noch reizender aus, wie von der Jenseite. Die Wahl wird schwierig und blos durch die individuellen Eindrücke und Ansichten jedes einzelnen Beobachters entscheidend.

Wir kommen nun bei den freundlichen Ortschaften Neudorf und Pischen vorüber, und biegen unter einem scharfen Winkel[21] zu einer großen Lindenallee ein, die unter dem Namen

16 Sie ist eine Stunde lang.

17 Mit einer Entfernung von 2 Stunden. Stromlauf 10 Grade.

18 Es ist dies wirklich ein spitzig aussehendes und deßhalb so genanntes Haus, welches das ganze dortige Weingebirge beherrscht.

19 Anfänglich unter einem Winkel von 10 Graden, dann aber mit vollem Norden.

20 Reichlich ausgeschmückt mit mannigfachen Sammlungen der Kunst und Wissenschaft.

21 Von 60 bis 90 Graden.

Ostraer Allee aus der fernen Friedrichsstadt auslaufend – hier endet.

Durch diesen unerwarteten Wechsel öffnet sich abermal eine treffliche Aussicht auf die reichlich befelderten, und mit freundlichen Dörfern, Obstgärten und Alleen vielseitig durchschnittenen Höhen des linken Elbeufers, rechts hin über das Dorf Mückten, und das daran stoßende Ubigau, endlich auch noch über die herrliche Gruppe der schönen Kuppeln und Thürme Dresdens.

Das schnelle Umschiffen des knapp am Strome anmuthig gelegenen königlichen Schlosses Ubigau bringt uns – gleichsam ominös – plötzlich an eine Häusergruppe – gemeinhin die Schusterhäuseln genannt – deren angeschwärzt herausgeschlichene Gestalten – den Dämonen ähnlich – uns anfänglich verlegen machten, aber durch ihre freundlich fortgesetzten Bewegungen und Stellungen zu erkennen gaben, daß sie hier mit der Ausbeute eines Steinkohlenlagers beschäftigt, dasselbe in Massen einschiffen.

Hier tauchen wir wieder mit einer plötzlichen Stromeinbiegung in einen überaus prächtigen See[22], in dessen hellen Gewässer sich das auf einem steilen Ufer[23] erhöht gelegene schöne Kirchendorf Prießnitz mit dem vorspringend über dem Strome schwebenden Palais[24] der Herren Grafen von Einsiedel glänzend abspiegelt.

Gleich unter demselben übergeht unser spielend wegeilendes Gewässer mit einem sanft sich verlierenden Winkel, bis es endlich ganz Null wird, nach Norden[25]. Ein neuer weiter, über das Dorf Kaditz bei Serkowitz[26] reichender Stromspiegel, und das

22 Er scheint über 100 Klafter breit.
23 Der linken Elbeseite, deren Gestein Thonschiefer ist.
24 Und einem hübschen Pavillon, am linken Elbeufer gelegen.
25 Anfänglich von 40, dann 30, zuletzt 20 und 10 Graden, und endlich Null.
26 Er ist über eine halbe Stunde lang.

in seinem Hintergrunde sich immer mehr entwickelnde hoflesnitzer Weingebirge, bis es zuletzt in seiner ganzen Ausdehnung dasteht, beschäftigt sehr angenehm unsere Sinne. Man gewahrt an diesem Gebirge einen Riß, der näher betrachtet, als eine tief eingreifende Schlucht das östliche Weingebirge von dem westlichen scheidet[27]. [...]

Noch einmal sehen wir rücklings die Berghöhen von Pilnitz mit dem kuppigen Porsberg, und dahinter isolirt den hohen Lilienstein in bläulicher Ferne schimmern und lenken nun von Kötschenbrode links auf Niederwarte ein[28]. Ueber denselben blinkt Weißigs Thurm von dem schluchtigen Berggehänge herab, unter welchen Niederwarte hingelagert, von freundlichen Obstgärten, lichten Feld- und schattigen Waldgebüschen lieblich umrungen ist.

Ungewöhnlich ausgebreitet und an das linke hohe Ufer angedrängt, fluthet hier der Strom, in welcher Stellung er nun bis Meißen vordringt[29]. Hier sehen wir auch schon die schönen Conturen des hoflesnitzer steilen Weingebirges sich annähern und bei Sörnewitz[30] in das spaarer Rebengebirge übergehen[31], wodurch das lange, breite und mit allen Reizen und ländlichen Herrlichkeiten von Pirna und Dresden bis Meißen reichlich ausgestattete Thal endlich geschlossen wird.

Der Strom wird dort auf beiden Seiten gesperrt, an ihm lauft das linke bergige Ufer mit lieblichen Obstgärten und Laub-

27 Es scheint die gleichen Weinbergshöhen von Liboch unter Melnik in Böhmen zu haben.

28 Unter einem Winkel von 100 bis 110 Graden; zuvor hielt der Stromzug zwischen Ketschenbrode und Golis nur 50 Grade.

29 Er kann hier an 150 Klaftern und wohl noch darüber breit seyn. Sein großer Spiegel reicht von Ketschenbroda bis Niederwarte. Das rechte Ufer zeigte sich hier sandig und von öftern Wasserfluthen weit unterwaschen und hinweggeschwemmt.

30 Von hier 1 ½ Stunden entfernt.

31 Von welchem es durch eine weite Niederung gesondert ist.

gebüschen colorirt hinab, dagegen das rechte Stromufer flach und sandig von einem hohen Kieferwalde düster umrungen ist.

Um so freundlicher trifft unter den jenseitigen Höhen zwischen belebten Feldlehnen und belaubten Büschen das Dorf Wilpert an einer ausgebreiteten Krümmung des Gewässers[32], welches hier mit einer breiten Strömung einen herrlichen Spiegel verbindet, und bis zum Dorfe Kätitz[33] reicht, hervor; gegenüber begrüßt es das Dorf Konstappl[34], an das sich Feldfluren und belaubte Büsche, die sich hier in einen schluchtigen Hintergrund ziehen, anlehnen und ein malerischer Prospekt auf das noch ferne Scharfenberg und in die Engschlucht nach Meißen und auf das liebliche Weingebirge von Sörnewitz zieht unsere Aufmerksamkeit auf sich. [...]

Da nun aber auch dieses pittoresk-topographische Gemälde eines der schönsten Ströme zu Ende gegangen ist; so verdient hier noch jene Catastrophe Erwähnung, mit welcher der Sage nach bei dem Orte Kölln der Elbestrom in der Vorzeit durch eine von dem spaarer Gebirge armartig getheilte weite Ebene hereingekommen sey, was bei dieser noch itzt von einem Bachwässerchen bespülten breiten und tiefen Niederung nicht unglaublich ist, da das Augenmaß dieser Möglichkeit nicht entgegen steht.

Das jenseitige, zum Theil von kleinen Winzereien beherrschte Elbeufer fällt nach Meißen sehr steil und in dessen Nähe auch sehr kahl herab. Eine tiefe Schlucht, woraus ein starkes Bachgewässer hervorkömmt, und worin ein Theil der Stadt Meißen liegt, trennt sie von dem Stadt- und Schloßberge[35].

32 Es geht hier von 50 Graden bis auf 28 Grade zurück.

33 Das rechte Ufer läuft hier gegen die sörnewitzer Weinberge noch sandig flach fort, das linke begleiten aber laubbebuschte Höhen.

34 Wird auch Constappl geschrieben.

35 Hier wogt der Elbestrom gerade nach Norden.

Wir fuhren diese fünfstündige Strecke von Dresden hieher auf einem Jachtschiffchen bei einigem entgegen gewirkten Winde in 3 1/2 Stunden, da solche gewöhnlich in 3 Stunden zu Wasser zurückgelegt wird. [...]

Wolf Biermann

Die Elbe bei Dresden

In Dresden, da steht ja die Elbe so still
Und die Stadt fließt so träge vorbei
Ich steh' da und seh' da die Raddampfer ziehn
Wie voriges Jahr, den Mai
Wie vorigen Mai, da wohnten wir
Diese Sommernacht unten am Fluß
In den Elbwiesen blieb uns die Puste weg
Beim Kuss zwischen Kuss und Kuss

Das sang uns der Fluß, das war unser Lied:
Es fließt alles – alles fließt
Mein Lieb, mein Lieb, jetzt bin ich allein
Jetzt redet der dumme Fluß mir ein:
Es bleibt alles, wie es ist

In jenem Mai, da schwammen wir schön
Mit der Strömung zur anderen Seit
Dann laufen ein Stück – und schwimmen zurück
Uns war ja der Fluß nicht zu breit
Das Wasser war nicht viel zu tief für uns
Ach und uns war der Dreck scheißegal
Wir ließen uns treiben und trieben das Spiel
Nocheinmal und noch ein mal

Das sang uns der Fluß, das war unser Lied:
Es fließt alles – alles fließt
Mein Lieb, mein Lieb, jetzt bin ich allein
Jetzt redet der dumme Fluß mir ein:
Es bleibt alles, wie es ist

Jetzt lieg ich am Ufer und wundere mich
Warum das mit mir grad so ist
Ach damals verriet uns der gute Fluß
Die Wahrheit, daß alles fließt
Da drehte die Erde sich unter uns
Als wir noch verharrten im Kuss
Und weißt du, warum ich dich suchen will?
Weil ich mich ja finden muß

Das sang uns der Fluß, das war unser Lied:
Es fließt alles – alles fließt
Mein Lieb, mein Lieb, jetzt bin ich allein
Jetzt redet der dumme Fluß mir ein:
Es bleibt alles, wie es ist

Thomas Rosenlöcher

Die Elbe

Der Uferweg, die Böschung und die Steine.
An schwarzer Mauer schwarze Industrie
entleert sich schweigend in das schwarze Wasser.
Doch mitziehn Wiesen, und der Berghang, einst
Geleit und Halt, vor Schönheit fast verzitternd,
rollt noch sein Grün über die roten Dächer,
vorbei an einer Villa, weit geöffnet
die Fenster, da Musik herüberweht
und fernher, wo gebaut wird, Pinke Panke,
als gälte es, den Fluß zu dirigieren,
daß er an seinen Rändern heller strudelnd
über glitschige Steine aufwärts fließt
und sich am Grund die Fladen leise regen,
und rascher in der Mitte, nur hinunter,
lautloses Kettenknirschen, Rohrgejohl.
Was hab ich nur. Es geht, es geht doch alles.
Selbst noch der tote Fluß fließt fort.

Karl Adolph Gjellerup

Seit ich zuerst sie sah

Das Semester am Polytechnikum war ziemlich anstrengend gewesen, und es begann in Dresden unleidlich heiß zu werden. Außerdem wohnte ich in einer der kleineren Straßen der Altstadt, die zwar reinlich und nett, aber nicht besonders luftig sind. Oft überkam mich ein verzehrendes Heimweh nach dem dänischen Sund. Wie schön auch die Abende an der Elbe waren, sie brachten doch nur geringe Abkühlung, und wenn man sich zwischen neun und zehn Uhr auf die Brühlsche Terrasse hinaufschleppte, um dort Luft zu schnappen, zeigte das Thermometer noch seine 25–26 Grad Reaumur. Dies war insofern tröstlich, als es einem ein unbestreitbares Recht zum Schwitzen gab und es verzeihlich erscheinen ließ, wenn man eine Portion Eis vor dem kleinen Café Torniamenti genoß, wo es sich so angenehm zwischen den Säulen sitzen ließ, während man Bruchstücken des Konzertes vom »Wienergarten« jenseits des Flusses lauschte.

An einem solchen Abend faßte ich den kühnen Entschluß, die nahe bevorstehenden Sommerferien irgendwo in den Bergen zuzubringen. Mir selbst wenigstens kam dieser Entschluß ziemlich dreist vor, da ich sowohl genötigt als gewohnt war, mich einzuschränken. Am meisten lockte mich die Sächsische Schweiz, und noch war der letzte Eisrest mir kaum im Munde zerschmolzen, als ich mich schon für das kleine Rathen entschieden hatte. Von diesem beliebten Orte war mir ein verlokkend idyllischer Eindruck geblieben, obgleich ich, wie die meisten Reisenden, das Dörfchen nur beim Hinuntergehen von der Bastei im Halbdunkel gesehen hatte.

Ein paar Tage später stieg ich gegen Mittag an der kleinen Haltestelle aus und ging zwischen den Obstgärten Oberrathens nach der Fähre hinunter. Das gegenüberliegende Felsenufer hat als einzigen Durchbruch das enge Tal, in dem der eigentliche Ort Rathen eingebettet liegt. Das Dorf zeigt fast nur seine beiden Gasthöfe, den neuen kahlen und den alten überwachsenen, zu beiden Seiten des Baches gelegen, der blinkend in den vorbeiströmenden Fluß mündet. Links erheben sich die blaugrauen senkrechten Felsen der Bastei, deren Fuß von Nadelwald und Laubbestand verdeckt ist. In der Ferne leuchten die großen Sandsteinbrüche, die schönsten im ganzen Lande. Von diesen hohen, gelblichen Wandflächen sind einige mehrere hundert Meter hoch. Zur anderen Seite hin durchschneiden sie anhaltend die Hügelreihe, auf deren Waldwellen der Lilienstein gleich einem ungeheuren Panzerschiffe dahinfährt.

Schräg, wie ein Hund läuft, setzte die Fähre über den Fluß, der sie selber vorwärtstrieb; denn sie war an einer Tonne befestigt, die ein Stück weiter oben wippte, und der Fährmann brauchte bloß ab und zu die Kette, die durch eine Winde oben an dem kleinen Maste lief, straff anzuziehen. Trotz dieser leichten Arbeit trocknete er sich fortwährend mit dem Hemdärmel die Schweißtropfen vom Gesicht, das so sonnenverbrannt war, daß er unserer Vorstellung von einer Rothaut bedeutend näherkam als irgendeiner der Sioux-Indianer, die ich am vorhergehenden Abend im zoologischen Garten gesehen hatte. Aber hier, mitten in seinem Reich, war es kein Wunder. Das blinkende Wasser ringsum schien keine Kühlung, sondern nur Sonnenhitze zu verbreiten, und der ganze Bogen des Flußufers mit seinen vielen nackten Felswänden öffnete sich gegen Süden wie ein Hohlspiegel, dessen Brennpunkt genau vor Rathen fällt.

Der Fährmann stimmte mir bei, daß ich mir keinen frischen Aufenthaltsort ausgesucht hätte. Aber es war ja nicht weit nach den kühlen Gründen. Und außerdem, wenn ich mir einmal etwas in den Kopf gesetzt habe, komme ich nicht so leicht wieder davon ab. Kann auch sein, daß diesmal das Schicksal seine Hand mit im Spiele hatte; die Sache erwies sich wenigstens als wichtig genug dazu. Übrigens war nicht die Hitze schuld, wenn ich später bereute, daß ich mich nicht hatte abschrecken lassen. Und habe ich es denn je bereut? Noch heutigentags – es ist jetzt fünf Jahre her – bin ich nicht imstande, diese Frage zu beantworten. [...]

Es zeigte sich sogleich, daß es nicht leicht war, ein Unterkommen zu finden. In den beiden Gasthöfen waren nur noch die schlechtesten Zimmer zu ziemlich hohen Preisen frei. Ich wurde von Pontius zu Pilatus geschickt und mußte unzählige Male über den kleinen Bach und die kleinen Leiterstufen hinan – vom Schuhmacher auf der einen Seite zum Bäcker auf der anderen, wieder hinüber zum Nachtwächter und zurück zum Krämer steigen: entweder war das Zimmer vermietet, oder es waren zwei zusammen, die mir zu kostspielig waren. [...]

Die Villa, der ich mich jetzt näherte, sah sehr vornehm aus mit den grünen, zurückgeschlagenen Fensterläden, den Spalieren und der bewachsenen Loggia. Sie lag etwas hoch, und der Garten, den ich nun betrat, stieg mit seinen kiesbestreuten Wegen zwischen blühendem Gebüsch terrassenförmig den Berg hinan. So anziehend das Ganze auch war, wirkte es doch abschreckend auf einen armen Polytechniker. Trotzdem beschloß ich, das kleinste Dachstübchen, was es auch koste, zu mieten, wenn dieses Prachthaus mich überhaupt aufnehmen wollte; denn ich hatte das Umherlaufen herzlich satt.

Eine Gesellschaft von Herren und Damen zeigte sich unterdessen in der Loggia. Abschreckend! Ich fühlte mich fast erleichtert, als ein Dienstmädchen mir, allerdings in etwas spöttischer und überlegener Weise, aus meiner Verlegenheit half: nein, hier würden keine Zimmer vermietet; das Haus, das ich suche, könne ich ganz da oben sehen. Es war bisher von der schönen Villa verdeckt gewesen und nahm sich nicht sonderlich einladend aus, als es jetzt dahinter auftauchte und sich gegen den blauen Himmel in schamloser Nacktheit zeigte. Auch nicht der kleinste Strauch war in der Nähe; es sah so abstoßend neu aus, als ob es nie bewohnt werden könnte. Ich mußte wieder in das Tal hinab, zweimal über den Bach und über verschiedene Leitern und Steintreppen anderthalbhundert Fuß bis zur ganzen Höhe des Hügels hinaufklettern.

In der Nähe sah das Haus nicht viel wohnlicher aus: Schutthaufen, Steinabfälle und Bretter lagen ringsum verstreut; den meisten Fenstern fehlten noch Rahmen und Scheiben. Drinnen zog es abscheulich, Türen flogen zu, und vom Keller hörte man eine grobe Weiberstimme, die verschwenderisch mit den langatmigen Flüchen umging, an welchen das vulgäre Deutsch so reich ist. Ein Mann tonte, offenbar zum erstenmal, die Steintreppe; ein junges Mädchen, das im Flur den Boden scheuerte, wandte sich bei meinem Kommen um; ich sah in ein hübsches, blasses Gesicht mit einem roten Fleck auf der einen Wange. Als ich nach den Wirtsleuten fragte, lief sie schnell davon und lief in den Keller. Bald kehrte sie mit einer vierschrötigen Weibsperson zurück, deren breiter Mund offenbar das Ausgangstor der erwähnten Flüche gewesen war und deren große Tatze, die sie an der Schürze abtrocknete, ich sogleich in Verdacht hatte, in naher Berührung mit der geröteten Wange des Mädchens gewesen zu sein. Unter dem aufgeschürzten Rocke sah man ihre nackten krummen Beine mit flachen, gleichsam ausgetretenen Füßen.

»Na, der Herr will wohl ein Zimmer mieten?« sagte sie, »ja, dann wird es wahrhaftig Zeit, denn es ist nur noch eins da – wenn es ein einzelnes sein soll ... Na, mach, daß du fertig wirst, dummes Ding! Willst du etwa den Herrn rumführen? ... Es ist oben, zwei Treppen, bitte.«

Wir betraten ein recht geräumiges Zimmer. Hell und namentlich luftig genug, denn die Fensterscheiben waren nicht eingesetzt und die Rahmen noch nicht einmal gestrichen. Dagegen waren die feucht aussehenden Wände mit einer grauen Papiertapete bekleidet. Es schien mir auch, als ob es trotz der Luftigkeit moderig röche.

Ehe ich indessen eine Bemerkung darüber machen konnte, begann sie, die Vorzüge des Zimmers zu rühmen und zu erzählen, wie zufrieden die früheren Mieter gewesen seien – obwohl jeder sehen konnte, daß das Haus noch nie bewohnt gewesen war. Ich fragte nach dem Preise; er war ungefähr zehn Mark höher, als ich gehen wollte. Sie schwor darauf, daß es ein Spottpreis sei, nicht teurer als anderswo, obwohl alles hier oben viel besser sei: Es gebe hier weder Nebel wie unten an der Elbe, noch sei es so schwül wie im Tale; man genieße die reinste Schweizer Luft und habe eine Aussicht wie an keiner anderen Stelle; und dann seien auch die herrlichen, schattigen Promenaden da, die zum Hause gehörten und in denen die Mieter umherspazieren könnten, wenn sie nicht weiter gehen wollten. Auf diese »Promenaden« kam sie fortwährend zurück, indem sie, um ihre großartige Ausdehnung anzudeuten, mit ihren schmutzigen Händen in der Luft herumfuchtelte und beständig die Worte »da'rim und dort'nim« wiederholte.

Das Ende war, daß wir uns auf halbem Weg entgegenkamen. Sie versprach, daß alles fix und fertig sein sollte, wenn ich in acht Tagen zu Beginn der Ferien wiederkäme. Ich gab ihr einen Taler als Draufgeld und ging, froh darüber, zum Ziele gekommen zu sein. [...]

Nachdem ich auf der Elbterrasse Mittag gegessen hatte, [...] ertönte vom Flusse her die Dampfschiffspfeife. Ich verabschiedete mich [...] und eilte der Landungsbrücke zu.

Eine Woche später fuhr ich früh um acht Uhr ab. Wie gewöhnlich kam ich in der letzten Minute an Bord. Als ich meine Siebensachen untergebracht hatte und anfing, mich umzusehen, waren wir schon an der Albertbrücke; die Stadt zeigte ihr Profil mit den schönen Türmen über der Brühlschen Terrasse. Dort war die Luft noch klar, aber über uns war es neblig und vor uns sogar ziemlich dunkel. Dabei wehte es einen feucht an; ich schnallte mein Plaid aus den Riemen. Als wir an den drei Schlössern vorbeidampften, konnte man die Stadt kaum noch sehen, und als wir Loschwitz erreichten, fing es an zu regnen; das heißt, es regnete eigentlich nicht, sondern …

»Es nieselt egal ä bissel«, sagte ein dicker Dresdener zu seiner Ehehälfte, die fragend den Kopf zur Kajütentüre heraussteckte.

Als wir bei Blasewitz anlegten, gingen die Neuankommenden gleich in die Kajüte hinunter, und die Damen verschwanden von dem nassen Verdeck. Nach und nach verzogen sich auch die Herren. Die traurige Wahrheit ließ sich nicht länger verbergen: es goß.

Ich steckte mir eine Zigarre an und ging in die Rauchkajüte, die voller Menschen war. Überall drehte sich das Gespräch um das Wetter. […]

Als ich mit Rauchen fertig war, ging ich in den Salon. Dort fand sich kein leerer Platz mehr; außerdem war es da so beklemmend, daß ich mich nicht versucht fühlte, einen Feldstuhl herbeizuholen. Ich trat in den Vorderraum hinaus, wo die Treppe nach dem Verdeck hinaufführte. Hier hatte eine junge Dame mit zwei kleinen Mädchen Platz genommen. Ich nahm einen Feldstuhl vom Stapel, hüllte mich in mein Plaid und setzte mich der Treppe gegenüber.

Der frische, feuchte Luftzug war mir angenehm, obgleich er oft einen kleinen Sprühregen mit sich führte, dessen Tropfen in der Wolle des Plaids hängenblieben. Die obersten Stufen waren blank vor Nässe. In der Ecke einer schwarzen Plane, die über das Reisegut auf dem Verdeck ausgebreitet war, mußte eine Pfütze entstanden sein, denn es bildete sich dort fortwährend ein kleiner Springbrunnen.

Die junge Dame, die an der anderen Seite der Salontür saß, zog einen kleinen Band aus ihrer Tasche und vertiefte sich ins Lesen. Aber sie hatte nicht lange Ruhe, denn das kleinste der Mädchen, ein sehr geputztes Wesen mit blonden Locken, fing an zu wimmern, und obschon dies unter solchen Umständen vielleicht das natürlichste war, mußte die Gouvernante sie zurechtweisen. »Lisbeth will noch mehr erzählt haben«, sagte das größere Mädchen, und die Kleine bestätigte diese Vermutung, indem sie nörgelte: »Weiter vom Peter! Weiter vom Peter!«

»Schäme dich doch vor dem fremden Herrn, Lisbeth!« flüsterte das junge Mädchen, »meinst du vielleicht, daß er etwas vom Peter hören will?« [...]

Wir waren schon ein gutes Stück gefahren, bevor ich diese ersten Eindrücke gesammelt hatte; denn ich durfte natürlich nur ab und zu verstohlene Blicke auf meine Schöne werfen. Trotzdem tat ich es vielleicht doch häufiger als gerade nötig. Jedenfalls bemerkte ich, daß sie errötete und sich tiefer über das Buch beugte, das dem Umfange nach keineswegs als Versteck dienen konnte. Der kleine, dicke Band begann meine Neugierde zu erwecken, eine echte Reise-Regenwetter-Neugierde, die sich auf jeden Gegenstand wirft. Alte deutsche Übersetzungen von Cooper und von Walter Scott haben ungefähr dies Format, und ich hatte schon ihre Lesekost in diese achtbare Gattung eingereiht, als eine plötzliche Wendung des Buches verriet, daß es einer noch achtbareren angehörte: Es war ein Taschen-Wörterbuch. Diese Entdeckung flößte mir noch mehr Teilnahme für das junge Mädchen ein, und ich betrachtete sie mit einer gewissen Rührung. Ich stellte mir vor, daß drückende Umstände sie gezwungen hätten, eine dieser unbarmherzigen Gouvernanten-Stellungen anzunehmen, wo alles mögliche und noch mehr gefordert wird, so daß sie genötigt war, jeden freien Augenblick zu benutzen, um ihre Kenntnisse in der kürzesten und trockensten Art zu erweitern, indem sie täglich eine Dosis Vokabeln in natura als herbe, aber stärkende Arznei auf diesem Dornenweg einnahm. Wenn ein so hübsches, blutjunges Frauenbild die Armut zum düsteren Hintergrund hat, so kann es dadurch nur an Licht und Leuchtkraft gewinnen. Wäre sie ein verhätscheltes Fräulein gewesen, das die Zeit mit einem Leihbibliotheksroman totzuschlagen suchte, so würde sie in weit geringerem Grade mein Interesse geweckt haben.

Obgleich diese Teilnahme eigentlich so uneigennützig hätte sein sollen, sie ungestört zu lassen, wartete ich, offengestanden, nur darauf, ein Gespräch zustandezubringen. Es ist demütigend für mich, es sagen zu müssen, aber mein Erfindungsvermögen gab mir weiter nichts ein, als zweimal die Treppe hinaufzugehen, in der Hoffnung, das junge Mädchen würde fragen, ob sich der Himmel denn noch nicht aufkläre (was er übrigens keineswegs tat). Da aber diese Frage ausblieb, war ich ebensoweit wie vorher.

Ich hatte mehrere Einleitungen geprüft und verworfen, als das kleinere Mädchen über die Kälte zu jammern anfing. Die arme Erzieherin sah keinen anderen Ausweg, als ihr eigenes Tuch abzunehmen und die Kleine darin einzuwickeln. Da ich sehr empfindlich gegen Kälte bin, fühlte ich lebhaft, was es für sie bedeuten mußte, ohne das Tuch zu sein, besonders da ich bemerkt hatte, wie behaglich sie es fester um die Arme gezogen und das kleine Kinn in die weichen Falten gedrückt hatte. Ich fühlte meine Zeit jetzt gekommen und bot ihr ritterlich mein Plaid an. Wie ich erwartet hatte, lehnte sie es sehr freundlich ab: Ich bedürfe seiner ja selbst und würde mich sicher erkälten. Dies konnte ich um so weniger verneinen, da mich ein Schnupfen plagte, der sich schon etliche Male durch ein so gewaltiges Niesen verraten hatte, daß das kleine Mädchen Angst bekam und das größere seine liebe Not hatte, nicht in ein Gelächter auszubrechen. [...]

Als ich wieder auf der wachstuchüberzogenen Bank in dem kleinen, dumpfigen Raume saß, eine brennende Zigarette im Mund und ein Glas frischen Bieres vor mir, konnte ich mir nicht verhehlen, daß mein erster Annäherungsversuch eigentlich nicht auffallend schlau ausgefallen sei, da er zu nichts anderem als zu einer so gründlichen Entfernung geführt hatte. Ein etwas kühnerer Kavalier hätte es vielleicht so eingerichtet, daß man das sehr lange Tuch vereint gebraucht hätte, oder, falls das undenkbar, das kleine Mädchen sich an seine Seite hätte setzen und sich zudecken lassen können. Kurz, ich sah ein, daß ich mich wie ein richtiger Dummkopf betragen hatte; ich ärgerte mich um so mehr darüber, als der vorige Aufenthaltsort an und für sich angenehmer gewesen war und ich außerdem schon einen Ansatz zum Kopfweh zu verspüren meinte. [...]

Als wir in das Sandsteinland hineinfuhren, wurde der Regen allmählich weniger heftig. Die paffenden Inhaber der Rauchkajüte verschwanden nach und nach und stapften oben herum. Ich ging auch hinauf. Es regnete ziemlich dicht, aber die Tropfen blinkten in einem milchweißen Lichte, das überall durchsikkerte, ohne daß man eigentlich wußte, woher es kam. Die Steinwände der alten, niedrigen Brüche, die hier ganz braunrot sind, sahen wie gefirnißt aus, und von dem hügeligen Ufer zur Rechten leuchtete, sicher ein hübsches Stück entfernt, ein blaßgrüner bewaldeter Gipfel durch die Nebel. Der Regen, der einen Augenblick beinahe aufgehört hatte, wurde wieder dichter, aber gleichzeitig nahm auch der Lichtglanz zu. [...]

Ich machte mich daran, mein bißchen Gepäck zu suchen und fand es endlich wohlbehalten unter der Plane. Auf diese Weise hatte ich keine Zeit, mich nach meiner schönen Reisegefährtin umzusehen. Der Ruf: »Rathen, am Steuer absteigen!« erklang, und ich mußte mich schnell mit meinen Sachen »achtern« drängen. Als ich dort ankam, sah ich zu meiner Freude den grauen Schleier zuvorderst in der Reihe flattern. Gleich darauf schritt sie mit ihren Leutchen über die Landungsbrücke, und bevor ich einen Träger hatte, waren sie auch schon meinen Blicken entschwunden.

Irgendwo – aber nicht gerade an einem der schönsten Punkte – im Sandsteinländchen sollte man eine Schandsäule für den Mann errichten, der den schrecklichen Namen: »Die Sächsische Schweiz« erfunden hat. Sicher ist es, daß nichts der wundervollen Felsengegend mehr geschadet hat. Jeder Reisende kommt hierher mit einer Erinnerung oder einem Phantasiegebilde von der Schweiz als Maßstab, vergleicht und verwirft und brüstet sich damit, daß er etwas weit Großartigeres erwartet habe, was das arme Land ja gar nicht von ihm verlangt hat.

Wenn man aber ohne Ansprüche hierher kommt und das Land nimmt, wie es ist, wenn man vor allem es nicht mit Touristenschritten durchrast, sondern verweilt, um zu genießen – welcher Reichtum an Naturschönheit öffnet sich dann, welche Gegensätze, die sich zu einer ganz eigentümlichen idyllischen Ländlichkeit vereinen, offenbaren sich Kahlheit und fruchtbare Fülle, wilde, steile Zerrissenheit und bebaute Flächen sieht man neben- oder übereinander. Aus heller, zitternder Hitze tritt man unmittelbar in feucht-kühlen Schatten hinein. Und wo füllt sich die Lunge mit einer frischeren und würzigeren Luft als der, die über diese Höhen weht, diese Nadelwälder und Felsentäler durchzieht?

Um sich jedoch damit recht vertraut zu machen, muß man in die eigentümliche Natur dieser Gegend eindringen und verstehen, daß man sich nicht in einem Bergland, sondern auf einer Hochebene befindet, die durch Wasserfluten gespalten, durchwühlt und ausgehöhlt worden ist. Dadurch sind die Steinmassen hervorgetreten, bald die Wände der ungeheuren Furchen bildend, bald als Ruinen inmitten dieser stehend, so daß die Felsen weniger den erhöhten Teil als vielmehr die Vertiefungen der Landschaft bilden. Deshalb wundert man sich anfangs, wenn man ein fruchtbares grünes Feld sich über der rauhen Steinmasse einer jähen Felswand runden sieht, gleich einem Samtsattel auf dem Rücken eines Elefanten; und man staunt, wenn man soeben durch wogende Kornfelder gegangen ist und nun eine jener wilden und zerrissenen Felspartien mit einer Unendlichkeit von Zinnen, Türmen und hundert Fuß hohen Kegeln zu seinen Füßen erblickt. Zuerst ärgert man sich fast über solche Gegensätze, aber man gewinnt sie schließlich lieb. Und auf dieser Hochebene, mit einem Felsenland unter sich, sind dann einzelne Berge in die Höhe geschossen, die hauptsächlich dem Lande seine Physiognomie verleihen, eine recht warzige Physiognomie, wenn ich ein so unedles Bild gebrauchen darf. Denn in der Entfernung von einigen Meilen gesehen, ähneln sie vor allem Riesenwarzen, diese Steine, sie mögen nun Königstein, Papststein oder Lilienstein heißen; ja sogar der zweitausend Fuß hohe, unendlich langgestreckte Schneeberg ist nur eine etwas großartigere Abart hiervon. Einzelne, wie die miteinander verbundenen Winterberge, entfernen sich allerdings von dem Typus, aber sie liegen auch dicht an der Grenze, und je weiter man in das Böhmische hineinkommt, desto mehr herrscht eine allgemeinere Bergnatur vor. Eigentlich liegt der Schneeberg in Böhmen, aber die Grenzen zwischen den Bergformen sind nicht so scharf gezogen wie die zwischen den Kaffeesorten; denn dieses Getränk ist in dem ersten böhmischen Dorfe so gut, als ob man schon in Karlsbad wäre, während man in dem letzten sächsischen den berühmten »Bliemchen-Kaffee« trinkt, ein Gebräu, das seinen Namen deshalb erhalten hat, weil man die kleine, auf den Boden der Tasse gemalte Blume durch den Trank hindurch sehen kann. [...]

Für jeden, der deutsche Musik liebt – und wer liebt sie nicht? –, bergen diese schattigen und wasserreichen »Gründe« einen Stimmungsreichtum, der nur musikalisch ausgedrückt werden kann. Es ist, als ob Schumanns Männerchor von den hohen Säulen der Fichten zu uns herniedertönt, »wenn's still zum Abend wird« im Bergwald, der klare, forellenreiche Mühlenbach rauscht eine Schubertsche Melodie, und Webers Waldhorn hallt in dem wilden Felsenlabyrinth wider, von der »Wolfsschlucht« bis hinauf zu den »Habichtzinnen«, die uns wie wundervolle Kulissen für den Freischütz anmuten. Richard Wagner aber fordert die erhabene Szenerie der Rheingegend. Nichtsdestoweniger blieb ich eines Tages vor einer kleinen Felsennische stehen, in der eine einfache Bank, aus einigen dünnen Pfählen und einem handbreiten Brett bestehend, angebracht war. Auf der rauhen Steinwand war die großartige Inschrift »Wotans Ruhe« zu lesen.

»Stammt nun diese Inschrift von einem allzu naiven Wagnerianer oder von einem boshaften Wagnergegner?«

Diese Frage richtete ich an niemand anders als an – Fräulein Jagemann.

Sie saß nicht auf der Bank, auf der überhaupt kein Mensch sitzen konnte, höchstens ein Gott, der wohl aus einem leichteren Stoffe sein mag. Das junge Mädchen hatte einen festeren Sitz vorgezogen: einen großen Felsblock, der auf der anderen Seite des Steges weit über den kräftig sprudelnden Bach hinausragte. Durch eine schmale Kluft vom Weg getrennt, bildete der Stein ein kleines Eiland, das von einem Gebüsch verdeckt war. Ich hätte sehr leicht vorbeigehen können, ohne sie zu bemerken, um so mehr, als ich ihr während der Betrachtung von »Wotans Ruhe« den Rücken zukehrte.

Aber sie verriet sich selbst – ob mit oder gegen ihren Willen –, indem sie ihr frisches jugendliches Lachen mit dem meinen vermischte, in das ich unwillkürlich ausgebrochen war.

»Das ist ganz gleich«, meinte sie, »in beiden Fällen verdient er ausgelacht zu werden!«

Sie saß aufrecht im Grase, sich auf den einen Arm stützend. Der andere lag in ihrem Schoß, und ihre Hand hielt einen Strauß schöner Blumen, von denen man in diesen Gründen einen mannigfaltigen Reichtum findet. Die Ärmel des hellroten Morgenkleides hatte sie über die Ellbogen gestreift, entweder der Bequemlichkeit oder der Kühlung wegen. Der Arm in ihrem Schoße sah blendend weiß aus, während der andere gegen das saftiggrüne Gras eine gebräunte Hautfläche mit einem Streifen weichen Flaumhaares zeigte, das in der Sonne leuchtete. Mit seinen runden, weichen Formen machte er jenen kindlichen Eindruck, der bei einem erwachsenen Weibe so seltsam rührend wirkt. Die beiden kleinen Mädchen saßen an ihrer Seite und banden Halsketten aus den Stengeln des Löwenzahns, der Saft der Heidelbeeren, die sie unterwegs verzehrt hatten, färbte ihre kleinen Gesichter. Auch die Lippen des Mädchens hatten einen blauen Schimmer, und ihre Zähne leuchteten nicht so weiß wie sonst, als sie lachte.

»Sie sind übrigens etwas unvorsichtig, gnädiges Fräulein«, antwortete ich. »Sie können ja nicht wissen, ob ich nicht ein Wagnergegner bin.«

Georg Bötticher

De säkschen Erdbähm

»In Dräsen hätte de Erde gebebt?«
»Ja, hamm Se ’s denn nich geläsen?«
»Geläsen schon, awer nischt gespiert,
Un ich war doch gestern in Dräsen …«

»Ja, zu spiern gibts da weiter nischt!
De Erdbähm sein unterschiedlich:
Un was unsre säkschen Erdbähm sein,
Die verloofen sie ähmen gemiedlich.«

»edle Rohstoffe, erlesene Zutaten«

Kulinarisches

Daniella Fischer

Ein »Ave Maria« für den Sonntagsbraten

Kulinarische Gepflogenheiten in Sachsen in der Vergangenheit

August der Starke war nicht nur jener Kraftprotz und Schürzenjäger, er war auch ein politisch genau kalkulierender Landesherr, der in vielerlei Hinsicht eine Ausnahmeerscheinung unter den Regenten seiner Zeit war. Er förderte das bereits gut entwickelte Gewerbe und den Handel in Sachsen, die Manufakturen für spezielle Handelsgüter und die Ansiedlung von Handwerkern und Fachleuten wie Handelsexperten. Diese erhielten die Bürgerrechte teilweise ohne Entgelt oder mit zehnjähriger Steuerfreiheit. Spätestens seit 1710, also reichlich zehn Jahre nach seinem Amtsantritt, war die Lebensmittelversorgung der Bevölkerung Sachsens mindestens in Dresden und Leipzig nicht mehr allein abhängig von der sächsischen Landwirtschaft. Hinsichtlich der Ernährung muss zwischen Land- und Stadtbevölkerung, Handwerkern, Bürgertum und Adel unterschieden werden, aber ebenso zwischen Alltags- und Festspeisen.

Die Hungersnöte von 1718/19 waren für die Landbevölkerung verheerend. Als die Kartoffel um 1680 im Vogtland ihre Küchenkarriere begann, galt sie als absolute Notnahrung, als Pellkartoffel, als Kartoffelsalat, -kloß oder Bratkartoffel, und zwar ausschließlich in den untersten Bevölkerungsschichten. Ihre Erfolgsgeschichte beginnt erst Ende des 18. Jahrhunderts. Ansonsten dominierten Hirse- und Gerstenbrei. Üblich war beim einfachen Volk noch bis ins 19. Jahrhundert der große Wasserkessel über offenem, ständig loderndem Feuer, in den alles geworfen wurde, was an verwertbaren Resten anfiel. So entstand ein suppenartiger Eintopf aus Kräutern, Wurzeln, Knochen, Hühnern und Fleischstücken, eine immer zur Verfügung stehende kräftigende warme Mahlzeit. Die Landbevölkerung war abhängig vom Wetter und dem Ertrag ihrer Dreifelderwirtschaft, von Gerste und Roggen, Weizen, Hafer, Hirse und Gemüse sowie den Pilzen des Waldes. Äpfel, Kirschen, Aprikosen, Birnen und Quitten gab es in Hülle und Fülle. Zusammen mit dem erstklassigen Weizenmehl bildeten sie schon damals die Grundlage für die berühmten sächsischen Blechkuchen.

Auch dem Landadel ging es kulinarisch in Notzeiten nicht besonders gut. Das Fleisch der im Spätherbst geschlachteten Schweine, Ziegen und Schafe wurde durch Trocknen, Salzen und Einlegen konserviert. Die bei den Schlachtfesten hergestellten Würste reichten bei sparsamer Einteilung und sachgemäßer Lagerung meist bis zum Schlachttermin im nächsten Jahr. Rinder wurden weit weniger geschlachtet, denn ihre wirtschaftliche Nützlichkeit reichte über Jahre hinweg. Kuhmilch war die Grundlage für die Herstellung von Käse und Butter. Beide Produkte wurden aus Sachsen bis nach England exportiert, sächsische »Maienbutter« war weithin ein Begriff. Aus Rindfleisch entstand der sogenannte Sonntagsbraten, respektive der Sauerbraten. Damals wurde er noch im Gemeindebackofen gegart. Man schob das Bratgefäß in den Backofen, als man früh in die Kirche ging und holte es heraus gegen Mittag, als der Kirchgang zu Ende war. Der Braten musste eben ein »Ave Maria« lang schmoren, so hieß es, dann war er gar.

Herbergen und Einkehrstätten boten, genau wie der Vorgängerbau des Schillergartens, der seit 1693 als Kurfürstliche Schänke erwähnt wird, ihren Gästen das seinerzeit in Gasthöfen übliche Tables d'hôte: Der Gast erhielt zu festgesetztem Preis ein vom Wirt bestimmtes Essen. Dabei handelte es sich um Gerichte wie gekochten Schinken, blaue Fische (also gekochte),

Stockfisch sowie Wildbret- und Fischpasteten, Fleisch, gekochte Krebse und Schnecken. Geräuchertes von Zunge, Gallerten (Sülzen), Singvögel oder Gemüse. Die meisten Fleischgerichte wurden erst gekocht und dann »gegrillt« (Bratspieß), oder umgekehrt. Halbgares Fleisch galt als ekelerregend. Die Gemüse kochte man regelrecht zu Mus (»Zugemüß«). Wie die zubereiteten Speisen tatsächlich geschmeckt haben, ist heute nicht nachzuvollziehen. Gewichtsangaben tauchen gar nicht oder nur versteckt auf.

Die Suppen waren oft mit Brot angedickte Eintöpfe. Eine Bettelmannssuppe bestand aus geriebenem Roggenbrot, Zitronenschale, Kümmel, Rosinen, Zucker und Zimt je zur Hälfte aufgefüllt mit Wein und Breyhan – eine frühe Art Hefeweizenbier. Die aus der Zeit überlieferten Kochanweisungen stammen aus wohlhabenden Bürgerküchen. Dort leistete man sich schon Schokoladensuppe, indem in kochenden Wein geriebene Schokolade und Eier mit viel Zucker verquirlt wurden. Das Gemenge wurde schließlich über geröstete Brotscheiben gegossen.

Die Saucenherstellung war noch ein Problem, dafür erfand man die verschiedensten Butter- oder Rahmbrühen, für die auffällig viel Sahne und Butter wendet wurde. Es gab Karpfen mit Kohl, Hecht mit Sauerkraut, Neunaugen sauer eingelegt wie heutiger Brathering oder mit Petersilienwurzeln als Zugemüse. Bach- oder Flusskrebse waren derzeit keine teure Rarität. Reis war zwar eine bekannte Zutat, blieb aber wegen seines hohen Preises das ganze 18. Jahrhundert den höheren Schichten vorbehalten. Bei den überlieferten Kochanweisungen handelt es sich hauptsächlich um Festtagsspeisen. Üblicherweise blieb es beim Brei oder der dicken Suppe, die auch gelegentlich als Magenpflaster bezeichnet wurde, wobei auch in den Städten nicht selten eine Feuerstelle von mehreren Familien genutzt wurde.

Malvasier, Frontenac, Champagner sowie verschiedene Weine umliegender Länder wurden importiert. In Dresden und

Umgebung gab es jede Menge Brauereien, hinzu kamen Importe wie Ducksteiner, Naumburger, Merseburger, Niederlausitzer und Weißenfelser Bier. Dazu die Biere aus Königstein und Weesenstein, die per Schiff oder Kutsche mehrmals pro Woche in die Dresdner Residenz verfrachtet wurden. Bier war Bestandteil der Entlohnung der unteren Hofchargen. Importiert wurden auch Viktualien wie Pistazien, Mandeln, Nüsse, Nudeln, Datteln, Sardellen, Parmesan, Limburger und anderer ausländischer Käse, Trüffel, Oliven, Tee, Kaffee, Chocolade (!), Feigen, Rosinen und frischer Lachs aus Hamburg. Zur Zubereitung in wohlhabenden Haushalten und der Hofküche wurden auf den Märkten vor allem in Dresden und Leipzig Tauben, junge Hühner, Kapaune, Finken, Lerchen, Amseln, Fasane, aber auch Kaninchen, Hasen, Krebse und Helgoländer Hummer feilgeboten. Kaffee und Tee waren erhältlich, gehörten zu den »Sonntagsgetränken« und wurden teilweise in speziellen Einrichtungen ausgeschenkt, galten aber sowohl als kostbar als auch als »unnütze Exotica«. Vor allem der Kaffee setzte sich als Morgen- und Nachmittaggetränk ab der Mitte des 18. Jahrhunderts immer mehr durch. Bisher konsumierten die Leute zum Frühstück in der Regel Milch, Biersuppe oder direkt Bier.

Kurz vor 1800 kam übrigens erst der Begriff »Besteck« in den Sprachgebrauch, das so genannte »Couvert«. Gern benutzte man auch bei Hofe noch die Finger und nahm sich lediglich mit der Gabel die gewünschten Happen von den Platten auf den eigenen Teller, um sie dann mit dem Messer zu schneiden. Erst 1781 in England, 1798 in Frankreich und ab 1843 (Krupp) entstanden Firmen, die industriell Bestecke herstellten.

Die Kochtechnik war um 1730 kaum anders als zum Ausgang des Mittelalters. Gegart, gekocht, gebraten und gegrillt wurde über offenem Kamin oder Kaminherd, die beide wegen der starken Verrußung auch »Schwarzküchen« genannt wurden. Beim Kaminherd wurden die Speisen entweder in Pfannen und Tiegeln mit Dreifüßen, per Tischdrehspieß für kleine Fleischstücke oder im kleineren Kessel am Kesselhaken hängend über offenem Feuer gegart. Seit etwa 1725 gibt es den ersten Sparherd nach französischem Vorbild. Der bestand aus mehreren kleinen Kochstellen, mit und ohne Rost zu benutzen, die den Topf- und Pfannengrößen entsprachen und einzeln beheizt werden konnten. Damit konnten mehrere Speisekomponenten mit unterschiedlicher Garzeit mit viel weniger Feuermaterial gleichzeitig hergestellt werden.

Geschichte des Dresdner Stollens

Die Geschichte des Dresdner Christstollens beginnt etwa im Jahr 1400. Als Weihnachtsgebäck unter dem Namen »Striezel« wurde er erstmalig 1427 am sächsischen Hofe überreicht. Da dem Weihnachtsfest das Adventsfasten vorausging, durften vorerst keine Butter, Milch oder andere edle Beigaben verwendet werden. So wurde er aus Mehl, Hefe, Wasser in Öl gebakken und war eher ein fades Gebäck.

Kurfürst Ernst von Sachsen und sein Bruder Albrecht wandten sich im Jahr 1450 an Papst Nikolaus V. mit der Bitte, das Butter-Verbot aufzuheben. Der Heilige Vater ließ sich erweichen und schickte ein als »Butterbrief« bekanntes Schreiben, das gehaltvollere Zutaten erlaubte. Jedoch wurde die Bedingung daran geknüpft, dass eine Buße gezahlt werden musste, die unter anderem zum Bau des Freiberger Doms verwendet wurde.

Der älteste Weihnachtsmarkt Deutschlands, der Dresdner Striezelmarkt, verdankt diesem traditionsreichen Gebäck seinen Namen. So wurden um 1500 in Dresden »Christbrote uff Weihnachten« auf dem Striezelmarkt verkauft. Im Ratsarchiv der Stadt Dresden wird der Dresdner Christstollen im Jahre 1530 erwähnt. Kamen die Stollen früher vor allem aus der Umgebung, vorwiegend aus Meißen und Siebenlehn, erkämpften sich die Dresdner Bäcker nach dem 30-jährigen Krieg das Privileg, nur noch Dresdner Stollen auf dem Striezelmarkt zu verkaufen.

Ab 1560 übergaben die Stollenbäcker ihrem kurfürstlichen Landesherrn zum heiligen Fest ein oder zwei Weihnachtsstollen von 36 Pfund Gewicht. Acht Meister und acht Gesellen trugen ihn zum Schloss. Im Jahre 1730 ließ August der Starke zum Anlass des Zeithainer Feldlagers einen Riesenstollen von 1,8 Tonnen backen, der in 24 000 Portionen aufgeteilt wurde. An dieses Ereignis knüpft das jährlich am Sonnabend vor dem 2. Advent in Dresden stattfindende Stollenfest auf dem Striezelmarkt an.

In der Geschichte des Dresdner Christstollens haben auch religiöse Einflüsse die Formgebung bestimmt. So deutet der gerollte Stollen auf das in Windeln gewickelte und in der Krippe liegende Christkind hin.

Im Laufe der Jahrhunderte hat sich natürlich die Qualität und der Geschmack des Stollen geändert. Der Dresdner Christstollen wird in seiner jetzigen Qualität erst seit Ende des letzten Jahrhunderts gebacken. Es werden nur hochwertige, edle Rohstoffe, erlesene Zutaten, natürliche Aromastoffe und exotische Gewürze verarbeitet. Auch wenn es ein Grundrezept gibt, so hat doch jeder Stollenbäcker sein eigenes vererbtes Familiengeheimnis.

Dresdner Eierschecke

Zutaten für den Teig

180 g Weizenmehl
100 ml Milch
35 g Butter
25 g Zucker
8 g Hefe
2 g Salz

(alles zu einem glatten Teig verkneten,
einige Zeit ruhen lassen)

Zutaten für die Quarkmasse

450 g Magerquark
75 g Zucker
2 Eier
40 g Weizenmehl
40 g Sultaninen
3 g Zitronenschale
2 g Salz
40 g Butter, flüssig

(alle Zutaten verrühren,
flüssige Butter erst ganz zum Ende!)

Zutaten für die Scheckenmasse

350 ml Milch
50 g Zucker
55 g Puddingpulver
2 g Salz
(zu einem Pudding kochen)

5 Eigelb
75 g Butter
(unter den Pudding ziehen)

5 Eiweiß
50 g Zucker
(steif schlagen und unter den Pudding melieren)

Herstellung

- Den Kuchenteig mit Rand in eine gefettete Kuchenform andrücken.
- Die Quarkmasse auf dem Teig verteilen.
- Die Scheckenmasse auf dem Quark verteilen.
- Im vorgeheizten Ofen bei ca. 230° C heiß anbacken, bis eine leichte Bräunung auf der Oberfläche zu erkennen ist (ca. 15–20 Minuten).
- Danach die Backhitze auf ca. 200° C reduzieren und weitere 30–40 Minuten backen.

Autorenviten und Quellenverzeichnis

Marcel Beyer ist ein deutscher Schriftsteller, der 1965 in Tailfingen geboren wurde. Von 1987–91 studierte er Germanistik, Anglistik und Literaturwissenschaft an der Universität Siegen und promovierte im Folgejahr mit einer Arbeit über Friederike Mayröcker. Bereits während des Studiums veröffentlichte er Gedichte und einen Roman, außerdem entstanden Performance-Arbeiten und er war Mitherausgeber der Reihe »Vergessene Autoren der Moderne«. 1990–93 arbeitete er als Lektor bei der Literaturzeitschrift »Konzepte«, schrieb von 1991–98 Beiträge für die Musikzeitschrift »Spex«. Als Writer in Residence hielt er sich in London, Coventry und Berlin auf. Seit 1996 lebt Beyer in Dresden.

Beyer, Marcel: Das Hausbuch. In: *Nonfiction*, S. 57–62. © DuMont Literatur und Kunst Verlag Köln 2003

Otto Julius Bierbaum wurde 1865 in Grünberg, Niederschlesien, geboren und starb 1910 in Kötzschenbroda. Er war ein deutscher Schriftsteller, publizierte auch unter dem Pseudonym Martin Möbius. Nach dem Studium in Leipzig lebte er bis 1893 in München und Oberbayern, danach in Berlin, Italien und Südtirol. 1900–09 hielt er sich erneut in München auf, übersiedelte dann nach Dresden. Er war Redakteur und später Herausgeber der Zeitschriften »Freie Bühne/Neue Deutsche Rundschau«, »Pan« und »Die Insel«.

Bierbaum, Otto Julius: *Stilpe. Ein Roman aus der Froschperspektive.* Berlin 1897, S. 7–14.

Bierbaum, Otto Julius: *Studenten-Beichten.* Berlin 1910, S. 18–19.

Wolf Biermann wurde 1936 in Hamburg geboren, wo er heute als Lyriker und Liedermacher wieder lebt. Er übersiedelte 1953 nach dem Schulabschluss in die DDR, begann ein Studium der Politischen Ökonomie an der Humboldt-Universität in Berlin, war 1957–59 Regieassistent am Berliner Ensemble, studierte bis 1963 Philosophie und Mathematik, erhielt jedoch aus politischen Gründen trotz eines erfolgreichen Abschlusses im Fach Philosophie kein Diplom. Dieses wurde ihm 2008 während des Festakts zur Verleihung der Ehrendoktorwürde der Humboldt-Universität Berlin nachträglich überreicht. 1960 lernte Biermann Hanns Eisler kennen, der ihn sehr prägte, und schrieb erste Gedichte und Lieder. 1964 hatte der Liedermacher einen Gastspielauftritt in der Bundesrepublik und veröffentlichte einen Lyrikband im Westberliner Verlag Klaus Wagenbach, woraufhin ein totales Auftritts- und Publikationsverbot in der DDR gegen ihn verhängt wurde. Wegen seiner Kritik an der politischen Führung der DDR, die dies als »grobe Verletzung der staatsbürgerlichen Pflichten« wertete, wurde er nach einer genehmigten Konzertreise 1976 nach Westdeutschland im selben Jahr aus der DDR ausgebürgert. Diese Ausbürgerung war ein einschneidendes Ereignis für die Künstlerszene der DDR und führte zu engagierten Protesten und zahlreichen Auftrittsverboten und Ausreisen anderer Künstler. Biermann wurde nach der Wiedervereinigung mit zahlreichen bedeutenden Preisen gewürdigt.

Biermann, Wolf: Die Elbe bei Dresden. In: Ders.: *Preußischer Ikarus*. © 1977 by Wolf Biermann

Georg Bötticher war ein deutscher Grafiker, Schriftsteller und Literaturwissenschaftler, der 1849 in Jena geboren wurde und 1918 in Leipzig starb. Er war der Vater von Hans Gustav Bötticher, der unter dem Pseudonym Joachim Ringelnatz bekannt wurde. Bötticher lebte in Dresden, Mannheim und Jena, ab 1875 in Wurzen. Er verfasste neben Fachpublikationen und literaturwissenschaftlichen Beiträgen vor allem humoristische Schriften, teils in sächsischer Mundart, sowie Texte für Kinder- und Jugendbücher. Es verbanden ihn Freundschaften u. a. mit Theodor Fontane und Conrad Ferdinand Meyer. 1909 gründete er mit Edwin Bormann und Arthur von Oettingen den Leipziger Künstlerbund der ›Leoniden‹.

Bötticher, Georg: De heeflichste Nazjohn; De säkschen Erdbähm. In: Ders.: *Alfanzereien und Allotria*. Leipzig 1992.

Albert Emil Brachvogel, geboren 1824 in Breslau, gestorben 1878 in Berlin, war ein deutscher Schriftsteller und Journalist. Nach abgebrochenen Lehren zum Graveur und Kupferstecher wie auch zum Buchhändler versuchte er sich als Schauspieler in Wien, kehrte jedoch erfolglos nach Breslau zurück. Er besuchte dort die Kunstakademie sowie Vorlesungen über Literatur und Philosophie. Nach seiner Heirat zog er 1852 nach Gröbersdorf, siedelte jedoch aus finanziellen Gründen später nach Berlin über, wo er als Sekretär arbeitete und sich nebenbei der Schriftstellerei widmete. 1856 feierte er mit seinem Trauerspiel »Narziss« großen Erfolg. In den Folgejahren lebte er in Stuttgart, Karlsruhe, Eisenach und Görlitz. Vor allem die fiktionale Romanbiographie »Friedemann Bach«, die 1858 erschien, verschaffte Brachvogel große Bekanntheit. Nach dem Tod seiner Frau zog er 1871 nach Lichterfelde (heute ein Stadtteil von Berlin).

Brachvogel, Albert Emil: *Friedemann Bach*. Bearbeitet von Carl Peter Rauhof. Berlin, Hamburg 1949, S. 37–46.

Volker Braun ist ein deutscher Schriftsteller, der 1939 in Dresden geboren wurde. Er arbeitete nach dem Abitur einige Jahre im Bergbau und Tiefbau, bevor er ein Philosophie-Studium in Leipzig begann. 1965/66 arbeitete er als Dramaturg am Berliner Ensemble, 1972 wurde er Dramaturg am Deutschen Theater Berlin, ab 1977 war er wieder am Berliner Ensemble tätig. Für seine literarischen Arbeiten wurde er sowohl in der DDR als auch in der BRD und besonders nach der Wiedervereinigung mit verschiedenen Preisen ausgezeichnet. Volker Braun lebt in Berlin.

Braun, Volker: Die dresdner Denkart. In: *Die Zeit* 15/2006, S. 54.

Heinz Czechowski wurde 1935 in Dresden geboren. Er ist ein deutscher Lyriker und Dramaturg. Nach einer Ausbildung als grafischer Zeichner und einigen Jahre als Vermessungsgehilfe und technischer Zeichner studierte er 1958–61 am Literaturinstitut Johannes R. Becher in Leipzig. Nach dem Studium war er bis 1965 Lektor beim Mitteldeutschen Verlag in Halle (Saale), von 1971–73 Dramaturg an den Bühnen der Stadt Magdeburg. Seitdem ist er freier Schriftsteller und lebt heute in Frankfurt am Main.

Czechowski, Heinz: Sic transit gloria mundis. In: *Bekehrung am Elbufer. Alt-Stadt-Lesebuch*. Hrsg. v. Caspar David. Dresden 1997. © Heinz Czechowski

Otto Dix wurde 1891 in Gera geboren und starb 1969 in Singen am Hohentwiel. Er war ein deutscher Maler und Grafiker des Expressionismus und der Neuen Sachlichkeit. Vor allem seine großformatigen Kriegsbilder sind dem Publikum bekannt. Dix zählt zu den bedeutendsten deutschen Künstlern des 20. Jahrhunderts. Nach dem Studium an der Kunstgewerbeschule in Dresden meldete er sich 1914 als Freiwilliger zum Kriegsdienst. Nach seiner Rückkehr nach Dresden gründete er mit Conrad Felixmüller die »Gruppe 1919« der Dresdner Sezession. Zwei Jahre später zog er nach Düsseldorf, 1925 nach Berlin. Von 1927–30 hatte er eine Professur an der Kunstakademie in Dresden inne, 1930 wurde er Mitglied der Preußischen Akademie der Künste. Nach der Machtergreifung der Nationalsozialisten wurde Dix 1933 entlassen, seine Kunst ab 1937 als »entartet« diffamiert. Dix emigrierte nicht, lebte ab 1933 in Südwestdeutschland. 1945 wurde er eingezogen und geriet in französische Kriegsgefangenschaft, aus der er im Folgejahr nach Hemmenhofen zurückkehrte. Bis 1966 verbrachte er jährlich Arbeitsaufenthalte in Dresden. In den sechziger Jahren wurde er in beiden Teilen Deutschlands mit Auszeichnungen und Preisen geehrt und veranstaltete Ausstellungen. Er starb 1969 nach einem zweiten Schlaganfall.

Dix, Otto: Briefe*. In: *Otto Dix im Selbstbildnis*. Von Diether Schmidt. Zweite, ergänzte Auflage. Berlin 1981, S. 200–201, 225–226. © Staatliche Kunstsammlungen Dresden

Über das Leben der Autorin *Daniella Fischer* liegen uns leider keine Informationen vor.

Fischer, Daniella: Ein Ave Maria für den Sonntagsbraten. In: *Mein Schillergarten. Dresden-Blasewitz und sein historisches Gasthaus.*

Hrsg. v. Daniella Fischer u.a. Dresden 2007, S. 94–95. © Verlag 2dprojekt

Theodor Fontane, geboren 1819 in Neuruppin, war ein deutscher Schriftsteller und approbierter Apotheker, der 1898 in Berlin starb. Nach mehreren Angestelltenpositionen als Apotheker in Magdeburg, Leipzig und Dresden, gab er 1849 den ungeliebten Beruf auf und beschloss, als freier Schriftsteller zu arbeiten. Er gilt als der bedeutendste Vertreter des poetischen Realismus.

Fontane, Theodor: Straßenkampf in Dresden*. In: Ders.: *Sämtliche Werke*. Bd. 9. München 1960, S. 230–231.

Caspar David Friedrich war einer der bedeutendsten deutschen Maler der Romantik. Er wurde 1774 in Greifswald geboren und starb 1840 in Dresden. 1794 kam er an die Königlich Dänische Kunstakademie in Kopenhagen, die damals als die modernste Akademie galt, und erhielt dort Zeichenunterricht, ab 1798 studierte er bis zu seinem Abschluss an der Akademie in Dresden. In den Sommermonaten der Jahre 1801 und 1802 reiste er in seine Heimatstadt und auf die Insel Rügen, wo Landschaftsskizzen entstanden, auf die er später immer wieder zurückgriff.

Friedrich, Caspar David: Eingabe an König Friedrich August I. von Sachsen vom 10. 6. 1816. In: *Caspar David Friedrich – unbekannte Dokumente seines Lebens*. Hrsg. v. Karl-Ludwig Hoch. Dresden 1985, S. 62, 66.

Karl Adolph Gjellerup wurde 1857 in Roholte auf Seeland in Dänemark geboren und starb 1919 in Klotzsche bei Dresden. Er war ein dänischer Schriftsteller, der später auch Romane auf Deutsch verfasste und 1917 den Literaturnobelpreis erhielt. Nach einem Theologie-Studium, das er 1878 abschloss, wandte er sich der Literatur zu. Dank einer Erbschaft war es ihm möglich, Europa zu bereisen, er lebte mehrere Monate in Rom, reiste durch die Schweiz, Griechenland, Deutschland und Russland. Ab 1885 lebte er in Dresden.

Gjellerup, Karl Adolph: *Seit ich zuerst sie sah*. Zürich [um 1967], S. 39–48, 50–56, 70–71.

Johann Wolfgang von Goethe (geadelt 1782) wurde 1749 in Frankfurt am Main geboren und starb 1832 in Weimar. Von 1765–68 studierte Goethe in Leipzig Jura, begeisterte sich jedoch eher für Poetikvorlesungen und seinen privaten Zeichenunterricht. Ein Blutsturz zwang ihn, das Studium abzubrechen und nach Frankfurt am Main zurückzukehren. 1770 ging er nach Straßburg, um sein Studium dort zu beenden. Er begegnete dort Johann Gottfried Herder, dessen Verständnis von Poesie und Sprache entscheidenden Einfluss auf ihn hatte. Nach Jahren als Anwalt in Frankfurt wurde er 1775 von Carl-August, der in ihm einen geeigneten Berater für die eigene Regierungstätigkeit sah, nach Weimar geholt. 1786 wurde Goethe von den Regierungsgeschäften beurlaubt und reiste nach Italien. Nach dieser zweijährigen Bildungsreise kehrte er nach Weimar zurück und übernahm 1791 (bis 1817) die Leitung des Hoftheaters. In dieser Zeit entwickelte sich die kollegiale Freundschaft mit Friedrich Schiller. Goethe ist als Dichter, Theaterleiter, Naturwissenschaftler, Kunsttheoretiker und Staatsmann der zentrale Vertreter der Weimarer Klassik.

Goethe, Johann Wolfgang von: Aus meinem Leben. Dichtung und Wahrheit. In: *Goethes Werke*. 27. Bd. Weimar 1989, S. 166–177.

Johann Georg Theodor Grässe war ein deutscher Bibliograph, Sagenforscher und Literaturhistoriker, der 1814 in Grimma geboren wurde und 1885 in Niederlößnitz starb. Er studierte ab 1833 in Leipzig Philologie, Philosophie und Archäologie, wurde 1834 promoviert und setzte dann seine literaturwissenschaftliche Ausbildung in Halle fort. 1837 ließ er sich in Dresden nieder und begann mit der Arbeit an einer vierbändigen Literaturgeschichte. 1838 wurde er Lehrer für französische Sprache und Literatur, 1843–54 Privatbibliothekar des sächsischen Kurfürsten Friedrich August II., 1858 zum Inspektor des Münzkabinetts ernannt. 1861 wurde er Direktor der Dresdner Porzellansammlung, 1864 als Hofrat zum Direktor des Grünen Gewölbes berufen. 1842 legte Grässe eine Übersetzung der »Gesta Romanorum« vor, 1855 erschien eines seiner Hauptwerke, »Sagenschatz des Königreichs Sachsen«, 1868/71 das »Sagenbuch des Preußischen Staats«.

Grässe, Johann Theodor: *Der Sagenschatz des Königreichs Sachsen*. Bd. 1. Dresden 1855, S. 85–92, 103–106, 129, 140–144.

Franz Grillparzer, geboren 1791 und gestorben 1872 in Wien, war ein österreichischer Schriftsteller. Nach dem Jurastudium in Wien war er zunächst Privatlehrer und Beamter und trat 1813 bei der k. k. Hofkammer in den österreichischen Staatsdienst ein. 1821 wurde er ins Finanzministerium versetzt, von 1832 bis zu seinem Ruhestand 1856 war er Direktor des k. k. Hofkammerarchivs. Längere Reisen führten ihn nach Italien, Deutschland, Paris, Athen und Konstantinopel.

Grillparzer, Franz: Tagebuch auf der Reise nach Deutschland. In: *Grillparzers sämmtliche Werke*. Vierte Ausgabe in sechzehn Bänden. 16. Bd. Stuttgart 1887, S. 10–15.

Durs Grünbein ist ein deutscher Lyriker, Essayist und Übersetzer, der 1962 in Dresden geboren wurde. Nachdem er sein Studium der Theaterwissenschaft in Berlin 1987 abgebrochen hatte, arbeitete er als freier Schriftsteller und Redakteur für verschiedene Zeitschriften. Nach 1989 unternahm er Reisen durch Europa, Südostasien, die USA und Südamerika. Er lebt heute in Berlin.

Grünbein, Durs: Gedicht über Dresden. In: Ders: *Schädelbasislektion*.

Über das Leben des Autors *Hermann Hennig* liegen uns leider keine Informationen vor.

Hennig, Hermann: Fürst Putjatin. In: *Bunte Bilder aus dem Sachsenlande*. Bd. 3. Leipzig 1903, S. 360–365.

E. T. A. Hoffmann (Ernst Theodor Amadeus Hoffmann) wurde 1776 in Königsberg geboren und starb 1822 in Berlin. Er war Schriftsteller, Jurist, Komponist, Kapellmeister, Musikkritiker, Zeichner und Karikaturist. 1792 begann er ein Jura-Studium in Königsberg, das er in Glogau beendete. Sein Referendariat trat er in Berlin an, wo er Jean Paul kennenlernte und 1800 sein Assessorexamen ablegte. In den folgenden Jahren war er als Gerichtsassessor in Posen, Plotzk und Warschau tätig und beschäftigte sich mit musikalischen Kompositionen. 1807 verließ Hoffmann nach dem Einmarsch der napoleonischen Truppen in Warschau die Stadt, ging nach Berlin, wo er als freier Künstler leben wollte. 1808 zog er als Kapellmeister nach Bamberg, verlor die Anstellung am Theater jedoch nach einer verpatzten Premiere schon nach zwei Monaten wieder, 1810 wurde er als Direktionsassistent, Dramaturg und Dekorationsmaler wieder angestellt. Als er die Stelle des Kapellmeisters bei Joseph Seconda in Dresden und Leipzig angeboten kam, verließ er Bamberg. 1814 übersiedelte er nach dem Sieg Preußens über Napoleon ins Kammergericht nach Berlin, knüpfte Freundschaften mit Friedrich de la Motte Fouqué, Clemens Brentano und Adelbert von Chamisso an. 1816 wurde Hoffmann zum Kammergerichtsrat ernannt. Seine Talente als Jurist wie auch als bildender Künstler und Literat wurden von seinen Zeitgenossen unterschiedlich hoch geschätzt, doch sein Erfolg und Einfluss, auch auf Schriftsteller der Gegenwart, ist unzweifelhaft.

Hoffmann, E. T. A.: Drei verhängnisvolle Monate. In: Ders.: *Erzählungen 2*. Weimar 1924.

Erich Kästner war ein deutscher Schriftsteller, der 1899 in Dresden geboren wurde und 1974 in München starb. 1917 wurde er zum Militärdienst einberufen, 1919 begann er sein Studium der Philosophie, Geschichte, Germanistik und Theaterwissenschaft in Leipzig, Rostock und Berlin, wo er 1925 promovierte. Danach arbeitete er als freier Kulturjournalist für die ›Neue Leipziger Zeitung‹ und publizierte seine literarischen Arbeiten. Trotz seines Ausschlusses aus dem Schriftstellerverband, der Verbrennung seiner Bücher und einem Berufsverbot, emigrierte Kästner nicht. Nach dem Zweiten Weltkrieg zog er nach München, wo er bis zu seinem Tod lebte.

Kästner, Erich: *Als ich ein kleiner Junge war.* 30. Auflage. S. 50–56. © Atrium Verlag Zürich 2006

Victor Klemperer wurde 1881 in Landsberg an der Warthe geboren und starb 1960 in Dresden. Er war ein deutscher Schriftsteller und Literaturwissenschaftler. Nach einer kaufmännischen Lehre holte er 1902 das Abitur nach und studierte dann Philosophie, Romanistik und Germanistik in München, Genf, Paris und Berlin. 1905–12 lebte er als freier Publizist in Berlin. 1912 konvertierte er zum Protestantismus. 1914–16 arbeitete er als Dozent an der Universität Neapel, meldete sich dann als Freiwilliger zum Kriegsdienst. 1920 wurde er als Professor an die Technische Hochschule Dresden berufen, 1934 aufgrund der nationalsozialistischen Rassengesetze entlassen. 1938 begann er die Arbeit an seinen Tagebuchnotizen, die er an verschiedenen Orten von seiner Frau vor den Nazis verstecken ließ. Ab 1940 lebten er und seine Frau in verschiedenen so genannten »Judenhäusern« in Dresden. Die Luftangriffe in der Nacht vom 12. auf den 13. Februar 1945 überlebte das Paar leicht verletzt, nach einer mehrmonatigen Flucht durch Sachsen und Bayern kehrten Klemperers kurz nach Kriegsende in ihr Haus in Dölzschen zurück. Von 1947–60 war Klemperer an den Universitäten Greifswald, Halle und Berlin tätig, 1950 wurde er als Vertreter des Kulturbundes Mitglied der Volkskammer der DDR und ordentliches Mitglied der Akademie der Wissenschaften. Seine Tagebücher erschienen posthum und gelten als wichtiges Dokument der Zeitgeschichte.

Klemperer, Victor: Die Dresdener Vernichtung. In: Ders.: *Ich will Zeugnis ablegen bis zum Letzten. Tagebücher 1933–1945*. © Aufbau-Verlag GmbH & Co. KG, Berlin 1995 (die deutsche Erstausgabe erschien 1995 im Aufbau-Verlag; Aufbau ist eine Marke der Aufbau Verlags GmbH & Co. KG)

Gotthold Ephraim Lessing, geboren 1729 in Kamenz, gestorben 1781 in Braunschweig. Lessing studierte in Leipzig und Wittenberg Medizin, wo er auch philosophische Vorlesungen besuchte und 1752 zum Magister der Sieben Freien Künste promoviert wurde. Lessing war der wichtigste Dichter der deutschen Aufklärung. Seine Dramen und theoretischen Abhandlungen haben das deutsche Theater entscheidend geprägt, seine ästhetischen und literaturtheoretischen Schriften bereichern bis heute die Diskurse.

Lessing, Gotthold Ephraim: Der Harlekin* (= Achtzehntes Stück. Den 30. Juni 1767). In: Ders: *Hamburgische Dramaturgie*. Leipzig [o. J.], S. 57–58.

Karl May war ein deutscher Schriftsteller, der 1842 in Ernstthal geboren wurde und 1912 in Radebeul starb. Er war einer der produktivsten Abenteuerschriftsteller und wurde vor allem mit seinen Reiseerzählungen aus dem Orient, den Vereinigten Staaten und Mexiko bekannt. Bereits während des Studiums am Plauener Seminar, das er 1861 beendete, fiel er wegen Diebstahls auf. Nach mehreren Haftstrafen in den folgenden Jahren wegen Diebstahls, Betrügerei, Hochstapelei, Landstreicherei und Amtsanmaßung veröffentlichte er 1874 seine erste Erzählung und arbeitete in den folgenden Jahren als Redakteur bei verschiedenen Zeitschriften. Ab 1878 lebte er als freier Schriftsteller in Dresden, 1888 übersiedelte er nach Kötzschenbroda. Mit dem Erfolg der 1892 begonnenen Reihe »Gesammelte Reiseerzählungen« lebte er erstmals in finanzieller Sicherheit. Allerdings konnte er zunehmend weniger zwischen der Realität und der Fiktion seiner Romane unterscheiden und glaubte immer mehr, er habe die Abenteuer des »Old Shatterhand« selbst erlebt. 1899/1900 bereiste er den Orient, 1908 die Vereinigten Staaten. In späteren Jahren löste sich May von der Abenteuerschriftstellerei und verfasste symbolische Romane mit weltanschaulich-religiösem Inhalt und pazifistischer Tendenz.

May, Karl: Freuden und Leiden eines Vielgelesenen. In: *Deutscher Hausschatz in Wort und Bild*. 23. Jg. 1897. Heft 1. Regensburg, New York, Cincinnati 1896, S. 1–3, 5, 20.

Angelika Mechtel wurde 1943 in Dresden geboren und starb 2000 in Köln. Sie war eine deutsche Schriftstellerin, die nach ihrer Schulzeit erst einmal als Zimmermädchen und Lager- und Fabrikarbeiterin arbeitete. 1965 wurde sie Mitglied der Gruppe 61.

Mechtel, Angelika: *Die Prinzipalin*, S. 299–311. © S. Fischer Verlag GmbH Frankfurt am Main 1994

Alexander Moszkowski war ein deutscher Schriftsteller und Satiriker polnisch-jüdischer Herkunft, der 1851 in Pilica geboren wurde und 1934 in Berlin starb. Von 1877–86 arbeitete er bei der Satirezeitschrift ›Berliner Wespen‹, gründete danach eine eigene Zeitschrift, ›Lustige Blätter‹. Neben den satirischen Arbeiten enstanden populärwissenschaftliche Texte über Sprache und Philosophie. Außerdem war er einer der ersten, die Albert Einsteins Relativitätstheorie einem breiten Publikum zugänglich machten. Sein utopischer Roman »Die Insel der Weisheit« steht in der Tradition Daniel Defoes und Jonathan Swifts.

Moszkowski, Alexander: Fibel der Kindheit. In: Ders.: *Panorama meines Lebens*. Berlin 1925, S. 30–33.

Theodor Mundt war ein deutscher Schriftsteller, der 1808 in Potsdam geboren wurde und 1861 in Berlin starb. 1825 begann er ein Studium der Rechtswissenschaften in Berlin, wechselte im Folgejahr an die Philosophische Fakultät, promovierte 1830 in Erlangen. Er gehörte zu jenen Intellektuellen, denen der preußische Staat die erstrebte akademische Karriere versagte. Er publizierte journalistische Arbeiten und Erzählprosa, war als Herausgeber tätig. 1842 erhielt er dank der Vermittlung Friedrich Wilhelm Joseph Schellings und nachdem er seine staatstragenden Absichten versichert hatte, eine Privatdozentur in Berlin.

Mundt, Theodor: *Madonna. Unterhaltung mit einer Heiligen.* Leipzig 1835, S. 128–130,189–197.

Heinrich Albert Oppermann war ein deutscher Rechtsanwalt, Politiker und Schriftsteller, der 1812 in Göttingen geboren wurde und 1870 in Nienburg/Weser starb. Nach dem Studium der Rechtswissenschaften, das er 1842 mit einer Promotion abschloss, ließ er sich in Hoya als Rechtsanwalt nieder. 1846 wurde er zum Notar ernannt, 1852 zum Obergerichtsanwalt und Vizepräsidenten der Anwaltskammer in Nienburg. Außerdem war er Deputierter in der Zweiten Kammer der hannoverschen Stände-Versammlung sowie Mitglied des preußischen Abgeordnetenhauses. Ab 1863 gab er das »Nienburger Wochenblatt« heraus. In dem autobiographisch und dokumentarisch angelegten neunbändigen Roman »Hundert Jahre« schildert er gesellschaftliche und politische Entwicklungen der Zeit zwischen 1770 und 1870.

Oppermann, Heinrich Albert: Schreckenstage. In: Ders.: *Hundert Jahre.* Frankfurt am Main 1998.

Louise Otto war Schriftstellerin und Mitbegründerin der deutschen Frauenbewegung. Sie wurde 1819 in Meißen geboren und starb 1895 in Leipzig. Anfangs veröffentlichte sie die Artikel, in denen sie für die Rechte der Arbeiter eintrat, unter dem Pseudonym Otto Stern. Während der Märzrevolution 1848 begann sie, sich für die Organisation der Frauenarbeit einzusetzen. 1849 wurde sie Herausgeberin der ›Frauenzeitschrift‹, die 1850 verboten wurde. Otto floh nach Gera, wo ein endgültiges Verbot folgte. Ab 1860 lebte sie mit ihrem Ehemann, dem Schriftsteller August Peters, in Leipzig. Sie arbeitete als Bibliothekarin, Rezensentin und Herausgeberin der ›Mitteldeutschen Volkszeitung‹. 1865 war sie Mitbegründerin des Frauenbildungsvereins. Außerdem war sie Mitbegründerin und langjährige Vorsitzende des Allgemeinen Deutschen Frauenvereins (ADF).

Otto, Louise: *Frauenleben im deutschen Reich. Erinnerungen aus der Vergangenheit mit Hinweisen auf Gegenwart und Zukunft*. Leipzig 1876, S. 49–50.

Ludwig Richter wurde 1803 in Dresden geboren und starb dort 1884. Er war ein Maler und Zeichner der Romantik, aber auch des Biedermeier. Nach einer Lehre als Zeichner und Kupferstecher in der Werkstatt seines Vaters studierte er mit einem Stipendium an der Kunstakademie Dresden. 1820/21 begleitete er den Fürsten Narischkin auf einer Reise nach Frankreich. Die dort entstandenen Zeichnungen schenkte er später der Zarin von Russland. 1821–23 hielt er sich in Italien auf, von 1828–35 unterrichtete er an der Staatlichen Zeichenschule in Meißen. Außerdem wurde er 1826 als Nachfolger seines Vaters als Lehrkraft für die Landschaftsklasse an die Kunstakademie Dresden berufen. Seine künstlerische Arbeit wurde mit der Goldenen Medaille der Pariser Weltausstellung ausgezeichnet. Wegen eines Augenleidens musste er 1873 mit dem Malen und Zeichnen aufhören, 1876 schied er aus der Kunstakademie Dresden aus.

Richter, Ludwig: *Lebenserinnerungen eines deutschen Malers*. Dresden 2008, S. 170–172, 174–175.

Johann Kaspar Riesbeck, geboren 1745 in Höchst, gestorben 1786 in Aarau, war ein deutscher Jurist, Schriftsteller, Schauspieler und Illuminat. 1768 begann er ein Studium in Mainz, das er für Reisen durch Deutschland mehrfach unterbrach. Er unterhielt Kontakte zu Vertretern des Sturm und Drang, traf in Frankfurt mit Johann Wolfgang von Goethe zusammen. Eine tätliche Auseinandersetzung mit einem Domherrn zwang ihn 1775 Mainz zu verlassen. In Salzburg und Wien lebte er als Schauspieler, Übersetzer, Journalist und Schriftsteller. Durch die Fürsprache Goethes wurde er 1780 Redakteur der neu gegründeten ›Zürcher Zeitung‹. Trotz großer literarischer Erfolge starb er 1786 einsam und verarmt im schweizerischen Aarau.

Riesbeck, Johann Kaspar: Dresden. In: Ders.: *Briefe eines reisenden Franzosen über Deutschland.* Berlin 1976, S. 287–291, 293–297, 299–302.

Viola Roggenkamp, 1948 in Hamburg geboren, stammt aus einer deutsch-jüdischen Familie. Nach ihrem Studium der Psychologie, Philosophie und Musik reiste und lebte sie mehrere Jahre in verschiedenen Ländern Asiens und in Israel. Sie lebt heute als Schriftstellerin in Hamburg und gilt als eine der renommiertesten feministischen Publizistinnen in Deutschland.

Roggenkamp, Viola: *Die Frau im Turm*, S. 174–177. © S. Fischer Verlag GmbH Frankfurt am Main 2009

Thomas Rosenlöcher wurde 1947 in Dresden geboren. Von 1970–74 studierte er Betriebswirtschaftslehre an der Technischen Universität Dresden und war anschließend als Arbeitsökonom tätig. 1976–79 studierte er am Literaturinstitut Johannes R. Becher in Leipzig. Nach mehrjähriger Mitarbeit am Kinder- und Jugendtheater seiner Heimatstadt lebt Rosenlöcher seit 1983 als freier Schriftsteller und Übersetzer in Dresden.

Rosenlöcher, Thomas: Die Elbe. In: Ders.: Schneebier. Aus: *Ich sitze in Sachsen und schau in den Schnee, 77 Gedichte.* © Suhrkamp Verlag Frankfurt am Main 1998

Über das Leben des Autors *J. Schneider* liegen uns leider keine Informationen vor.

Schneider, J.: Heinrich Schütz. Ein Dresdner Künstlerleben zur Zeit des Dreißigjährigen Krieges. In: *Dresden im Wandel der Zeiten.* Bd. 1. Dresden, 1937, S. 125–143.

Johann Gottfried Seume war ein deutscher Schriftsteller und Dichter, der 1763 in Poserna, Sachsen, geboren wurde und 1810 in Teplitz, Böhmen, starb. Seume studierte in Leipzig Theologie und wurde 1781 von Soldaten auf dem Weg nach Paris aufgegriffen und vom Landgrafen von Hessen-Kassel als Soldat an England für den Amerikanischen Unabhängigkeitskrieg verkauft; er erreichte Kanada 1782, wo nicht mehr gekämpft wurde. Im folgenden Jahr wurde er nach Bremen zurückgebracht und erst 1787 gegen Kaution freigelassen. Er studierte dann Jura, Philologie, Altphilologie und Geschichte in Leipzig. 1792 ging er als Sekretär und Adjutant des russischen Generals Igelström nach Russland, 1793 begleitete er ihn nach Warschau, wo er in Gefangenschaft geriet. Er kehrte nach Leipzig zurück und arbeitete von 1797 an als Lektor in Grimma. Ab 1801 unternahm er zwei große Reisen, die ihn durch mehrere europäische Länder führten.

Seume, Johann Gottfried: *Mein Sommer.* Leipzig 1806, S. 656–658.

Manfred Streubel war ein deutscher Lyriker und Schriftsteller, der 1932 in Leipzig geboren wurde und 1992 in Dresden starb. Er machte ein Volontariat bei der Zeitung ›Junge Welt‹ und studierte 1953–57 Germanistik an der Humboldt-Universität in Berlin. 1956 veröffentlichte er seinen ersten Gedichtband. Im selben Jahr geriet er in Konflikt mit der Staatsmacht, nachdem er sich auf dem zweiten Kongress junger Künstler für einen größeren Spielraum im kulturellen Bereich der DDR ausgesprochen hatte, was das Politbüro als konterrevolutionäre Aktion einstufte. Dennoch wurden seine Gedichte weiterhin veröffentlicht, er arbeitete als Redakteur der Kinderzeitschrift ›Frösi‹, schrieb Theaterstücke für Kinder und Drehbücher für einzelne DEFA-Filme. Von Depressionen geplagt setzte Streubel seinem Leben ein Ende.

Streubel, Manfred: Episode aus dem Jahre 1968. In: *Bekehrung am Elbufer. Alt-Stadt-Lesebuch*. Hrsg. v. Caspar David. Dresden 1997. © Beate Rieß

Uwe Tellkamp ist ein deutscher Arzt und Schriftsteller, der 1968 in Dresden geboren wurde. Nach dem Abitur verpflichtete er sich zu dreijährigem Wehrdienst bei der NVA, um seinen Studienplatz für Medizin zu sichern. Wegen Befehlsverweigerung wurde er während dieser Zeit inhaftiert und dann beurlaubt. Es folgten Tätigkeiten als Gehilfe auf einem Braunkohleförderbagger und Hilfsdreher in einem Lichtmaschinenwerk sowie als Hilfspfleger auf einer Intensivstation. Das Medizin-Studium absolvierte er nach der Wiedervereinigung in Leipzig, New York und Dresden. Er arbeitete auf einer Unfallstation in München, bevor er 2004 den Arztberuf aufgab, um sich der Schriftstellerei zu widmen. Er zog nach Karlsruhe, 2007 nach Freiburg im Breisgau.

Tellkamp, Uwe: *Der Turm. Geschichte aus einem versunkenen Land*, S. 15–23.

B. K. Tragelehn, Bernhard Klaus Tragelehn, wurde 1936 in Dresden geboren und ist ein deutscher Schriftsteller und Regisseur. 1955–58 war er Meisterschüler von Bertolt Brecht und Erich Engel an der Akademie der Künste, lebte danach als freier Schriftsteller und Regisseur in Berlin. 1961 löste seine Inszenierung der Uraufführung von Heiner Müllers »Die Umsiedlerin oder das Leben auf dem Lande« einen Skandal aus, wurde als konterrevolutionär eingestuft und der Regisseur aus der SED ausgeschlossen und in den Braunkohletagebau in der Niederlausitz geschickt. Nach Intervention von Paul Dessau durfte er ab 1964 wieder als Regisseur arbeiten. 1967–69 war er als Lehrer der Schauspielabteilung der Deutschen Hochschule der Filmkunst in Potsdam-Babelsberg tätig, 1972 wechselte er ans Berliner Ensemble. 1979 ging er nach Westdeutschland, lebte und arbeitete in Frankfurt am Main. 1986 inszenierte er erneut »Die Umsiedlerin« in Dresden, wurde 1987 Schauspieldirektor in Düsseldorf. Seit 1989 lebt er wieder in Berlin.

Tragelehn, B. K.: Grundschule. In: Ders.: *Nöspl. Gedichte; 1956–1991.*

Richard Wagner wurde 1813 in Leipzig geboren und starb 1883 in Venedig. Er war ein deutscher Komponist, Schriftsteller, Dramatiker, Theaterregisseur und Dirigent. Er gilt als Erneuerer der europäischen Musik des 19. Jahrhunderts, verstand die Oper als Gesamtkunstwerk. Außerdem gründete er die Festspiele, die noch heute im Bayreuther Festspielhaus stattfinden. Er studierte ab 1831 in Leipzig Musik. Nach Jahren in Riga und Paris siedelte er sich 1842 in Dresden an, wo ihm der künstlerische Durchbruch gelang. Hier lernte er Franz Liszt kennen, mit dem ihn eine lebenslange Freundschaft verband. Nach seiner Beteiligung am Dresdner Maiaufstand 1849 sah er sich gezwungen, in die Schweiz zu fliehen. Berufliche Gründe führten ihn in den nächsten Jahren nach Paris, Italien, London, nach Sankt Petersburg, Moskau, Budapest und Prag. Ab 1860 durfte der Revolutionär wieder deutschen

Boden betreten. 1864 wurde Wagner von seinem Mäzen König Ludwig II. in München empfangen, verließ die Stadt jedoch bald wieder, um sich in der Nähe von Luzern niederzulassen. 1876 fanden die ersten Bayreuther Festspiele statt, bei denen der »Ring des Nibelungen« vollständig aufgeführt wurde. Wagner starb während eines Aufenthalts in Venedig in seinem Arbeitszimmer.

Wagner, Richard: Bericht über die Aufführung der neunten Symphonie von Beethoven im Jahre 1846 in Dresden. In: Ders.: *Auswahl seiner Schriften*. Leipzig [o. J.]

Jakob Wassermann war ein deutscher Schriftsteller jüdischer Herkunft, der 1873 in Fürth geboren wurde und 1934 in Altaussee, Österreich, starb. Seine kaufmännische Lehre in Wien brach er ab, weil er sich zum Schreiben berufen fühlte. Es folgte eine einjährige Militärzeit in Würzburg und eine ziellose Wanderzeit in Süddeutschland, bevor er von Ernst von Wolzogen in München als Sekretär angestellt wurde. 1896 begegnete er dort dem Verleger Albert Langen, der ihn in die Redaktion des ›Simplicissimus‹ aufnahm. Außerdem veröffentlichte er erste Prosaarbeiten und begann Ende 1897 für das Feuilleton der ›Frankfurter Zeitung‹ zu schreiben. In dieser Zeit schloss er Freundschaft mit Thomas Mann und Rainer Maria Rilke. Später siedelte er nach Wien über, wo er Arthur Schnitzler kennenlernte. 1919 zog Wassermann nach Altaussee, wohin er erstmals auf Einladung Hugo von Hofmannsthals gereist war. Nach einer erfolgreichen Karriere wurde er 1933 wegen seiner jüdischen Herkunft aus der Preußischen Akademie der Künste ausgeschlossen, seine Bücher bei den Bücherverbrennungen von den Nationalsozialisten verbrannt.

Wassermann, Jakob: Moritz von Sachsen. In: Ders.: *Deutsche Charaktere und Begebenheiten*. Gesammelt und herausgeben von Jakob Wassermann. Berlin 1915.

Sabine Weigand stammt aus Franken. Sie ist Historikerin, Ausstellungsplanerin für Museen und Schriftstellerin.

Weigand, Sabine: *Die Königsdame*, S. 22–29. © S. Fischer Verlag GmbH Frankfurt am Main 2007

Über das Leben des Autors *Johann Gottlieb Wiemann* liegen uns leider keine Informationen vor.

Wiemann, Johann Gottlieb: Panorama von Dresden und Meißen. In: Ders.: *Der Führer auf der Reise im Elbthale von Aussig durch die sächsische Schweiz und die Gegend von Dresden bis nach Meissen.* Pirna 1829, S. 116–127.

Mary Wigman, eigentlich Karoline Sofie Marie Wiegmann, wurde 1886 in Hannover geboren und starb 1973 in Berlin. Sie war eine deutsche Tänzerin, Choreographin und Tanzpädagogin. Sie studierte in Hellerau rhythmische Gymnastik, wechselte jedoch 1912 zu Rudolph von Labans Schule für Kunst in der Schweiz, wo der moderne Ausdruckstanz wesentlich entwickelt wurde. 1920 eröffnete sie selbst eine Schule für modernen Tanz in Dresden, die von den Nationalsozialisten 1942 geschlossen wurde. 1949 ließ sie sich in West-Berlin nieder, wo sie eine neue Ausdruckstanzschule gründete. Zu ihren berühmtesten Schülern gehören Harald Kreutzberg und Gret Palucca, die 1925 die noch heute bestehende Palucca-Schule in Dresden aufbaute.

Wigman, Mary: Gret Palucca*. In: *Palucca. Porträt einer Künstlerin.* Hrsg. v. Gerhard Schumann. Berlin 1972, S. 64–66. © Seemann Henschel GmbH & Co. KG in Leipzig

Über das Leben des Autors *Dieter Wildt* liegen uns leider keine Informationen vor.

Wildt, Dieter: Sächseln als Schicksal. In: Ders.: *Deutschland, deine Sachsen.* Hamburg 1965, S. 20–31. © Dieter Wildt

Johann Joachim Winckelmann wurde 1717 in Stendhal geboren und starb 1768 bei Triest. Er war ein deutscher Archäologe, Bibliothekar, Philologe und Kunstschriftsteller, der als Begründer der wissenschaftlichen Archäologie und Kunstgeschichte gilt. Nach einem Theologie-Studium in Halle (Saale) trat er eine Stelle als Hauslehrer in Osterburg bei Stendhal an, zog 1841 nach Jena, um Medizin zu studieren. Nach Jahren als Konrektor der Lateinschule in Seehausen sowie anderen Anstellungen als Lehrer und Erzieher wurde er 1748 Bibliothekar bei Graf Heinrich von Bühnau in Nöthnitz bei Dresden. 1754 quittierte er den

Dienst, zog nach Dresden, konvertierte zum Katholizismus und nahm Zeichenunterricht, um 1755 nach Rom gehen zu können. Er wurde Bibliothekar verschiedener Kardinäle und reiste nach Neapel und Pompeji, wo er Material für seine späteren Schriften sammelte. 1763 wurde er zum Oberaufseher für die Altertümer in Rom sowie zum Scrittore an der Vaticana durch Papst Clemens XIII. ernannt. 1768 begab sich Winckelmann auf eine Reise nach Deutschland, die er jedoch abbrach. Auf dem Rückweg fiel er in Triest in seinem Hotelzimmer einem Raubmörder zum Opfer.

Winckelmann, Johann Joachim: In der Königlichen Galerie in Dresden*. In: *Winckelmanns Werke in einem Band*. Berlin, Weimar 1969, S. 2, 14–16, 21–22.

Cantate bei der hundertjährigen Einweihungsfeier der Frauenkirche zu Dresden am zweiten März 1834. Gedichtet von Th.Th. Hohlfeldt, in Musik gesetzt von Julius Otto. Dresden [o. J.]

Dresdner Eierschecke.

*Geschichte des Dresdner Stollens**.

Der Fischer Taschenbuch Verlag dankt allen Rechteinhabern für die Abdruckgenehmigung.

Sofern es in Ausnahmefällen nicht möglich war, derzeitige Rechteinhaber zu ermitteln oder zu erreichen, sichern wir hiermit die nachträgliche Honorierung im üblichen Rahmen bei entsprechender Nachricht an den Verlag zu.

Mit * gekennzeichnete Titel stammen von den Herausgebern